# EN PASSANT PAR LA LORRAINE

DU MÊME AUTEUR
CHEZ LE MÊME ÉDITEUR

Le Paravent de soie rouge
Le Paravent déchiré

Paul Couturiau

# EN PASSANT PAR LA LORRAINE

*Roman*

*Production Jeannine Balland*
Romans Terres de France
PRESSES DE LA CITÉ

ISBN 2-258-05976-3

*A ma mère,*
*dont les souvenirs ont nourri ce roman,*

*à mon grand-père maternel,*
*qui fut ma première source de lumière,*

*à la ville de Metz,*
*où j'ai vécu les heures les plus heureuses*
*de mon enfance.*

# PROLOGUE

*Il n'y a pas de ville qui se fasse mieux aimer que Metz. Un Messin français à qui l'on rappelle sa cathédrale, l'Esplanade, les rues étroites aux noms familiers, la Moselle au pied des remparts et les villages disséminés sur les collines s'attendrit.*

En cette chaude après-midi du 26 août 1939, François Eicher se remémorait les premières lignes du roman *Colette Baudoche*, de Maurice Barrès. Le tenancier de l'auberge des Régates se reconnaissait dans ces Messins *civilisés, modérés, nuancés, jaloux de cacher leur enthousiasme* décrits par le littérateur.

Pourtant, il éprouvait, en ce moment, bien de la peine à dissimuler son émotion. Debout au centre de la place d'Armes, il contemplait la cathédrale Saint-Etienne, que des ouvriers dépouillaient de ses plus beaux atours : son formidable ensemble de vitraux de six mille mètres carrés, qui lui avait valu le fier surnom de *Lanterne du bon Dieu*. La direction des Beaux-Arts venait, en effet, de donner l'ordre de procéder à leur dépose. Nul ne voulait risquer de voir détruites les œuvres de maîtres de la Renaissance telles les verrières de Valentin Bousch, auteur du plus grand vitrail jamais réalisé.

— Ça sent la guerre, *nème*[1] ? lui lança un autre curieux, qui ne paraissait pas mieux maîtriser son émotion que lui.

François tourna la tête et reconnut le vieux Jules, le suisse de l'église Saint-Fiacre, au Sablon. Un brave homme, le Jules, mais lorsqu'il ne portait pas la redingote rouge, le pantalon à large galon doré et le bicorne à plume de son office, lorsqu'il ne se pavanait pas avec sa hallebarde et son bâton de chef des cérémonies devant le prêtre et les enfants de chœur, il était toujours attifé comme un *boumleur*[2]. Le curé de Saint-Fiacre avait beau le rappeler régulièrement à l'ordre, rien n'y faisait. Le Jules ne se sentait bien que dans ses vieilles nippes ou dans son uniforme. Or, son comportement étant par ailleurs irréprochable et sa dévotion aussi grande que sa disponibilité au service de la paroisse, son excentricité vestimentaire avait fini par être considérée comme un travers incorrigible, mais en définitive acceptable.

François opina du chef et reporta son attention sur la cathédrale en pierre jaune de Jaumont. Le vieux suisse comprit que l'aubergiste ne désirait pas faire la conversation et s'éloigna de quelques mètres pour se replonger dans sa contemplation solitaire du travail délicat des vitriers.

Il avait raison, le vieux Jules, ça sentait la guerre ; seulement, ça sentait la guerre depuis plus d'un an déjà. Depuis le conflit qui avait opposé la France et l'Allemagne au sujet des populations sudètes. Les accords de Munich avaient peut-être satisfait les dirigeants français et anglais, mais, ici, ils n'avaient leurré personne.

A vrai dire, la municipalité de la ville de Metz s'in-

1. N'est-ce pas ?
2. Clochard.

quiétait des problèmes de défense passive depuis 1931. Les plans des abris avaient été actualisés et les programmes d'évacuation de la population, étudiés avec la plus grande attention.

François se souvenait que la première réunion du conseil municipal à laquelle il avait assisté, peu de temps après son élection, devait voter l'attribution de crédits pour la constitution d'un stock de masques à gaz. C'était en 1936, l'année où la tour de la cathédrale avait été dotée d'une sirène. La Mutte[1] ne serait plus seule, désormais, pour ameuter la population. Deux ans plus tard, en octobre 1938, trois nouvelles sirènes étaient installées, respectivement, à Queuleu, Devant-les-Ponts et rue de Verdun.

Le 1er décembre de la même année, les services d'architecture entreprenaient une nouvelle tournée d'inspection des caves. Pour les signaler à l'attention de la population, l'écusson blanc et noir de la ville fut ensuite peint sur la porte d'entrée des immeubles dont les caves avaient été jugées aptes à offrir la sécurité d'un abri.

En fait, si on prenait un peu de recul par rapport à la situation actuelle, il fallait convenir que ça sentait la guerre depuis pas loin de dix ans déjà. L'occupation du couloir de Dantzig par les troupes allemandes n'avait fait que précipiter les événements. Le 24 août, le gouvernement français n'avait-il pas rappelé sous les drapeaux trois classes de réservistes, et trois autres, en ce 26 août 1939 ?

François Eicher tourna les talons. La dépose des vitraux de la cathédrale était, à ses yeux, un geste aussi symbolique qu'éloquent.

Pendant combien de temps pourrait-il encore marcher

1. La grosse cloche de la cathédrale.

librement dans les rues de sa bonne ville ? On avait beau clamer haut et fort que la ligne Maginot était imprenable, il songeait qu'en 1870 la France, déjà, ne devait faire qu'une bouchée de l'ennemi prussien, et qu'en 1914 la guerre allait être terminée avant même que d'avoir commencé. En attendant, la Moselle avait subi le joug allemand pendant près de cinquante années. Sans être défaitiste, l'aubergiste était d'un optimisme modéré sur l'avenir.

Perdu dans ses pensées, il dirigea ses pas vers l'Esplanade ; il passa devant le marché couvert pour aller rejoindre la rue aux Ours, longea le cercle des officiers, où l'agitation devait être grande, puis le palais de justice. *Partout droiture et simplicité, netteté des frontons sculptés, aspect rectiligne de l'ensemble.*

Toujours la référence à Barrès, qui affirmait que, de l'Esplanade, *on devine sous un ciel nuageux douze villages vignerons, baignés ou mirés dans la Moselle.* Douze villages, vus d'ici ? François avait le sentiment que l'écrivain exagérait. On n'en voyait pas tant, mais cela faisait joli sous la plume, et l'aubergiste aurait volontiers affirmé à un voyageur de passage que Barrès disait vrai. On a sa fierté !

Seulement, pour l'heure, c'étaient les têtes aplanies des collines environnantes qui le préoccupaient ; elles qui avaient, autrefois, été arasées pour permettre l'établissement des forts de Plappeville, Saint-Quentin, Saint-Blaise, Sommy... Ceux-ci tiendraient-ils, ou la région aurait-elle à subir une nouvelle domination germanique ? Deviendrait-elle, une fois de plus, la rançon d'accords signés sans consultation des habitants de la région, qui étaient pourtant les premiers concernés ? La Moselle et l'Alsace étaient-elles appelées à redevenir les grandes sacrifiées de l'Histoire ?

François ne voulait pas y croire. Il se refusait à imaginer que les politiciens pussent se montrer à nouveau oublieux d'un passé si frais à la mémoire de tous les Lorrains. Il ne suffisait pas de chanter *Vous n'aurez pas l'Alsace et la Lorraine*! Encore fallait-il se donner les moyens de conserver ces deux provinces françaises dans le giron de la mère patrie.

Quand il était né, en 1907, la région était sous domination prussienne. Il avait onze ans quand, en 1918, elle avait été rendue à la France, pour laquelle son père était mort, lui qui n'avait pourtant connu, toute sa vie, que la domination teutonne. Le grand-père de François était né français avant de devenir allemand, puis à nouveau français. Et ses enfants? Naîtraient-ils français ou allemands?

Quoi qu'il advienne, François n'entendait pas transiger : ils seraient français!

Sa ville, si paisible en temps ordinaire, portait trop de stigmates d'une histoire douloureuse.

Vauban avait parfaitement saisi sa situation si particulière lorsqu'il avait déclaré : *Les places fortes du royaume défendent leurs provinces, Metz défend l'Etat.* L'Etat saurait-il s'en souvenir et lui assurer la protection à laquelle elle avait le droit de prétendre?

François poursuivit sa promenade mélancolique jusqu'à la grotte, au bas de l'Esplanade; là, au milieu de la verdure, bercé par le chant des eaux, musait le buste de Paul Verlaine. Celui-ci avait vécu à Metz jusqu'à l'âge de huit ans à peine, mais il était toujours resté l'enfant du pays, ne serait-ce que pour son poème revanchard, inclus dans le recueil *Invectives* :

*Metz aux campagnes magnifiques,*
*Rivière aux ondes prolifiques,*

*Coteaux boisés, vignes de feu,*
*Cathédrale toute en volute,*
*Où le vent chante sur la flûte,*
*Et qui lui répond par la Mute,*
*Cette grosse voix du bon Dieu !*

Mais c'étaient des vers plus martiaux du poème qui s'imposaient en ce moment à la mémoire de François, des vers plus en accord avec sa présente inquiétude pour le devenir de la région :

*Plus d'Alsace et plus de Lorraine...*
*Autant fouetter le flot des mers.*
*Autant dire au lion d'Afrique :*
*Rampe et sois souple sous la trique.*

Combien de Verlaine s'étaient tus avant d'avoir rédigé leurs premiers vers en ces terres de Lorraine que la folie des hommes transformait si souvent en terres de discorde et en champs de bataille ?

François Eicher secoua son spleen. Il traversa le boulevard Poincaré et regagna l'auberge des Régates, qui occupait un vaste espace bucolique au bord du bras navigable de la Moselle, à l'extrémité sud des promenades. Il aimait sa guinguette rieuse. Avec Nicole, son épouse, ils avaient réussi à en faire une adresse appréciée pour sa table, pour la tenue de ses chambres et pour la qualité de son accueil. Ah ! l'accueil ! Un point sur lequel il ne faisait aucune concession. Il pouvait accepter une maladresse de la part d'un employé, mais pas une mine revêche et encore moins un mot de travers. Chacun le savait, mais comme il était bon patron, ses employés ne devaient pas se forcer pour accueillir la clientèle avec le sourire.

A son arrivée à l'auberge, François n'était pas d'humeur à faire des sourires ni des ronds de jambe, aussi prit-il soin d'entrer par la petite porte de côté. Il s'avança jusqu'à la baie, qui ouvrait sur la grande salle avec ses vieux dressoirs en bois de merisier où étaient exposées des assiettes en faïence ornées du fameux coq d'Epinal. Nicole l'aperçut aussitôt et lui adressa un petit signe de tête discret, signifiant qu'elle désirait lui parler. Elle finit de prendre la commande du juge Ahles, venu déjeuner avec un groupe de notables, clients réguliers de l'auberge, que François retrouvait souvent autour d'une table moins conviviale, celle du conseil municipal.

Après s'être assuré que tout allait bien dans la salle, il passa devant la porte vitrée qui menait aux appartements privés, contourna l'escalier réservé à la clientèle de l'hôtel et pénétra dans le petit salon où n'étaient admis que les intimes.

Nicole ne tarda pas à le rejoindre. Il l'attira à lui et l'embrassa en la serrant fort contre son torse, comme elle aimait tant. Elle sourit, mais il vit bien que quelque chose la tracassait. Contrairement à lui, Nicole était incapable de dissimuler ses émotions. Il relâcha son étreinte et lui saisit le menton entre le pouce et l'index, avec, dans le regard, cette petite expression qui serait sa seule interrogation. Ils étaient mariés depuis bientôt dix ans, et il la trouvait toujours aussi belle et désirable qu'au premier jour. En dépit d'une activité trépidante, elle conservait en toutes circonstances une fraîcheur et une grâce presque juvéniles.

Nicole alla s'asseoir à la table. François sourit machinalement. Cette préférence pour la chaise plutôt que pour le divan faisait partie des codes transparents de sa femme.

Quand elle désirait aborder un sujet grave, elle s'installait à la table, comme si le confort douillet du divan risquait de la déconcentrer ou d'enlever du poids à ses propos.

— Ils sont venus distribuer des masques à gaz, dit-elle sans autre commentaire.

Il plissa les yeux de manière imperceptible.

— Tu es conseiller municipal, François, tu dois savoir ce qui se prépare, non ?

François en savait généralement plus qu'il n'en disait. S'il se gardait d'évoquer le contenu des réunions du conseil, depuis quelque temps, c'était pour éviter à Nicole de s'inquiéter inutilement. Là, toutefois, il ne pouvait la tenir éloignée plus longtemps de la réalité.

— Je reviens de la place d'Armes, annonça-t-il, comme s'il n'avait pas entendu la question de Nicole, mais la jeune femme le connaissait bien.

Lorsqu'il devait soulever une question préoccupante, François y mettait toujours les formes. Il commençait par parler d'autre chose, puis, insensiblement, il glissait vers le point qui le tourmentait.

En l'occurrence, la digression faisait elle-même partie intégrante de son sujet.

— Ils ont entrepris la dépose des vitraux de la cathédrale. C'est une merveille de notre patrimoine, tu comprends ? Ils vont les expédier à Gorze, dans un premier temps. Si ça tourne mal, ils les enverront ensuite au monastère de Ligugé, dans la Vienne.

— J'ai entendu le conservateur de la bibliothèque municipale expliquer au juge Ahles que, dès lundi, ses services commenceraient à trier les archives, les manuscrits, les incunables, tous les livres de valeur et les tableaux...

— Il faut aussi penser à les mettre à l'abri, confirma François.

Sans transition, il ajouta :

— A partir de ce soir, tous les cafés devront fermer leurs portes à vingt-deux heures.

— Ça nous concerne aussi ? s'inquiéta Nicole.

— L'éclairage public sera désormais suspendu pendant la nuit. Alors, tu sais...

Il hésita avant de poursuivre avec une petite pointe d'humour dans la voix :

— Ma position à l'hôtel de ville nous vaudra peut-être de bénéficier d'un traitement de faveur.

— François, dit la jeune femme en saisissant la main de son mari, qui parlait en faisant les cent pas dans la pièce.

L'aubergiste saisit une chaise et s'assit en posant un bras sur les épaules de sa femme, qui se laissa aussitôt aller contre lui. Elle se blottit à cet endroit précis, qui était le seul où elle se sentait toujours en sécurité.

— François, nous n'allons pas y couper, cette fois, n'est-ce pas ?

Il lui caressa doucement la joue en disant :

— Le vieux Jules dit que ça sent la guerre.

— Et il a de l'odorat ? demanda Nicole en s'efforçant elle aussi d'introduire un peu d'humour dans son ton.

Quand elle était là, abandonnée contre le torse de son homme, il ne pouvait rien lui arriver. Même si la guerre devait éclater, François saurait ce qu'il convenait de faire.

— Oui, dit-il, il a de l'odorat, le vieux Jules. Pour l'instant, rien n'est sûr, mais je suis persuadé que ce n'est plus qu'une question de jours.

— Qu'allons-nous devenir, François ? demanda Nicole en se redressant.

Des pierres du Rhin scintillaient dans ses yeux. François écarta les longs cheveux châtain foncé de sa femme et posa un baiser sur son front.

— Nous aviserons en temps utile, ma chérie. Mais, quoi qu'il arrive, ne t'inquiète pas, rien ne nous séparera.

Elle sourit. Il y avait de la tristesse dans ce sourire-là, mais elle dit :

— Alors, il ne pourra rien nous arriver.

# 1

François ne s'était pas trompé. Tout n'avait été qu'une question de jours. Volontaires et requis d'office commençaient à recevoir leurs convocations pour les services de la Défense passive. Les premières caisses de vitraux avaient pris la route de Gorze, trois jours après leur dépose. Le surlendemain, monseigneur Heintz, évêque de Metz, annonçait qu'à dater du 1er septembre tous les offices religieux étaient suspendus à la cathédrale jusqu'à plus ample informé. Le même jour, la bibliothèque municipale fermait ses portes, tandis que la préfecture commençait la délivrance de cartes d'identité.

Mais le premier coup dur fut asséné le samedi 2 septembre 1939, une semaine précisément après la réception des masques à gaz à l'auberge des Régates. La mobilisation générale était décrétée.

— François, tu ne vas pas devoir partir, dis ? s'inquiéta Nicole.

Son mari la serra dans ses bras, de sorte qu'elle ne put voir l'ombre qui voilait son regard.

— Rien ne nous séparera, Nicole, dit-il. Rassure-toi, ma chérie, je ne suis pas mobilisable. Un vieux souvenir de 14-18, tu sais bien.

— Monsieur, qu'allons-nous devenir ? Il va vraiment falloir aller se battre ?

François considéra Frédéric Gorges, un homme grand, mince, toujours tiré à quatre épingles, qu'il appréciait autant pour sa distinction que pour sa discrétion. De toute évidence, son maître d'hôtel venait le consulter en délégation car, père d'une famille nombreuse, il n'était pas personnellement concerné par la mobilisation. Derrière lui, les serveurs apprêtaient les tables comme à l'ordinaire, mais il était clair qu'ils guettaient avec angoisse la réponse du patron. Il devait savoir, lui, le conseiller municipal. Peut-être même qu'il pourrait intervenir pour leur obtenir une dispense. N'était-il pas dans son intérêt de conserver son personnel ? La plupart de ces hommes étaient mariés et pères de famille. Ils n'étaient pas moins valeureux que d'autres, mais ils pensaient au sort des leurs. Que deviendraient ceux-ci pendant leur absence ?

— Je suis désolé, Frédéric, déclara l'aubergiste, la mobilisation est l'affaire des militaires, pas des autorités municipales. De toute façon, il n'y aura pas de passe-droit.

Le lendemain, à dix-sept heures, la radio annonça que la France venait de déclarer la guerre à l'Allemagne. François avait branché le poste Philips dans la grande salle pour que chacun soit informé de la suite des événements. Un grand silence succéda à la nouvelle, puis un formidable brouhaha. Ensuite, les clients réglèrent l'addition, les uns après les autres, et la salle se vida. Parmi les employés, plus personne ne parlait de se soustraire à son devoir.

Nicole observait son mari, dont le regard, perdu au loin, demeurait impénétrable. Tandis que chacun retournait machinalement à ses occupations, François se retira dans le salon privé. Quand Nicole le rejoignit, il était assis à la table et se servait un verre de mirabelle. La jeune femme prit un deuxième verre et s'installa en face de lui, sans un mot.

— Je me demande à quoi pensent les cousins de Bekond, en ce moment, murmura-t-il.

Nicole avait de la famille sur les bords de la Moselle, du côté allemand. Les Mahler étaient vignerons et, tous les ans, François et sa femme allaient leur rendre visite, après les vendanges, pour goûter la nouvelle cuvée. Ils revenaient toujours avec plusieurs caisses de vin blanc dans le coffre de la Primaquatre. Le piesporter des cousins était apprécié de la clientèle de l'auberge des Régates.

François remplit le deuxième verre. Il vida le sien et se resservit. Nicole ne dit rien. La remarque de son mari n'appelait pas de commentaire. Elle exprimait une interrogation qui concernait beaucoup de familles des deux côtés de la frontière.

— Que va devenir l'auberge ? demanda-t-elle.

Il haussa les épaules. Il n'en savait pas plus qu'elle. C'est pour ça qu'il avait sorti la mirabelle. Tout dépendrait de la durée des combats, de leur violence et de leur issue.

La porte du salon s'ouvrit brutalement. François se redressa, prêt à gronder. Nul n'était autorisé à pénétrer ici sans frapper. Cette pièce était le sanctuaire du couple Eicher. Leur refuge quand ils éprouvaient le besoin de souffler entre deux coups de feu.

Sa colère se dissipa dès qu'il aperçut le visage en larmes d'une adolescente. Léni allait sur ses seize ans et faisait presque partie de la famille. Ses cheveux naturellement

 plum (wine)

bouclés, d'un noir de jais, étaient tout ébouriffés. Quand elle eut repris son souffle, elle sanglota :

— Papa doit partir !

Nicole ouvrit les bras et la jeune fille s'y précipita. Léni avait de la peine à maîtriser ses sanglots. François mesurait toute la détresse que renfermaient, pour elle, ces trois mots : « Papa doit partir. »

L'histoire de Léni, outre ce qu'elle avait de particulier, s'inscrivait parfaitement dans celle de sa région. Née à Trèves, elle n'avait jamais rien su de son père biologique. C'est à peine si, enfant, elle avait connu sa mère, la sévère Agnès, qui, moins d'un an après sa naissance, avait confié le nourrisson à l'oncle Peter et à son épouse, la tante Maria. Quand la fillette avait été en âge de comprendre la situation, sa tante lui avait expliqué que sa mère avait dû quitter Trèves parce qu'elle avait trouvé du travail en France.

Au fil d'années passées à écouter les discussions des « grands », Léni avait traduit les faits à sa façon : « Ma mère est partie vivre sa vie, et elle ne m'a pas emmenée parce que je n'avais pas de place dans cette vie-là. » Un jour que, du haut de ses sept ans, elle avait exposé sa vision à sa tante, la brave Maria lui avait répondu :

— Que vas-tu imaginer là, ma chérie ? C'est juste qu'il lui aurait été difficile d'accomplir son travail tout en s'occupant d'un bébé.

Léni avait alors eu le sentiment d'être restée longtemps un bébé.

Sa mère était réapparue dans sa vie peu de temps avant son onzième anniversaire. Jusque-là, la fillette n'avait pas eu à se plaindre de son enfance. L'oncle Peter et la tante Maria lui avaient donné tout ce dont un enfant pouvait rêver. Y compris la tendresse dont sa mère l'avait privée. La seule zone d'ombre concernait son père. Léni avait vite compris qu'il ne servait à rien de poser des questions à son sujet. Ses tuteurs n'en savaient pas plus qu'elle. Agnès avait eu sa fille en dehors des liens du mariage et n'avait jamais fait de confidences à personne. L'enfant s'était imaginé un homme grand, fort et bon, qui n'avait jamais eu connaissance de son existence. Un jour, elle le retrouverait. Elle finirait bien par arracher son nom à sa mère. Elle irait le trouver et, dès qu'il saurait, à son tour il lui ouvrirait les bras et l'appellerait « ma petite fille chérie ».

Aussi, quand la tante Maria avait annoncé à Léni que sa mère venait la chercher pour l'emmener en France, la fillette avait eu le sentiment que le sol se dérobait sous ses pieds. Ses tuteurs lui racontaient depuis quelques mois que, si sa mère ne réapparaissait pas après le terme de sa dixième année d'absence, ils auraient le droit de l'adopter. L'oncle Peter lui avait décrit ce que serait alors son existence : les cours de violon, les leçons d'équitation, les études de journalisme... L'oncle Peter était le rédacteur en chef d'un grand quotidien de Trèves, et la fillette rêvait de suivre ses traces. La belle vie, quoi ! Or voilà que tout cela s'évanouissait subitement.

En attendant l'arrivée de sa mère, Léni avait passé de longues heures à essayer de retrouver son image — pas celle des photos que lui montrait régulièrement sa tante, mais la trace d'un souvenir personnel, qui aurait survécu au plus profond de sa mémoire. En vain.

Quand Agnès s'était enfin présentée à la porte de l'appartement cossu de son frère, l'enfant l'avait accueillie par un solennel :

— Bonjour, madame.

L'expression de sa mère lui avait donné envie de disparaître sous terre — Léni aurait souvent l'occasion de revoir cette expression-là.

— Tu pourrais m'appeler maman, tu ne crois pas ? avait demandé Agnès.

Léni n'avait pu retenir un :

— Oui, madame.

Elle s'était aussitôt mordu la langue en voyant une lueur furieuse s'allumer dans le regard de cette inconnue à la nuque trop rigide, aux lèvres trop pincées, aux yeux trop sévères et aux mains trop larges. La tante Maria s'était empressée de voler au secours de la fillette.

— C'est une enfant, Agnès. Elle n'avait pas un an quand tu as choisi de partir sans elle.

Léni avait perçu une nuance de reproche dans la voix de celle qui lui servait de mère depuis près de dix ans.

Maria avait dû craindre que le ton acerbe de sa remarque ne se retourne contre sa nièce, aussi avait-elle directement enchaîné :

— Tu t'occupes toujours des enfants du consul britannique, à Saint-Germain-en-Laye ?

Agnès l'avait coupée :

— Il a été rappelé dans son pays. Je n'ai pas voulu les accompagner là-bas. Il en a été bien triste, car ses enfants m'adoraient. Je vis à Metz depuis près d'un an.

Léni n'avait rien dit, mais elle avait dû faire un gros effort pour refouler la rage qu'elle avait sentie monter en elle. Ainsi, sa mère, qui aurait eu du mal à accomplir son travail en s'occupant d'un bébé, l'avait abandonnée pour aller jouer les nounous pour d'autres enfants ! Un comble !

Le voyage en train vers Metz avait été des plus froids. Agnès avait expliqué à sa fille qu'elle s'était mariée et que son mari avait accepté de reconnaître son enfant. La fillette s'était juré de ne pas renoncer aussi facilement à son père à elle. Celui dont elle avait une image très précise qu'elle s'était construite au fil des ans pour se venger de l'abandon de sa mère. Non, elle ne laisserait pas celle-ci lui briser son beau rêve.

— Maman...

Ce mot lui écorchait les lèvres.

— C'est qui, mon père ?

— Tu feras bientôt sa connaissance. Il viendra nous chercher à la gare.

— Non, je veux dire mon vrai père.

Sa mère l'avait giflée.

— Ce sera ton vrai père.

La fillette avait refoulé ses larmes. Elle ne voulait pas donner à cette femme austère le plaisir de la voir pleurer. Pour la blesser, elle avait dit :

— Tante Maria et oncle Peter ont été très gentils avec moi pendant ton absence. Ils me considéraient comme leur fille. D'ailleurs, ils m'auraient adoptée si tu n'étais pas venue me chercher.

— Tiens donc ! avait fait sa mère. La pauvre Maria ne peut pas avoir d'enfants, alors, avec son Peter, ils veulent voler ceux des autres.

Léni avait trouvé la remarque de sa mère mesquine et cruelle, mais elle avait poursuivi son idée :

— Alors, ils m'auraient payé des leçons de violon et d'équitation. Et puis...

Sa mère ne l'avait pas laissée poursuivre.

— Parce que, pendant toutes ces années que tu as passées avec eux, ils ne pouvaient pas le faire ? Ils avaient besoin de t'adopter pour t'offrir tout ça ? C'est ça, te considérer comme leur fille ?

Léni en était demeurée interdite. Sa mère était méchante, mais, en l'occurrence, il était difficile de ne pas reconnaître que son raisonnement se tenait. Combien d'illusions la fillette allait-elle encore perdre aux côtés de cette femme ?

L'homme qui les attendait sur le quai de la gare de Metz avait des yeux bleus aussi clairs que rieurs. Il avait soulevé Léni de terre dès sa descente de train et, la regardant droit dans les yeux, il avait dit :

— Alors, la voilà enfin, ma grande fille.

Léni avait souri pour la première fois depuis l'arrivée de sa mère chez ses tuteurs. Cet homme était encore plus beau que le père qu'elle s'était inventé. Il était grand, mince, avec de larges mains élégantes malgré les callosités dues au travail du bois. Paul Muller était pompier et menuisier au service de la ville.

L'adaptation à sa nouvelle vie n'avait pas été simple pour la fillette. Elle qui ne parlait pas un mot de français s'était fait traiter de « sale Boche » par les autres enfants dès son premier jour de classe. Quand elle avait demandé à celui qu'elle n'avait eu aucune peine à appeler papa ce que cela voulait dire, il lui avait répondu :

— Ça veut dire que ces gosses sont stupides, ma chérie.

Puis il avait annoncé à sa femme :

— Demain, j'irai à l'école parler à la mère principale. C'est à elle de faire en sorte que les chères sœurs[1] surveillent mieux les gosses. Je ne tolérerai pas qu'on traite ma fille de la sorte.

— Elle est assez grande. Laisse-la se débrouiller, avait rétorqué Agnès.

1. Religieuses.

— Voyons, c'est encore une enfant, et la situation est déjà assez difficile pour elle.

Agnès n'avait pas répondu.

Dès le lendemain, Paul avait accompagné sa fille à l'école et s'était entretenu avec la mère principale. A partir de ce jour-là, les religieuses s'étaient montrées plus attentives à la manière dont était traitée la fillette.

A cause de son métier de pompier, Paul ne passait qu'un soir sur deux à la maison, mais, ces soirs-là, il consacrait une heure à enseigner le français à sa fille. Léni s'appliqua si bien qu'à la fin de l'année scolaire elle était première de sa classe en français.

« Papa doit partir » traduisait donc la crainte de l'adolescente de ne pas voir revenir l'être qui lui avait donné son amour sans la moindre réserve, à tel point qu'elle s'était souvent demandé s'il ne s'agissait pas, somme toute, de son vrai père. Sa mère aurait été parfaitement capable de leur mentir à tous les deux, rien que pour leur faire du mal.

Nicole regardait son mari tout en essayant de consoler Léni. François devinait ce que sa femme cherchait à lui dire. Il soupira, se resservit un verre de mirabelle et répéta ce qu'il avait déjà dit à ses employés :

— Je ne peux malheureusement pas intervenir dans les affaires militaires.

*Le Républicain lorrain* du lendemain titrait : *Respectueuses de leurs engagements, l'Angleterre et la France sont en état de guerre avec l'Allemagne, seule responsable de la tragédie.* Et plus loin : *Dans une virile allocution, M. Edouard Daladier exprime sa foi dans la victoire.* Le président du Conseil disait : *Je salue avec émotion et tendresse les jeunes soldats qui vont accomplir le devoir sacré que nous avons accompli nous-mêmes il y a vingt-cinq ans. Ils peuvent avoir confiance dans leurs chefs, qui sont à la hauteur de ceux d'hier.*

François ne doutait pas que Paul Muller et les autres Lorrains engagés dans cette guerre sauraient *accomplir le devoir sacré*, mais il se demandait si le président du Conseil était conscient que, chaque fois qu'un de ces hommes lèverait son arme sur un ennemi, il ne pourrait s'empêcher de se demander s'il n'était pas sur le point de tuer un frère ou un cousin.

## 2

La ville connut bientôt une agitation hors du commun. Les habitants des villages situés avant la ligne Maginot et dans les environs immédiats prenaient la route de l'exode. A pied, en charrette, en carriole, ils évacuaient les premières lignes de front. Des colonnes interminables serpentaient sur les routes, au milieu de nuages de poussière. Pour l'essentiel, des femmes, des vieillards et des enfants conduits par le maire, le curé et l'instituteur. Dans leurs regards se lisait un mélange d'abattement et de rancœur. Qui allait s'occuper des bêtes en leur absence ? Une fois encore, leurs terres allaient se gorger de sang.

Sur le quai de la gare de triage du Sablon, des Sarregueminois se pressaient dans l'attente d'un train qui les emmènerait loin de cette région qui ne tarderait pas à ressembler à l'enfer. La plupart gardaient encore présentes à l'esprit les atrocités de la dernière guerre. L'angoisse au cœur, ils devaient parfois patienter jusqu'à dix jours avant de pouvoir enfin partir. Les maires des villages évacués se rendaient dans des bureaux improvisés pour consulter des cartes qui les renseignaient sur leur lieu de destination.

Les familles des militaires de la garnison de Metz

partirent elles aussi. Les soldats venus prendre congé des leurs découvrirent sur les quais, derrière le château d'eau de la gare, de tristes wagons à bestiaux. Soucieux d'offrir un minimum de confort à leurs femmes et à leurs enfants, ils s'empressèrent d'aller chercher des ballots de paille qu'ils étalèrent sur les lattes en bois nu du plancher.

Metz ne se situait pas dans la région à évacuer, pourtant près de vingt-cinq mille personnes choisirent de se replier vers l'intérieur du pays.

François, en tant que conseiller municipal, n'hésitait pas à payer de sa personne. Il courait partout où il pouvait se rendre utile. En passant devant la caserne Barbot, il aperçut son ami Paul Muller, dans son uniforme du génie. Il l'interpella.

— Salut, François, fit Paul sans lâcher le mégot collé à ses lèvres.

— Léni est venue nous dire que tu avais été rappelé.

Le pompier haussa les épaules.

— Un simple changement d'uniforme, en somme.

Tirant sur sa cigarette, il ajouta :

— Dans trois mois, j'aurai trente-deux ans.

Il ne commenta pas sa remarque, mais François comprit ce qu'il voulait dire. Les autorités ratissaient large.

— François, je voudrais te demander... Je sais que tu as fort à faire entre l'auberge et le conseil municipal, mais si tes activités t'en laissent le temps, tu veux bien veiller sur ma fille ? Elle n'a jamais vraiment pardonné à sa mère de l'avoir délaissée pendant sa petite enfance, alors ça ne se passe pas toujours très bien entre elles. Et puis, Agnès a tendance à être trop sévère avec la petite.

C'était la première fois que François entendait son ami parler du passé de son épouse.

— Ne t'inquiète pas pour Léni, Paul. Tu sais que tu peux compter sur nous.

Les effusions et les confidences n'étant pas le fort des deux hommes, l'aubergiste s'empressa de détourner la conversation :

— Tu sais où ils t'envoient ?

Paul Muller haussa les épaules.

— Où ? Je n'en sais foutre rien. On entend tellement de *couatches*[1]. Tout ce que je sais, c'est que mon unité part cette après-midi.

— Ouvre l'œil, vieux.

Le pompier secoua la tête.

— Je reviendrai, dit-il comme si c'était pour lui une certitude.

François songea que c'était peut-être le cas. Son ami tenait tellement à veiller sur sa fille, aussi longtemps qu'elle aurait besoin de lui, qu'il était capable de passer au travers des balles pour revenir vivant. On avait vu des choses plus folles en temps de guerre.

Après l'ouverture officielle des hostilités, une semaine s'écoula avant que les sirènes n'annoncent la première alerte. Elles firent entendre leur voix sinistre dans la nuit du 10 au 11 septembre, à deux heures trente. Les tirs de la DCA leur succédèrent, mais les avions ennemis survolèrent la ville sans la bombarder.

Nicole se blottit dans les bras de son mari. Elle ne dit rien, mais François la sentait trembler contre lui. Au matin, tandis qu'ils prenaient le petit-déjeuner dans la cuisine, la jeune femme se risqua à proposer :

— Et si nous partions nous aussi, François ?

---

1. Bobards.

L'aubergiste fronça les sourcils. Il enfonça sa main dans la poche de son pantalon. Le paquet de petit gris Caporal était vide. Il le froissa et le jeta dans la poubelle. Il ouvrit la porte du placard sous l'évier et, dans un pot en grès gris, décoré de grosses fleurs bleues, il prit un paquet neuf et se roula une cigarette.

— Nous ne pouvons pas abandonner le personnel. Que deviendront ces familles s'ils perdent leur boulot ? La vie est déjà assez dure comme ça pour tout le monde.

La jeune femme se mordit la lèvre inférieure. Si elle aimait cet homme, c'était aussi pour la profonde humanité qu'il abritait sous une apparence que d'aucuns jugeaient froide et distante. Ceux-là ne le connaissaient pas. Elle n'insista pas, mais se promit de revenir à la charge si le danger venait à se préciser.

Le 1er octobre, un premier convoi emporta ceux qui n'avaient pas les moyens de payer leur voyage. La municipalité en organiserait désormais un par semaine.

Des troupes anglaises s'installèrent à la caserne Ney le 3 octobre.

Le bruit ne tarda pas à courir que des soldats — Français de l'intérieur —, cantonnés dans les villages proches de la frontière, faisaient main basse sur les biens abandonnés. Le préfet, monsieur Charles Bourrat, dut imposer des mesures sévères pour empêcher la poursuite des pillages. Pour l'heure, les exactions de ceux qui étaient censés les protéger de l'envahisseur étaient les seuls dommages dont la population eût à se plaindre.

En effet, depuis le déclenchement des hostilités, la situation était relativement calme, à tel point que plus de huit mille évacués ne tardèrent pas à rentrer chez eux.

Le 6 novembre, un avion français qui avait donné la chasse à une escadrille allemande s'écrasa sur l'école de Plappeville. Une religieuse, qui avait eu la présence d'esprit de faire quitter la salle de classe à ses élèves, mourut brûlée vive en essayant de sauver les médicaments nécessaires aux malades de la commune.

De nouvelles alertes furent enregistrées dans les semaines suivantes, mais toujours pas le moindre bombardement. Les seuls dégâts matériels furent le fait d'obus de la DCA qui retombaient en divers points de la ville.

Le 25 décembre, l'Association des concerts du conservatoire organisa un récital consacré aux vieux noëls anglais et français avec le concours de la chorale mixte du conservatoire et une chorale de jeunes Anglais. Le 31, un concert de gala fut donné au théâtre municipal, auquel participa le capitaine de réserve Pierre Laudenbach. Nicole fut émue de rencontrer cet homme qu'elle avait tant admiré dans *La Grande Illusion* sous son nom d'artiste : Pierre Fresnay.

Les deux soirs, François avait profité des entractes pour s'entretenir avec le maire, monsieur Gabriel Hocquard, et plusieurs de ses conseillers. Les grands froids qui sévissaient désormais étaient source d'inquiétude en raison de l'épuisement rapide des stocks de combustible. La fermeture des écoles, du conservatoire et de certains services municipaux fut envisagée.

A la sortie du concert de gala, le juge Ahles s'approcha de l'aubergiste qui fumait une cigarette en attendant son épouse, laquelle s'était éclipsée pour se refaire une beauté.

— Comment vous en sortez-vous, à l'auberge? demanda le magistrat.

François haussa les épaules.

— Plusieurs de mes gars ont été appelés sous les drapeaux. J'ai proposé à leurs femmes de les remplacer, histoire de ne pas laisser leurs familles dans le besoin. Dans l'ensemble, elles ne se débrouillent pas mal. Nous n'avons pas trop à nous plaindre, pour le moment. Nous réussissons toujours à être approvisionnés. La clientèle habituelle s'est réduite, mais pas dans des proportions aussi importantes qu'on aurait pu le craindre. Et puis, plusieurs officiers nous ont loué des chambres. Les casernes sont bondées. Nicole est plus inquiète que moi. Je crois qu'un voyage en Charente[1] ne serait pas fait pour lui déplaire.

Il plissa les yeux avant d'ajouter :

— Ça m'ennuierait de devoir fermer les portes ; je serais contraint de renvoyer tous mes gens.

— François, ne faites rien sans me consulter, voulez-vous ?

Il y avait quelque chose de mystérieux dans le ton du juge. L'aubergiste fronça les sourcils. Il ne conservait pas un bon souvenir de la dernière guerre. Il avait sept ans quand elle avait été déclarée et onze quand elle s'était achevée. Elle avait coûté la vie à son père et il s'en était fallu de peu que lui aussi…

— Il ne faut pas que la région soit à nouveau déchirée, reprit le juge.

— Si ça tourne mal, elle le sera forcément. C'est toujours le cas, observa François.

— Quoi qu'il arrive, vous savez bien que vous ne serez pas envoyé au front, insista le juge. Alors, pas de décision précipitée, d'accord ?

---

1. C'était dans les Charentes que se rendaient la plupart des évacués mosellans, mais aussi dans la Vienne, la Haute-Vienne et la Haute-Loire ou encore, mais dans une moindre mesure, dans le Morbihan.

Nicole les rejoignit à ce moment précis, et le magistrat n'en dit pas plus. François le salua et entraîna sa femme vers la sortie.

— Qu'est-ce qu'il te voulait ? demanda-t-elle.

— Oh, il s'inquiétait pour l'auberge. Enfin, pour nous.

— Moi aussi, dit Nicole.

Mais François n'était pas d'humeur à parler. Il serra sa femme plus fort contre lui et déposa un baiser dans ses cheveux. Nicole perçut sa contrariété et se garda de l'interroger plus avant.

Les mois qui suivirent ne furent marqués par aucun événement majeur. C'était vraiment une drôle de guerre, une *Sitzendkrieg*[1], comme l'appelaient les Allemands. Aucune offensive majeure n'était rapportée. Le printemps s'annonçait déjà.

Le 13 mars, le président de la République, Albert Lebrun, alla visiter les lignes du front et plusieurs usines au service de la Défense nationale. Reçu à l'hôtel de ville, il déclarait : « La victoire nous est due et ne peut nous échapper. » Présent en sa qualité de conseiller municipal, François ne put s'empêcher de se demander comment remporter une victoire quand on ne se décide pas à déclencher les hostilités. Il savait en effet, par des officiers logés à l'auberge, que le front se caractérisait par une inactivité qui commençait à émousser la vigilance.

Le lendemain, un ouragan se déchaîna sur la ville. Une pluie de tuiles s'abattit dans les rues et des feuilles en cuivre furent arrachées à la toiture de la cathédrale. Personne ne se souvenait d'avoir connu une tempête aussi

1. Littéralement : une guerre assise.

violente. Pour certains, le ciel exprimait ainsi sa colère devant la bêtise des hommes, qui n'avaient pas encore appris à vivre en paix.

Pour célébrer Pâques, les cloches chantèrent pour la première fois depuis la déclaration de guerre. Les Eicher avaient organisé une grande fête pour les enfants du personnel. Léni, qui ne travaillait pas ce jour-là, était venue aider ses amis à cacher des œufs dans le jardin.

Les enfants, qui avaient défilé dans les rues en agitant leurs crécelles pour remplacer les cloches «parties à Rome», s'égaillaient au milieu de la verdure.

— C'est curieux, cette tradition du lièvre qui sème des œufs, observa Léni tout en suivant des yeux les enfants, qui s'émerveillaient de trouver des cadeaux à leur nom parmi les œufs décorés.

Ils s'interpellaient les uns les autres chaque fois qu'un nouveau nom apparaissait sur un paquet.

— Oh, fit Nicole, pour ce que j'en sais, cette tradition remonte à une ancienne légende allemande. Une vieille femme, trop pauvre pour offrir des friandises à ses enfants, aurait décoré les œufs de ses poules et les aurait disposés au milieu de nids d'herbe et de brindilles dans son jardin. Alors que les enfants s'approchaient d'un de ces nids, un lièvre en serait sorti et se serait sauvé dans le bois voisin. Les enfants auraient alors déclaré que c'était lui qui avait déposé là ses œufs.

François, plus pragmatique, expliqua que le lièvre était connu pour se reproduire plusieurs fois par saison. Comme l'œuf, il était donc symbole de vie. C'est pourquoi il aurait été choisi pour annoncer le printemps, que chacun espérait fertile.

Léni fit la moue.

— Je préfère la version de Nicole. Elle est plus poétique.

— Tu as des nouvelles de ton père ? demanda l'aubergiste.

L'adolescente se rembrunit et secoua la tête de gauche à droite.

Le couple échangea un regard. Ils ne pouvaient pas grand-chose pour Léni. Sa mère avait refusé de se replier vers l'intérieur. Elle était née allemande et ne voyait pas ce qu'elle aurait à craindre si les « Schleus » revenaient s'installer à Metz. L'adolescente, elle, n'avait pas voulu s'éloigner plus encore de son père.

François observait son maître d'hôtel. Frédéric Gorges suivait des yeux sa petite dernière qui, du haut de ses trois ans, roulait des yeux tout ronds en poussant de petits cris aigus chaque fois que ses frères ou ses sœurs trouvaient un nid rempli d'œufs multicolores. Un sourire se dessinait alors sur les lèvres de son père, mais ses yeux, eux, n'exprimaient pas la moindre allégresse. Bien au contraire, ils trahissaient une profonde désillusion. L'aubergiste avait remarqué que son employé paraissait défait depuis son retour d'exode.

En fait, le maître d'hôtel était venu le trouver six mois plus tôt.

— Avec toute ma marmaille, avait expliqué ce père de sept enfants, ils ne vont pas m'envoyer sur le front, monsieur Eicher. Alors, je me disais...

Il s'était interrompu. De toute évidence, il lui était difficile d'aller au bout de sa pensée. François se doutait de ce qu'il allait lui annoncer, mais il ne voulait pas le brusquer, aussi l'avait-il laissé poursuivre à son rythme.

— Je sais que ce n'est pas vraiment facile pour vous

avec tous les gars qui ont dû aller soldats[1]. Et puis, c'est généreux, ce que vous avez fait, d'engager leurs femmes pour les remplacer. Même si ce n'est pas pareil parce qu'elles n'ont pas la formation. Seulement...

François s'était demandé s'il ne devait pas lui venir en aide. Parler paraissait tellement pénible pour le malheureux. Mais il aurait considéré toute intervention de sa part comme de l'ingérence dans les affaires de son maître d'hôtel. Aussi avait-il attendu.

— Voilà, c'est ma femme, la Camille, et puis les gosses qui... Enfin, ils ont peur. Avec tous ces militaires qui circulent dans les rues... Et tous ces gens qui arrivent de l'est... Camille, elle se demande pourquoi ils s'en vont et pas nous.

François s'était enfin décidé à intervenir :

— Tu as une grande famille, Frédéric. Ton devoir, c'est d'assurer leur sécurité.

Le maître d'hôtel avait paru délivré d'un lourd fardeau.

— Vous comprenez, monsieur, avait-il poursuivi, si tous ces gens venus de l'est ne s'installent pas chez nous, s'ils poursuivent leur route vers l'intérieur, c'est sans doute que la région n'est pas sûre, *nème*?

— Bien malin qui le dira, avait répondu François. Allons, emmenez-les, Frédéric, et n'oubliez pas que votre place vous attendra lorsque la situation sera rentrée dans l'ordre.

Le maître d'hôtel était donc parti avec toute sa famille. Ils avaient embarqué dans un train à destination d'un village de la Vienne. Trois mois plus tard, ils étaient revenus.

Un jour, François avait trouvé son employé devant la

1. Aller faire son service militaire.

porte de l'auberge, une expression de vive souffrance dans le regard. L'aubergiste s'était dit que Frédéric avait peut-être honte de s'être affolé ou qu'il craignait de ne pas retrouver sa place, en dépit des assurances de son patron. Celui-ci s'était empressé de le mettre à l'aise, mais cela n'avait pas réussi à dissiper le trouble du maître d'hôtel.

François ne savait pas susciter les confidences. Cela tenait à son souci de discrétion, parfois interprété comme de l'indifférence par ceux qui le connaissaient mal. Les semaines étaient passées. Le maître d'hôtel s'acquittait toujours avec le même zèle de son travail, mais chacun sentait que quelque chose s'était brisé en lui.

Tandis que Nicole et Léni faisaient rentrer les enfants pour leur servir une collation composée de chocolat chaud, de *streusels*[1], de *schneckes*[2] et de *dampfnuedles*[3], François s'approcha de Frédéric.

— Pendant que les enfants *se schmirent la schnisse*[4] avec le chocolat, j'aimerais vous parler. Venez.

Il entraîna son employé vers le salon privé. Au passage, il adressa un petit signe à une serveuse.

— Apportez-nous donc deux Amos au salon, voulez-vous ?

Quand ils se retrouvèrent seuls avec leurs bières, François regarda longuement son maître d'hôtel.

— Frédéric, finit-il par dire, je n'aime pas me mêler de ce qui ne me regarde pas, mais si vous avez des pro-

1. Gâteaux à pâte levée couverts de sucre et de cannelle, et fourrés à la crème pâtissière.
2. Pains aux raisins.
3. Beignets cuits à la vapeur.
4. Se barbouillent le visage.

blèmes... n'hésitez pas à m'en parler. Si je puis vous aider de quelque manière que ce soit...

— Oh! ce n'est pas ça, monsieur Eicher! s'exclama l'autre. Tout va bien, enfin compte tenu des circonstances. Non, ce n'est pas ça.

Il but une longue rasade. François estimait qu'il en avait déjà dit plus que la décence ne l'y autorisait. Il but lui aussi. Frédéric secouait la tête et, reprenant son verre, il dit pour la troisième fois :

— Ce n'est pas ça.

Il s'agita sur sa chaise. De toute évidence, il désirait se confier, mais ignorait comment formuler ce qui le torturait. Il avala une nouvelle rasade et posa un regard gêné sur son verre vide. Le maître d'hôtel était un homme sobre, en règle générale. Il devait en avoir gros sur le cœur. François se leva et alla ouvrir la porte du petit salon.

— Marthe, appela-t-il, apportez-nous donc deux autres mousses.

— Tout de suite, monsieur, dit la jeune femme en se précipitant vers le bar.

François attendit à la porte. Il espérait que cette petite diversion permettrait à Frédéric de rassembler ses idées. Il prit les deux verres bien frais et gratifia la jeune femme d'un sourire, puis il revint s'installer à table. Il posa un verre devant son hôte, et l'autre devant lui. Il vida à son tour sa première bière en regardant Frédéric, qui leva son verre, lui aussi, mais y trempa à peine les lèvres.

— Ils ne nous attendaient pas, là-bas, monsieur Eicher, murmura-t-il enfin.

François fronça les sourcils. Il lui fallut un moment pour comprendre que «là-bas» désignait le village où les Gorges avaient vécu leur période d'exode. Mais les digues avaient lâché, et Frédéric ne demandait plus qu'à vider son cœur.

— On a voyagé dans des wagons à bestiaux. Passe encore. A la guerre comme à la guerre, pas vrai ? Mais quand nous sommes arrivés là-bas, on a ouvert des yeux grands comme des soucoupes. Certains d'entre nous ont été logés chez l'habitant, mais nous — vous vous rendez compte ? —, deux adultes et sept enfants — même si les aînés ne sont plus vraiment des gosses... Alors, ils ont voulu nous séparer. Vous pensez bien que la Camille et moi, nous n'avons pas voulu.

Il hésita à poursuivre, soupira, trempa à nouveau ses lèvres dans sa bière et reprit :

— Ils ont fini par nous loger dans une grange. Vous ne vous imaginez pas ce qu'ils sont sales, là-bas, monsieur Eicher. C'est à se demander si ces gens qui nous traitent de « ya-ya » savent ce que veut dire le mot « hygiène ». Je ne suis pas sûr qu'ils aient jamais mis les pieds dans une salle de bains.

François écoutait sans faire de commentaires, mais en se demandant dans quelle mesure le récit de son employé était exagéré.

— Et puis, ils n'ont pas de Dieu. Je vous assure ! Ils ont fait des tas d'histoires parce que nous voulions accrocher un crucifix dans la classe. Laïcité ! Ils n'ont que ce mot-là à la bouche. Moi, je veux bien, mais en quoi le bon Dieu, il la gêne, leur laïcité ?

François Eicher n'était pas très porté sur la religion, et le principe de laïcité lui plaisait bien, mais il se serait bien gardé d'aborder cette question avec son employé.

— S'il n'avait tenu qu'à moi, je serais rentré à la maison par le premier train, mais Camille et les enfants... Seulement, à la fin, eux aussi, ils se sont sentis de trop.

D'autres familles ont commencé à rentrer au pays. Alors, ceux qui nous hébergeaient nous ont dit qu'ils ne comprenaient pas comment nous avions pu abandonner notre pays. Comme si la France n'était pas notre pays ! Ceux qui avaient opté pour le retour écrivaient, paraît-il, que tout allait bien, ici, et qu'ils se demandaient comment ils avaient pu imposer un tel dérangement à leurs hôtes. Difficile d'être plus clair, pas vrai ? Nous, nous avions pas d'autres sons de cloche. On savait seulement que les maisons vides étaient pillées par les fils des bons Français qui nous logeaient. Ces « braves » gens qui prétendaient que leurs enfants étaient partis mourir chez nous pendant que nous nous planquions chez eux.

Frédéric saisit son verre et en vida la moitié d'un trait. La porte s'ouvrit. Nicole passa la tête, mais son mari lui fit gentiment signe de les laisser seuls. Elle referma la porte. François eut l'impression que Frédéric n'avait pas remarqué l'interruption. Celui-ci reposa son verre et demanda :

— Monsieur François, est-ce que c'est vraiment pour ces gens-là que nos parents ont subi tout ce qu'ils ont subi ?

L'aubergiste resta un long moment silencieux, sans se soustraire au regard pénétrant de son employé. Il but une rasade de bière avant de répondre.

— Non, Frédéric, ce n'est pas pour ces gens-là. Si nos pères ont enduré toutes ces épreuves, c'était pour une certaine idée de la République, je crois. Mais c'était aussi pour l'esprit et la langue de Molière, de Hugo et de Verlaine, pour la musique de Lully et de Berlioz, mais aussi de Chopin, ce Polonais qui avait des racines lorraines. Non, mon ami, ils n'ont pas souffert pour des hommes, mais pour une âme. Je n'aime pas les idées politiques de ce triste nationaliste qu'était Barrès, mais il a écrit quelques belles choses. Souvenez-vous, Frédéric, vous qui aimez lire : *Il est des lieux qui tirent l'âme de sa léthargie...*

Frédéric murmura à son tour :

— *Il y a des lieux où souffle l'esprit.*

— *C'est là que notre nature produit avec aisance sa meilleure poésie...*

François avait conscience qu'il sortait un peu ces citations de leur contexte, mais, telles quelles, elles exprimaient parfaitement ce qu'il ressentait.

— Vous voulez dire, monsieur Eicher, reprit le maître d'hôtel, que nos parents ont souffert pour que nous soyons libres d'exister comme nous le voulions ?

— Oui, Frédéric. Ils sont morts et nous mourrons peut-être, nous aussi, parce que nous voulons être libres d'être français, pour la bonne raison que nous nous reconnaissons dans les valeurs de ce pays, ou plutôt de son esprit. Dans les valeurs de la République, quoi.

Peu à peu, le visage du maître d'hôtel se détendit et son regard retrouva sa clarté.

— J'aime mieux ça, déclara-t-il. Je n'aurais pas voulu me battre pour ces gens de là-bas.

— Vous savez, dit François, ils ne sont pas tous pareils. Comme nous, non plus, nous ne sommes pas tous pareils. Et puis, on ne meurt jamais pour d'autres hommes. On meurt pour l'idée qu'on se fait de la vie.

Le maître d'hôtel vida lentement son verre.

— Merci, monsieur Eicher, dit-il enfin. Je préfère vraiment ça.

— Frédéric, dit l'aubergiste sans transition, quand la région s'est vidée, j'ai vu dans les champs des environs des vaches qui hurlaient tellement elles avaient les pis gonflés. Personne ne venait plus les traire. J'en ai rapatrié quelques-unes ici. Ce n'est pas l'espace qui nous manque.

— J'avais remarqué, observa Frédéric.

— J'ai noté dans un calepin lesquelles appartenaient à qui. Je voudrais vous demander, demain, de parcourir la région et de voir si certaines familles sont rentrées. Je n'aimerais pas qu'on imagine que je les ai volées.

— Pas de problème, monsieur Eicher. Mais, vous savez, les gens d'ici vous connaissent. Ils vous apprécient.

François fit la moue.

— Hum ! Par les temps qui courent, les gens oublient vite, dit-il.

— Vous pouvez compter sur moi, dit le maître d'hôtel en se levant.

Avant de sortir, il ajouta :

— Merci, monsieur. Ça m'a fait du bien de parler avec vous.

François sourit et tendit la main à son employé, qui la serra avec effusion.

## 3

*J'attendrai, le jour et la nuit,*
*J'attendrai, toujours, ton retour.*
*J'attendrai, car l'oiseau qui s'enfuit*
*Vient chercher l'oubli dans son nid.*
*Le temps passe et court en battant*
*Tristement dans mon cœur plus lourd.*
*Et pourtant j'attendrai ton retour...*

La voix de Rina Ketty était plus bouleversante que jamais. Chacun s'y reconnaissait, car l'homme attendu de la chanson d'Olivieri et Poterat n'était plus, désormais, un amant infidèle, mais un mari, un père, un fils, un frère, un ami, un être aimé dont on redoutait, autant qu'on guettait, de recevoir des nouvelles. Combien de fois un cœur ne s'était-il pas emballé ?

*Je crois entendre ton pas...*

Mais la déception succédait chaque fois à l'espoir, car...

*Hélas, plus rien, plus rien ne vient.*

Pourtant, l'absence et la présence étaient bien, pour l'heure, les seuls signes tangibles de la guerre. Absence des hommes, présence des militaires. Et puis, quelques détails plus subtils, aussi, qui rappelaient ponctuellement la situation particulière du monde.

Ainsi, le 2 mai, jour de la fête nationale polonaise, on vit flotter aux frontons de la mairie, du palais de justice et de tous les édifices publics les couleurs du pays sauvagement dépossédé de son identité et de sa liberté par les forces du Reich.

Ce jour-là, François avait organisé, dans les jardins de l'auberge des Régates, un concert de musique tzigane. Geste de solidarité envers les exilés, mais aussi occasion offerte aux clients et aux amis d'oublier un peu les tensions du quotidien à la faveur de quelques pas de valse, de polka ou de mazurka. Frédéric avait retrouvé sa bonhomie coutumière. Léni elle-même, si elle se refusa à danser, ne pouvait se retenir de battre la cadence du bout du pied.

— On a reçu une lettre de papa, dit-elle avec un sourire qui se voulait confiant. Il ne donne pas beaucoup de précisions sur ce qu'ils font là-bas, mais il semble qu'il ne soit pas vraiment en danger. La situation est relativement stable sur le front. Je crois surtout qu'il s'ennuie.

Pourtant, le statu quo ne pouvait durer indéfiniment. La « drôle de guerre » allait connaître son terme de façon brutale dans la nuit du 10 au 11 mai.

A quatre heures trente-cinq, la sirène de la cathédrale et celles des faubourgs tirèrent les Messins de leur sommeil. Ceux-ci en avaient presque oublié le son lugubre de ces affligeantes Muttes modernes. De nombreux avions ronronnèrent bientôt au-dessus de la ville. Ils volaient plus bas que lors des alertes précédentes. Le guetteur posté au sommet de la Lanterne du bon Dieu signala plusieurs explosions du côté de l'abattoir. De vives gerbes de feu indiquaient que la gare de Chambière et l'aéroport de Frescaty faisaient l'objet d'intenses bombardements.

La DCA ripostait avec vigueur et plusieurs de ses obus retombèrent, comme à l'accoutumée, sans avoir éclaté, en divers points de la ville ; ils n'occasionnèrent, fort heureusement, que des dégâts matériels.

L'alerte prit fin vers sept heures. Dans tous les foyers qui possédaient un poste de TSF, la nouvelle n'allait pas tarder à se répandre que Metz n'avait pas été la seule ville visée. Nancy avait également subi des bombardements. Mais un terrain d'aviation proche de Lyon et un autre proche de Méry-sur-Oise avaient eux aussi été pris pour cible.

La phase d'observation venait de s'achever. L'offensive déclenchée était violente et de grande envergure. Une autre information fit l'effet d'une commotion : les troupes allemandes avaient envahi la Belgique, le Luxembourg et la Hollande. Le spectre de 1870 étendait, de nouveau, son ombre tragique sur la région.

François se rendit à la mairie dans la matinée du 11 mai. Un conseil municipal avait été convoqué d'urgence. La ville allait voir arriver de nouvelles cohortes de réfugiés en provenance, pour la plupart, du Luxembourg. Il fallait organiser leur hébergement et trouver les moyens de leur permettre de gagner l'intérieur du pays. Des évacués mosellans étaient toujours installés dans l'école du Cambout, place Coislin. Il fut décidé que les Luxembourgeois seraient logés à la caserne Féraud, où l'autorité militaire les prendrait en charge.

François déclara que l'auberge des Régates pourrait, le cas échéant, accueillir son lot de réfugiés.

— Merci, monsieur Eicher. La plupart de vos chambres accueillent déjà certains de nos officiers, mais nous serons peut-être amenés prochainement à réquisitionner l'ensemble de votre établissement, lui fut-il répondu.

Quelqu'un ajouta avec un sourire :

— Nous regretterions tous d'être privés de votre cuisine et de votre accueil, cher ami.

L'aubergiste n'eut pas vraiment le cœur de répondre à ce compliment.

A vrai dire, il ne se souvenait pas des raisons précises qui l'avaient incité à briguer un poste de conseiller municipal. Les choses s'étaient faites le plus naturellement du monde. Les édiles locaux fréquentaient régulièrement le restaurant de l'auberge. François était un hôte affable et discret. Cela avait dû plaire à certaines personnes, qui lui avaient fait comprendre qu'en rejoignant leurs rangs il pourrait se rendre utile à cette ville qu'il aimait tant. « Se rendre utile ! » Sans doute était-ce cela qui l'avait séduit dans leur proposition, lui qui disait souvent que sa ville lui avait apporté tant de bonheur qu'il avait envie de lui donner en retour.

Oui, c'était sûrement pour cela qu'il avait accepté de s'investir dans la vie de la cité. Pour se rendre utile.

En quittant l'hôtel de ville, François leva les yeux sur la cathédrale Saint-Etienne, de l'autre côté de la place d'Armes. Il éprouva un pincement au cœur en la voyant ainsi, toute dépouillée de ses vitraux. Ce géant gracieux paraissait atteint de quelque maladie honteuse.

« C'est bien ça, songea François, la guerre est une maladie honteuse. »

Peiné par cette vision douloureuse, il contourna l'édifice par la petite rue du Vivier et franchit le pont de la Préfecture en direction de la place de la Comédie. Là, face à l'opéra, en bord de Moselle, se dressait le Temple-Neuf, lourde bâtisse de style rhénan qu'avait fait bâtir l'empereur Guillaume II pour le culte protestant. Le Kaiser n'avait pas lésiné sur les moyens pour germaniser la ville. Il avait ainsi fait détruire les anciens remparts et construire un quartier à la gloire de l'Empire. Le grès rose et le basalte avaient remplacé le calcaire de Jaumont, sauf pour la gare, construite dans cette pierre jaune caractéristique de la Lorraine. Ce bâtiment massif, de style roman, orné d'effigies de chevaliers teutons, concentrait sur lui beaucoup de rancœurs. Barrès, encore et toujours lui, la qualifiait de tourte, *un immense pâté de viande.*

Franchissant le pont des Roches, François longea la Moselle pour regagner l'auberge, où il se reposait de plus en plus sur Nicole et Frédéric pour la gestion du quotidien. Certes, il était pris par ses activités de conseiller, mais il éprouvait souvent l'envie de flâner dans les rues et les jardins. De marcher sans but précis, comme en ce moment. Pourquoi aimait-il tant cette ville ? Etait-ce pour les souffrances qu'elle avait endurées ? Pour sa douceur de vivre ? Pour la sérénité qu'elle lui procurait ? Parce que son père avait sacrifié sa vie pour la défendre ? Pour la fierté de cette région qui, semblable au roseau, pliait parfois mais ne rompait jamais ? Il aurait été bien en peine de le dire.

Comme il arrivait aux promenades de la Moselle, par le quai des Régates, François aperçut Léni qui se dirigeait, elle aussi, vers l'auberge.

— Alors, tu viens nous donner un coup de main ? lui lança-t-il.

— Eh ! Pourquoi pas ? fit l'adolescente sur un ton mutin.

— Tu ne devrais pas être à la boutique, à cette heure-ci ? demanda-t-il.

L'école de la rue Kellermann, que fréquentait Léni depuis son arrivée à Metz, avait dû interrompre les cours en raison de l'arrivée des réfugiés, qu'il lui avait bien fallu héberger. Et puis, beaucoup d'élèves avaient quitté la région avec leurs parents. Pour Agnès, il n'était pas question que sa fille traîne à la maison ou dans la rue ; à son âge, l'oisiveté ne pouvait qu'être mauvaise conseillère. Léni avait donc trouvé un emploi de vendeuse à la Maison du Rideau.

L'adolescente fit la moue.

— Le patron a fermé la boutique, hier soir. Il a décidé de partir lui aussi. Il est juif...

Léni soupira avant d'ajouter :

— Mais maman m'a déjà trouvé une autre place. Lundi, je commence au Mag Est[1]. Toujours comme vendeuse.

François ne fit pas de commentaire.

— Comment ça va à la maison ? s'enquit-il.

— Oh, il nous en est arrivé une bien bonne, cette nuit ! Figure-toi que quand on a entendu les avions, on s'est précipitées vers l'abri, juste de l'autre côté de la rue, maman et moi. Comme on nous avait distribué des masques à gaz, on s'est dit que c'était le moment de les mettre. Alors, on les a enfilés dès le début de l'alerte et

1. Succursale du Bon Marché de Paris, le magasin était situé rue Serpenoise.

marshalling yard



on a dévalé les escaliers quatre à quatre. Les gens nous regardaient curieusement, mais personne ne nous faisait la moindre remarque. Il faut dire que tout le monde avait peur, la gare de triage n'est pas bien loin de chez nous, au Sablon, et on pensait tous que ce devait être un de leurs objectifs. En fait, nous, on remarquait bien qu'on était les seules à porter un masque. Quand on est arrivées dans l'abri, j'ai tout de suite retiré le mien. Je n'en pouvais plus. Impossible de respirer là-dessous. On suffoquait littéralement. Le fils du boucher nous a expliqué, en riant, qu'il y avait un filtre à retirer — personne ne nous l'avait dit —, et que, de toute façon, il ne faut porter les masques qu'en cas d'alerte au gaz. Au lieu de nous sauver la vie, cette saleté a failli nous la prendre. On a bien ri, après, avec maman, mais sur le moment on n'en menait pas large.

Léni s'interrompit et se tourna vers François :

— Cette fois, c'est la guerre, pas vrai ?

— C'est la guerre depuis huit mois, répondit l'aubergiste. Mais il semble bien que les Allemands aient décidé de passer à l'offensive.

— On va gagner, dis ? s'inquiéta l'adolescente.

François soupira.

— Les Allemands progressent vite, mais la France n'est ni la Belgique ni le Luxembourg. Notre armée est plus puissante. Cela dit, tout est possible. Et puis, tu sais, une guerre laisse toujours des séquelles. Même si on en sort vainqueurs...

Ils venaient d'arriver à l'auberge et Nicole, qui surprit la fin de l'échange, coupa son mari et s'exclama, après l'avoir embrassé :

— Nous vaincrons ! Les ouvrages de la ligne Maginot sont imprenables.

François comprit que sa femme cherchait à rassurer l'adolescente, mais il ne pouvait s'empêcher de se demander comment l'aviation ennemie avait pu atteindre Lyon et la région parisienne sans être interceptée par la chasse française ou abattue par la DCA.

Pour détourner la conversation, il déclara à Léni :

— J'étais sérieux, tout à l'heure, tu sais? Si tu veux nous donner un coup de main, en salle, tu es la bienvenue.

— Avec plaisir! s'écria l'adolescente, visiblement soulagée de pouvoir rester avec ses amis.

Il y eut deux nouvelles alertes dans l'après-midi. Les clients en étaient au café quand les sirènes retentirent. Chacun scrutait le ciel, mais personne ne quitta sa table.

— Au moindre bruit d'avion, dirigez-les vers l'abri, conseilla François à sa femme et à Frédéric. Ils n'ont pas l'air conscients que ça peut leur tomber dessus à tout moment.

— Il y a trop longtemps qu'il ne se passe rien, François, répondit Nicole. Ils ne veulent pas croire que les choses vont changer. Il ne faut pas leur en vouloir. Ils ont peur, tu sais.

— Je ne leur en veux pas. Seulement, je n'aimerais pas qu'ils se fassent tuer par négligence. Un ouvrier de dix-huit ans est mort à Chambière, cette nuit. Il attendait le train pour aller travailler aux usines de Maizières-lès-Metz.

Le lendemain, les offensives aériennes reprirent de plus belle. Une bombe tomba rue de la Vieille-Eglise; une autre, à l'angle de la rue des Trois-Evêchés et de la rue

Chabert, où une maison s'effondra. Aux ateliers de chemin de fer de Montigny, il y eut des blessés et des morts.

Les bruits relatifs à la présence en ville d'agents de la mystérieuse cinquième colonne allaient bon train. Plusieurs personnes soupçonnées d'espionnage, dont un libraire, furent arrêtées. Même si la population négligeait toujours les mesures les plus élémentaires de prudence pendant les alertes, au point que des affiches furent placardées dans le hall du *Républicain lorrain* pour les leur rappeler, la multiplication des rumeurs était signe que l'angoisse grandissait.

Les jours suivants, les avions ennemis survolèrent de nouveau la ville. Le lundi de Pentecôte, un avion mitrailla les ateliers de l'arsenal Paixhans ; par bonheur, il n'y eut pas de nouvelles victimes à déplorer.

Le 14 mai, François Eicher participa à une conférence de presse donnée, dans son cabinet, par le maire, monsieur Hocquard, qui avait écourté un voyage en Angleterre, compte tenu de l'évolution de la situation. Le premier officier municipal parla de la chaleur de l'accueil qui lui avait été réservé partout où il était passé. Lors de diverses prises de parole, il avait eu l'occasion, dit-il, de rappeler la nécessité de la « défense impérieuse des forces morales et spirituelles de l'humanité chrétienne que cherche à détruire la mystique barbare et quasi païenne de l'hitlérisme [1] ».

L'aubergiste s'apprêtait à quitter la mairie quand le porte-parole du conseil annonça aux journalistes présents que plusieurs suspects avaient été arrêtés.

1. Extrait du *Journal de guerre de la ville de Metz* (cf. bibliographie). Ce document, rédigé en allemand par le docteur Schrod, archiviste de la ville de 1940 à 1944, n'est malheureusement traduit qu'en partie. Il m'a été d'une aide précieuse, car il constitue une formidable source d'informations.

— Il s'agit d'agents ennemis chez qui nous avons trouvé des postes de TSF bricolés.

Le juge Ahles, qui s'était approché de François, lui glissa à l'oreille :

— Il faut bien rassurer la population. Si nous devions écouter toutes les rumeurs qui courent depuis quelque temps, les prisons n'auraient pas assez de cellules pour accueillir tous ces pseudo-espions. Figurez-vous que, selon certains, des parachutistes allemands auraient été largués près du Sablon et d'Amanvillers. Si c'est le cas, ils sont très forts, car personne ne les a rencontrés nulle part.

— L'inquiétude a au moins un effet positif, enchaîna l'aubergiste. Pendant les alertes, les gens commencent à se rendre dans les abris au lieu de rester plantés au milieu de la rue à contempler le ciel pour apercevoir les avions.

Le juge secoua la tête, puis il demanda sans transition :

— Vous vous en sortez toujours à l'auberge ?

Surpris, François, qui comptait le juge parmi ses clients réguliers, haussa les épaules.

— On fait aller, dit-il.

— Si vous avez des soucis, n'hésitez pas à venir m'en parler.

L'aubergiste fronça les sourcils.

— Quel genre de soucis ? demanda-t-il.

— N'importe lesquels, cher ami. N'importe lesquels, lança le juge en s'éloignant.

François le rattrapa.

— Monsieur le juge, je ne comprends pas ce que vous attendez de moi. C'est la deuxième fois que vous me tenez des propos sibyllins.

Le juge s'assura d'un regard circulaire que nul n'avait pu entendre François. Rassuré, il lui saisit le bras et l'entraîna vers la sortie. Ils marchèrent un instant en silence, puis le magistrat s'expliqua :

— Monsieur Eicher, il n'est jamais trop tôt pour préparer l'avenir. Vous parlez couramment l'allemand et votre épouse a de la famille dans la région de Bekond, n'est-ce pas ?

— C'est exact, le coupa l'aubergiste, mais nous sommes français, monsieur le juge. Au même titre que vous, qui avez également de la famille... en Bavière, je crois. Nous sommes nombreux, dans la région, à avoir des parents en Allemagne.

Le juge éclata de rire.

— Ma remarque ne se voulait nullement perfide, cher ami, précisa-t-il. Bien au contraire. Le fait que vous ayez des attaches en Allemagne pourrait nous être utile, voyez-vous ?

— Où voulez-vous en venir, monsieur le juge ? insista François.

Le front du magistrat se plissa.

— François, les militaires nous ont toujours tenu des propos rassurants. Seulement, ils n'ont jamais été à la hauteur de leurs engagements.

Il marqua un temps avant d'ajouter :

— Je ne suis pas confiant en l'avenir.

— Nous avons la ligne Maginot, rétorqua François, qui n'était pourtant pas convaincu du caractère inviolable de cette protection.

— Croyez-vous vraiment que cela suffise ? Des ouvrages fortifiés peuvent retarder la progression de l'ennemi, mais une volonté inflexible permet de remporter une guerre. Je vous concède que, seule, celle-ci ne suffit pas. Mais le Reich a la puissance *et* la volonté. Disposons-nous d'une puissance comparable ? Je n'en suis pas sûr. Quant à la volonté…

Il n'acheva pas sa pensée, mais elle était suffisamment explicite. François garda le silence. Il n'était pas loin de partager le point de vue du magistrat. Celui-ci s'arrêta de marcher. Il lâcha le bras de l'aubergiste pour le regarder dans les yeux.

— Quelle que soit la manière dont évoluera cette guerre, gardons le contact. Il importe de préserver la région, François. Je connais votre dévouement. Nous risquons d'avoir bientôt besoin d'hommes tels que vous.

— «Nous» ? De qui voulez-vous parler ? demanda François, intrigué.

— De gens comme vous et moi, cher ami. Des gens qui pensent à l'avenir.

François aurait voulu en savoir plus, mais le juge Ahles s'éloignait déjà. L'aubergiste lui lança :

— Vous savez où me trouver, monsieur le juge.

Le magistrat leva la main et poursuivit sa route sans se retourner.

# 4

Le dimanche 19 mai fut une journée particulièrement ensoleillée, pourtant l'auberge des Régates ne connut pas son animation habituelle. Sans être désertées, les rues étaient peu fréquentées. Les alertes des derniers jours commençaient à distiller la peur dans le cœur des gens. Tous les offices religieux étaient réduits à leur plus simple expression ; certains étaient même célébrés dans les cryptes par mesure de sécurité. L'insouciance n'était vraiment plus de mise.

Seuls les abords de la gare échappaient à la règle. Dans la matinée, deux trains amenèrent des réfugiés en provenance de Thionville ; deux nouveaux convois arrivèrent dans l'après-midi. Pour quelque trois mille personnes, en majorité des vieillards, des femmes et des enfants, un long exode commençait. Le centre d'accueil de la Croix-Rouge leur servit un repas chaud avant de les diriger vers les écoles, qui avaient été aménagées de manière à leur offrir un hébergement décent dans l'attente de la poursuite de leur périple.

Les pleurs étaient rares parmi ces nouveaux arrivants. La plupart des visages étaient même souriants. Chacun paraissait apaisé de se trouver à l'abri des canons allemands.

Le soulagement fut, hélas, de courte durée.

Le lendemain soir, lundi 20 mai, des notables locaux, désireux d'offrir à leurs homologues thionvillois un moment de détente au milieu de cette tourmente, les avaient invités à dîner dans le cadre bucolique de l'auberge des Régates. Ayant bu leur café, ces hommes graves sirotaient une mirabelle en compagnie du couple Eicher. François s'efforça de dérider ses clients en leur vantant les mérites de la « prune de Lorraine », que les Romains avaient baptisée très justement la « belle à voir[1] ».

Un notaire de Thionville fit observer que les mirabelles de Metz lui étaient toujours apparues plus chétives que celles de Nancy. Piqué au vif, l'aubergiste se récria :

— Plus chétives ? Certes pas, monsieur. Plus petites, soit ! Mais tellement plus parfumées !

Toute la tablée partit d'un grand éclat de rire et le juge Ahles dit :

— Ne vous l'avais-je pas dit ? Il n'y a pas plus ardent défenseur de la région que notre hôte, monsieur Eicher.

Comprenant qu'il avait été victime d'une farce de ses clients, François, beau joueur, mêla son rire aux leurs.

Brusquement, deux coups de canon d'une violence sans précédent eurent raison de leur hilarité. L'artillerie lourde ennemie tirait sur Metz. Il était vingt-deux heures.

Personne ne quitta sa table, mais aux conversations animées et détendues succéda un silence lourd, troublé de temps en temps par un commentaire grave de l'un ou de l'autre.

---

1. Traduction étymologique de « mirabelle ».

Un industriel de Thionville soupira :

— Mon Dieu, jusqu'où vont-ils progresser ?

Personne ne lui répondit. Les plus optimistes ne trouvaient plus la force de faire des déclarations rassurantes.

Dans les écoles transformées en centres d'accueil, un nouveau tir puissant venait, toutes les vingt minutes, rappeler aux évacués qu'ils n'avaient qu'une faible longueur d'avance sur l'armée allemande.

Le bombardement se poursuivit jusqu'à l'aube et occasionna d'importants dégâts. Un obus tomba au beau milieu de la place de la République, mais, fort heureusement, sans éclater. Une seule victime fut à déplorer : une femme qui avait commis l'imprudence de vouloir suivre les événements de son balcon. Un éclat l'avait frappée de plein fouet ; elle était morte sur le coup.

Au matin, une foule de curieux se répandit dans les rues pour voir les cicatrices qui flétrissaient leur ville. L'inquiétude était telle, désormais, que beaucoup de Messins se décidèrent enfin à prendre le chemin de l'exode. Des voitures et des camions surchargés encombraient à nouveau les routes.

François assista à une nouvelle réunion à l'hôtel de ville. La question de l'évacuation forcée fut posée. Les avis étaient partagés. En définitive, il fut décidé de surseoir à l'application de mesures trop strictes. En revanche, on résolut d'afficher dans les rues les dates et lieux de distribution des cartes d'alimentation, qui entreraient en vigueur dès le 1er juin.

A son retour à l'auberge, François Eicher rassembla son personnel.

— Vous êtes tous conscients de la situation, dit-il. Je comprendrais fort bien que vous vouliez partir, vous aussi. Je ne puis prédire l'avenir, mais sachez que ceux qui choisiront l'évacuation vers l'intérieur retrouveront leur emploi, s'ils le désirent, dès que la situation sera rentrée dans l'ordre.

Chacun voulait savoir si Metz risquait de résonner, de nouveau, du bruit des bottes allemandes, ou si la ville serait rasée par l'artillerie ennemie, ou encore quel sort serait réservé à la population par les Allemands s'ils venaient à remporter la guerre. L'aubergiste aurait aimé pouvoir réconforter ses employés, mais il ne possédait la réponse à aucune de leurs questions.

— Vous êtes conseiller municipal, *nème*! lui lança Armand, le cuisinier. Vous devez en savoir plus que nous.

— Je ne suis pas un politicien, Armand, et encore moins un militaire. Je ne vous ferai donc pas de discours rassurant. Croyez-moi, mes amis, celui qui vous dira de quoi demain sera fait est un menteur. Je comprends fort bien vos inquiétudes et j'ai l'impression de répéter toujours la même chose, mais je me refuse à vous mentir.

Il hésita avant d'ajouter :

— Je ne veux effrayer personne, mais je ne peux pas non plus vous rassurer. Chacun devra prendre sa décision en son âme et conscience.

— Eh bien, moi, je rends mon tablier, monsieur Eicher, déclara Armand sur un ton d'une agressivité qui contrastait avec le calme bienveillant de son patron. J'en ai marre de cuisiner sous la mitraille, vous comprenez! Ma famille ne supporte plus de vivre dans la peur. Et puis, si les Schleus reviennent poser leur barda chez nous, je ne veux pas devoir leur préparer des petits plats. Si ça vous chante, vous, c'est votre affaire, mais moi... je vous dis : Salut!

Nicole regarda son mari, qui demeurait impassible.

François sentait l'angoisse sourdre sous les déclarations bravaches de son cuisinier, aussi ne s'en offusqua-t-il pas.

Frédéric, de son côté, écoutait les diverses prises de parole sans broncher. François l'observait en se demandant quelles pensées pouvaient bien s'agiter sous l'apparente indifférence de son maître d'hôtel.

En définitive, plus de la moitié des membres du personnel optèrent pour le départ. Quand la réunion fut terminée, François donna congé aux autres.

— Aujourd'hui, les gens iront manger ailleurs. Quant à nous, nous ferons le point demain, déclara-t-il.

— Et nous ? demanda Nicole, quand tous furent partis.

Seul le maître d'hôtel s'était attardé. Il s'approcha du couple avant que François ait eu le temps de répondre à la question de sa femme.

— Et vous, monsieur Eicher ? demanda-t-il. Vous ne nous avez pas dit ce que vous comptiez faire.

François resta un long moment silencieux. Il regardait sa femme et la trouvait belle. S'il devait lui arriver quoi que ce soit, parce qu'il n'avait pas pris la bonne décision, il ne se le pardonnerait jamais.

— Je ne sais pas, dit-il enfin.

Puis, s'adressant à Nicole, il demanda :

— Et toi, chérie, tu veux partir ou rester ?

Elle sourit.

— C'est-à-dire que, sans cuistot, il ne sera pas facile de faire marcher le restaurant.

— Un cuistot, ça se trouve, déclara François.

La jeune femme s'assit à une table.

— Beaucoup de gens partent, François. Trouver un bon cuisinier ne sera pas aussi simple qu'en temps normal.

François observait son maître d'hôtel, qui ne paraissait pas décidé à s'en aller.

— Et vous, Frédéric? demanda-t-il. Vous n'avez rien dit. Vous restez ou vous partez?

Le visage du maître d'hôtel s'éclaira d'un large sourire, comme s'il avait attendu cette question depuis le début de la réunion avec le personnel.

— Vous savez, déclara-t-il sur un ton étonnamment détaché, chez moi, tout le monde a peur, comme chacun... mais plus personne ne veut partir.

— Je comprends, dit François en songeant au récit que son employé lui avait fait de son exode précédent.

Puis il enchaîna :

— Pour l'instant, l'administration communale reste en place. Si les choses tournent au vinaigre, une évacuation forcée sera décidée.

Se tournant vers Nicole, il dit :

— Nous pourrions peut-être attendre encore un peu?

— Tous ces gens qui partent, intervint Frédéric, seront-ils vraiment plus en sécurité à l'intérieur du pays? L'aviation allemande semble survoler le territoire français aussi facilement que des avions de tourisme. Et puis, je vais vous dire... tant qu'à subir l'hostilité des gens, je préfère, moi, que ce soit celle de nos ennemis plutôt que celle des nôtres.

Nicole regardait son mari en se mordillant les lèvres.

— Et si les Allemands entraient dans Metz avant que vous ayez eu le temps de prendre des dispositions pour une évacuation générale de la population? Si nous n'avions plus la possibilité de partir? Que ferions-nous alors? demanda-t-elle.

Le regard de François était ferme. Sa réponse fusa, claire et dépourvue de toute ambiguïté :

— Nous trouverons le moyen de partir malgré tout, Nicole. Jamais je ne me mettrai au service des Boches!

Guillaume II n'était pas un cadeau, pour ce qu'on en sait, mais c'était un agneau à côté de ce fou d'Hitler. Celui-ci est un dictateur, un être sanguinaire. Je ne supporterai pas de voir notre auberge réquisitionnée par les Fridolins. Ah, ça, non !

Nicole sourit, rassurée. Si elle aimait François, c'était aussi pour cela : sa fermeté. C'était un être droit et fier, sur qui on pouvait toujours compter. Avec lui, pas de compromis ! Et quand il prenait une décision, il n'en déviait jamais, quelles que soient les difficultés ou les obstacles.

— Alors, mettons-nous à la recherche d'un nouveau chef sans plus attendre, dit-elle, le visage rayonnant.

— Nous aurons aussi besoin de personnel de salle et de mitrons, enchaîna Frédéric, aussi souriant que sa patronne. Avec tous les départs, nous ne sommes plus assez nombreux pour assurer le service.

— Vous avez raison, dit François, même si je crains que nous ne connaissions une certaine baisse de fréquentation dans les semaines qui viennent.

Il se leva, et un voile passa devant ses yeux. Si fugace que nul ne put le voir. « Il est peut-être temps d'aller trouver le juge Ahles, songea-t-il. Il m'a proposé son aide ; si je le prends au mot, il sera bien forcé de dévoiler un peu son jeu… »

Il était encore trop tôt pour que le magistrat se montre plus loquace que lors de leurs précédents entretiens. Il surprit toutefois l'aubergiste en lui posant une question sans rapport évident avec le problème que lui soumettait son visiteur.

— Qu'y a-t-il de plus important, pour vous, dans l'existence ?

Décontenancé, François réfléchit avant de répondre :

— L'amour de ma femme.

Le juge sourit.

— Désolé, ajouta François, ce n'est pas une réponse très idéaliste. Elle peut même paraître en décalage avec la situation, mais...

Le magistrat le coupa.

— Elle a l'avantage d'être sincère. Et puis, vous savez, François, je ne me méfie rien tant que des idéalistes. On se bat toujours mieux pour un être aimé que pour de grandes idées.

— Vous croyez ? demanda l'aubergiste, qui songeait à la réponse qu'il avait faite à Frédéric lorsque le maître d'hôtel lui avait demandé si c'était pour les Français qui l'avaient si mal accueilli que ses ancêtres s'étaient battus.

Mais sa remarque suivante fut sans lien direct avec ces pensées.

— Juge Ahles, je n'irai pas me battre. Je ne suis pas mobilisable.

— Je le sais. Vous avez été blessé pendant la guerre de 14-18, et vous vous trimballez toujours avec, dans la peau, une balle qu'on n'a pas réussi à vous extraire. Elle est coincée entre deux vertèbres ou quelque chose comme ça, n'est-ce pas ?

François fit la moue.

— Un cadeau d'une bande de déserteurs, dont j'ai eu le malheur de croiser le chemin. Longtemps, je leur en ai voulu, mais... on n'est pas maître de sa peur.

Il balaya l'incident d'un revers de la main et ajouta :

— Même si j'étais assez fou pour vouloir aller au front, on ne voudrait pas de moi.

— Il existe différents moyens de lutter pour sa région.

François était agacé par les propos toujours aussi riches en sous-entendus du magistrat. Il le lui dit.

— Je vous comprends, répondit celui-ci. Mais il est trop tôt pour parler. Il paraît que la guerre n'est pas encore perdue.

Et sans transition, il ajouta :

— Je vous enverrai des gens demain. Ils vous paraîtront peut-être un peu jeunes, mais faites-leur confiance.

Puis il mit un terme à leur entretien. Quand il sortit du bureau du juge, François croisa le vieux Jules, le suisse de l'église Saint-Fiacre, au Sablon. Le vieil homme avait toujours son allure de *boumleur*. Il serra la main de l'aubergiste, et murmura avec une étrange lueur dans les yeux :

— Alors, vous aussi ?

François n'eut pas le temps de lui demander ce qu'il voulait dire, le vieux Jules avait déjà refermé derrière lui la porte du bureau du magistrat.

François regagna l'auberge en emportant le sentiment déplaisant d'être manipulé.

# 5

Le juge Ahles tint sa promesse. Dès le lendemain, François vit arriver, à la première heure, des étudiants de l'école hôtelière. Il les confia à Frédéric, avec mission de les informer du fonctionnement de l'auberge et de les présenter au reste du personnel. Le nouveau chef, lui, n'était pas un débutant. Simon Rilke travaillait chez l'un des concurrents de François, mais son patron avait fermé les portes de son établissement au lendemain des premiers bombardements, pour prendre le chemin de l'exode.

La fin du mois de mai fut relativement calme pour les Messins. Les affaires connurent toutefois un léger ralentissement à l'auberge des Régates. Les récentes mesures adoptées n'y étaient sans doute pas étrangères : fermeture sur tout le territoire national des cinémas, des théâtres et des dancings, par mesure de solidarité avec les victimes de la guerre, et interdiction de circuler dans les rues entre vingt et une heures trente et quatre heures du matin, sauf pour les porteurs d'un sauf-conduit spécial — médecins, ministres du culte et fonctionnaires missionnés.

Le 28 mai, le président du Conseil, monsieur Paul Reynaud, annonça à la radio la capitulation de Léopold III, roi des Belges. La nouvelle sema la consternation. Qu'allaient devenir nos troupes engagées dans la bataille des Flandres ? L'inquiétude fut de courte durée. La Belgique renia son roi, coupable, à ses yeux, de trahison, et continua à se battre aux côtés des troupes alliées.

Le 3 juin, nouvelle cause de stupeur générale : l'aviation allemande bombardait la région parisienne ! Trois jours plus tard, ce fut au tour de plusieurs villes du Centre d'être prises pour cible.

— Il semble que ta décision de rester ait été la bonne, observa Nicole.

Son mari soupira.

— Pour combien de temps encore ?

Le 10 juin, l'Italie rejoignit ce que le pasteur Eck, président du consistoire réformé, avait appelé les « puissances du mal », à l'occasion d'un service solennel d'intercession pour la France et la victoire ; la cérémonie s'était tenue au Temple-Neuf, huit jours plus tôt.

Les Italiens installés à Metz furent aussitôt invités à se présenter à la mairie. S'il n'était pas question de se lancer dans une chasse aux sorcières systématique, il convenait d'obliger chacun à prendre position. La plupart des émigrés convoqués étaient farouchement opposés à la dictature du Duce. Ils étaient, d'ailleurs, bien contents d'avoir pu s'y soustraire en trouvant du travail dans les mines de fer ou de charbon de la région, ou, pour les plus favorisés, en ouvrant un commerce en ville. Seuls quelques rares suspects furent arrêtés, puis emprisonnés ou expulsés.

Le vendredi suivant, 14 juin, Frédéric, fidèle à son habitude, arriva à l'auberge de bonne heure. Il brandissait un exemplaire du *Républicain lorrain*. Devant leur mine catastrophée, il comprit que ses employeurs avaient déjà pris connaissance des dernières nouvelles. François et Nicole étaient assis, face à face, à une table du restaurant. Le maître d'hôtel posa le journal entre eux. François regarda machinalement le titre qui chapeautait les deux colonnes de gauche : *Paris déclaré ville ouverte* !

La BBC avait beau préciser que la RAF continuait à bombarder des objectifs militaires allemands, la chute de Paris prenait valeur de symbole. Comment continuer à croire que la guerre n'était pas perdue ?

L'éditorial de Henri Béziès se résumait en un simple mot d'ordre : *Courage* !

Sans la moindre ironie, François songea aux mots de celui qui signait « L'Intransigeant » et qui avait écrit, la veille, dans le même journal : *On sait bien que l'ennemi est fort, mais on sait aussi que le soldat français est le meilleur du monde, qu'il résiste mieux que tout autre...*

Frédéric lut d'une voix monocorde :

— *Nos héroïques armées continuent à faire payer cher à l'envahisseur les gains de terrain... dès l'instant où nos soldats tiennent bon, nous devons continuer à espérer... plus que jamais, « tenir c'est vaincre ». Le cœur de toutes les Françaises et de tous les Français de l'arrière bat à une cadence effrénée. Mais personne ne désespère.*

Il releva la tête et demanda :

— Vous y croyez encore, vous, monsieur Eicher ?

François ne répondit pas. Il tourna la page du journal. Son regard s'arrêta sur un titre en gras : *On ne passe pas... et on ne part pas.* Les associations de presse et de journalistes professionnels du département de la Moselle exprimaient leur ferme détermination d'assurer jusqu'à l'extrême limite du possible l'information et les journaux aux populations frontalières de l'Est. Un message de foi et de confiance, qui leur valait les félicitations de monsieur Robert Schuman, lequel occupait depuis le 21 mars le poste de sous-secrétaire d'Etat à la vice-présidence du Conseil, chargé de coordonner les services des réfugiés, au sein du cabinet Paul Reynaud.

L'aubergiste soupira.

— Ce n'est plus qu'une question de jours, maintenant. D'heures, peut-être.

Il abattit son poing sur la table avec rage. Nicole posa une main sur la sienne dans un geste d'apaisement. Levant les yeux vers le maître d'hôtel, elle demanda :

— Vous êtes toujours décidé à rester, Frédéric ?

Celui-ci haussa les épaules.

— Où aller, madame Eicher ? C'est drôle, quand même, lorsque la situation était plutôt calme, ici, je n'avais qu'une idée en tête : mettre ma famille à l'abri, et nous sommes partis. Aujourd'hui que le danger est plus imminent que jamais, j'ai l'impression que partir serait fuir. Et cette idée me révolte. Peut-être parce que je crois que, de toute façon, nous ne trouverons plus la sécurité nulle part, va savoir ! Pourtant, ce n'est pas tout à fait vrai. Si on me disait que ma femme et mes enfants seraient moins en danger s'ils allaient s'installer ici ou là, je n'hésiterais pas à leur demander de partir. Seulement moi, je resterais.

— Vous êtes courageux, Frédéric, dit Nicole.

— Oh non, madame, ne croyez pas ça ! Ce n'est pas une question de courage. Si j'étais courageux, j'aurais trouvé le moyen de me faire enrôler, mais ça m'a bien arrangé d'être à la tête d'une famille nombreuse.

Il fit la grimace avant de poursuivre :

— Voyez-vous, je serais incapable d'expliquer pourquoi je ne veux plus partir. Je suis chez moi, ici. Mais est-ce que c'est une explication suffisante ?

— Sans doute pas, intervint François. Mais je suppose qu'on ne peut pas tout expliquer.

— Et toi, François ? demanda Nicole.

Son mari hésita, secoua la tête, passa une main dans ses cheveux, puis, sans répondre, il se leva et d'un pas las se rendit dans le jardin. Ici, des jeunes femmes en tabliers de vichy rose installaient les tables pour le déjeuner. François les regarda répéter les tâches routinières de tous les jours avec le même soin et la même bonne humeur qu'à l'accoutumée. Ces gestes simples lui parurent tellement déplacés dans la conjoncture présente qu'ils l'irritèrent.

— Laissez ça ! lança-t-il d'un ton autoritaire qui ne lui était pas familier. Rentrez chez vous. Le restaurant est fermé jusqu'à nouvel ordre. Dites à vos collègues que tout le monde sera payé jusqu'à la fin du mois. Ensuite, nous aviserons.

Puis il reprit sa marche jusqu'au bord de l'eau. Un peu plus en amont, un loueur de barques fumait une cigarette en contemplant le balancement insouciant de sa flottille. Subitement, François éprouva l'envie de se laisser glisser au fil du courant. Ah, s'allonger au fond d'une barque et ne pas se soucier d'en diriger le cours ! S'abandonner simplement aux caprices de la Moselle. Oublier la guerre. Peut-être, s'assoupir sous l'effet des rayons doux et caressants du soleil, et se réveiller, quelques heures plus tard, pour constater que tout cela n'avait été qu'un cauchemar absurde. D'ailleurs, qu'était la guerre sinon un cauchemar absurde ?

Sur sa nuque tendue, il sentit se poser des mains fraîches. Il n'eut pas à se retourner pour savoir que c'étaient celles de sa femme ; elles étaient plus douces et plus caressantes encore que les rayons du soleil. Nicole, qui avait suivi le regard de son mari, murmura à son oreille :

— Pourquoi pas, François ?

Il se retourna. La lueur espiègle qui brillait dans les yeux sombres de sa femme rendait toute demande d'explication superflue.

— Chiche ! dit-il.

Nicole lui saisit la main et l'entraîna en courant vers l'appontement.

— Et l'auberge ? lui lança-t-il sans ralentir.

— Frédéric est là.

« Frédéric est là », une réponse qui suffisait à dissiper tous les soucis. Le maître d'hôtel avait toujours été un employé modèle, mais, depuis leur discussion dans le salon privé, François avait le sentiment qu'il lui était plus dévoué que jamais. Comme si cet échange avait aboli certaines distances entre les deux hommes. Comme si le fait d'avoir parlé à cœur ouvert de choses graves avait créé entre eux une sorte de connivence, presque de fraternité.

— Bonjour, père Henri, vous pouvez nous louer une barque ?

— Oh, madame Eicher, dit le vieil homme en écrasant son mégot, pour vous, c'est gratuit, voyons ! Votre restaurant m'amène assez de monde. Enfin, en temps normal, car, là, je ne vois presque plus personne. Les gens doivent avoir peur de se faire mitrailler si un chasseur venait à survoler la Moselle.

Puis, se tournant vers François, il demanda :

— Alors, monsieur le conseiller, on va bientôt devoir s'habituer à parler à nouveau allemand ?

— Ne parlez pas de malheur, père Henri.

— Bah ! vous savez, j'ai parlé allemand avant d'apprendre mon premier mot de français. Alors... !

François ne lui répondit pas que cela n'avait rien à voir. Il ne voulait plus penser à l'actualité. Il détacha une barque, monta le premier, puis aida Nicole à s'installer sur le siège à la poupe. Il s'assit, face à elle, sur le banc de nage et saisit les rames. Le père Henri poussa du pied l'embarcation, et François gagna le milieu du fleuve. Là, il orienta le bateau dans le sens du courant et rentra les rames. S'allongeant à même le fond, il posa la tête sur les genoux de sa femme.

— On va dériver, lui fit-elle observer.

— Parfait ! déclara-t-il avec un petit rire.

Nicole lui caressa doucement le visage. Au bout d'un moment, il murmura :

— Tu te souviens ?

— Comme si c'était hier, répondit-elle. C'était à l'occasion de la fête de la mirabelle. Tu m'avais suivie pendant tout le corso fleuri et je me demandais quand tu te déciderais à me parler.

— Il va y avoir onze ans, à l'automne.

Nicole regardait son mari, dont les traits s'étaient subitement détendus. Les yeux clos, il souriait. Comme toujours dans ces moments d'abandon, son visage redevenait celui du jeune homme tout à la fois réservé, passionné et fantasque qui l'avait d'emblée séduite.

— Il t'en a fallu, du temps, pour te décider à m'inviter à danser.

— Tu m'impressionnais.

— Tu m'en diras tant !

— Sans blague ! Je n'avais peut-être pas l'air comme ça, mais j'étais terriblement timide.

— En tout cas, tu étais un piètre danseur.

Nicole n'avait aucun effort à faire pour retrouver le son de l'accordéon, les couleurs des lampions qui entouraient la piste de danse et l'odeur des beignets qui venait de roulottes voisines, mais elle aurait été incapable de rappeler à sa mémoire un autre visage que celui de François.

— Ça n'a guère changé, dit celui-ci en riant. Tu devais avoir les pieds en compote à la fin de la soirée.

— Ta maladresse faisait rire mes copines, mais, à moi, elle me plaisait.

— Tu aimais te faire écraser les pieds ?

— Non, mais je me disais que tu n'avais pas dû inviter beaucoup de filles à danser avant moi.

— Tu étais jalouse ? demanda-t-il en ouvrant les yeux.

Allongé au fond de la barque, il aperçut la fine flèche d'un clocher, qui jaillissait orgueilleusement au milieu d'une végétation luxuriante.

— Tu étais trop beau pour être honnête. Toutes mes copines étaient folles de toi. Et c'est moi que tu as invitée à danser. Je n'étais pourtant pas la plus belle.

— Coquette, tu sais bien que si !

Elle minauda.

— Avec toi, j'en arriverais presque à le croire, mais j'aime toujours te l'entendre dire.

— Il y a longtemps que j'en pinçais pour toi. Tu le savais bien, non ?

— Peut-être.

Elle éclata de rire.

— Tu avais des projets plein la tête. Je me souviens qu'après le bal tu m'as entraînée ici pour me montrer l'auberge. Ce n'était qu'une guinguette tristounette et dépourvue de charme, à l'époque. Mais, pour toi, c'était l'endroit le plus fabuleux du monde. Un jour, il serait à toi. Il y avait une telle détermination dans ta voix. Et puis, tu m'as expliqué tous les aménagements que tu y apporterais pour en faire un lieu où les gens prendraient plaisir à venir. Tu avais déjà prévu la manière de transformer en hôtel le grand bâtiment inutilisé par les anciens propriétaires.

Elle s'interrompit. Après tant d'années, cette scène conservait pour elle une sorte d'irréalité. A vrai dire, ils étaient déjà mariés quand la jeune femme s'était fait la réflexion qu'il était incroyable qu'elle, de nature si raisonnable, ait pu accorder d'emblée une confiance sans retenue à ce garçon pourtant si gauche. Entre eux, tout avait été comme évident dès le premier échange. Lumineux ! Depuis, elle n'avait pas regretté un seul jour une décision prise dans l'euphorie du moment.

— Je n'ai même pas trouvé choquant, reprit-elle, que tu me dises : « Là, vois-tu, derrière ces fenêtres pour l'instant aveugles, nous aurons notre chambre. » Ton enthousiasme me transportait de joie. Toi, au moins, tu savais ce que tu voulais. Tu avais un rêve et tu voulais te donner les moyens de le réaliser.

Elle posa un regard ému et fier sur son mari.

— Tu as tout fait comme tu l'avais dit, murmura-t-elle.

Avec le recul, François était lui-même surpris d'avoir réussi à mener à bien une entreprise aussi colossale. S'il n'avait pas été habité à ce point par son rêve, un projet de cette envergure lui serait apparu tout bonnement chimérique, d'autant qu'il ne possédait pas le sou, à l'époque.

— Heureusement que ton père nous a prêté l'argent pour démarrer.

— Tu l'as amplement remboursé depuis. Tu sais, il a tout de suite été conquis par ton projet, et il a senti que tu avais les moyens de le mener à bien. Je me souviens, il me disait de son ton sentencieux...

Nicole fit le geste d'un homme qui frise ses moustaches, et dit d'une voix grave :

— « Ma fille, ton fiancé est un rêveur réaliste, un idéaliste pragmatique ! Un mélange curieux, ma foi, mais qui devrait tenir la route. »

— Et toi, tu n'avais pas de rêve ? demanda François.

Nicole retira le ruban qui retenait ses longs cheveux châtain foncé, qu'elle secoua vivement, puis elle se pencha vers l'avant et les fit jouer sur le visage de François.

— Tu sais, ma mère ne cessait de me répéter que le plus beau rêve, pour une fille, c'était de rendre un homme heureux.

— Une femme sage, madame votre mère ! plaisanta François.

Nicole pinça les lèvres de son mari.

— Cessez de dire des sottises, monsieur Eicher. A l'époque, ça me paraissait stupide. Pourtant, lorsque tu m'as montré la guinguette, je n'ai plus eu d'autre rêve que de t'aider à concrétiser le tien.

— Et tu n'as jamais ménagé ta peine, ma chérie. Tu travaillais sans rechigner, même quand tout n'était pas rose, au début. Pour s'en sortir, on a dû faire tourner le restaurant pendant la durée des travaux. Ça n'a pas été facile tous les jours, pourtant je ne me souviens pas d'avoir entendu une seule récrimination sortir de ta bouche.

— Parce que tu as su me laisser prendre ma place dans ton rêve, François. Je n'ai jamais eu le sentiment d'être à la traîne avec toi. Tu as fait de l'auberge notre domaine à tous les deux.



suburban tavern with music & dancing

— Mon rêve n'aurait plus de sens sans toi, Nicole. C'est pour ça qu'aujourd'hui...

Nicole posa deux doigts sur la bouche de son mari.

— Aujourd'hui, dit-elle, le temps s'est arrêté. Nous sommes seuls au monde, seuls avec nos souvenirs.

François posa un baiser sur les doigts de sa femme.

— C'est drôle, combien de fois avons-nous évoqué nos premiers instants, au fil des ans ? Et chaque fois le plaisir est aussi fort.

— Je t'aime, François, murmura Nicole.

— Tu te souviens de la chanson sur laquelle nous avons dansé pour la première fois ?

Nicole se mit aussitôt à chantonner :

*Depuis le moment où je t'ai connu, hélas follement,*
*Je n'ai pas cessé de penser à toi comme un insensé.*
*Ramona, j'ai fait un rêve merveilleux.*
*Ramona, nous étions partis tous les deux.*
*Nous allions, lentement, loin de tous les regards jaloux,*
*Et jamais deux amants n'avaient connu de scir plus doux.*

— Heureusement, le deuxième couplet, lui, n'est jamais devenu réalité, dit François.

Et ce fut à son tour de chanter en imitant la diction si particulière de Fred Bouin :

*Mais ce doux roman n'était seulement*
*Qu'un rêve d'amant,*
*Par ta cruauté, tout autre a été la réalité.*

— Oh ! pour ça, jamais, mon François ! Il n'y a pas si longtemps, tu as dit que rien ne nous séparerait, n'est-ce pas ?

— Et je le redis bien volontiers, ma chérie.

Puis, se retournant sur le ventre, François murmura en levant un regard éloquent vers sa femme :

— Tu sais à quoi je pense ?

Nicole fit mine de s'effaroucher.

— Je crains de deviner.

— Hum, ça ne t'a pas toujours fait peur, répliqua-t-il en glissant la tête sous les jupes de sa femme et en faisant courir sa langue sur l'intérieur de ses cuisses.

— François, tu es fou ! Si quelqu'un nous voyait...

Il releva la tête et, attirant sa femme à lui, dans le fond de la barque, il demanda :

— N'as-tu pas dit que nous étions seuls au monde, aujourd'hui ?

## 6

Le temps ne pouvait suspendre son vol indéfiniment, et François n'allait pas tarder à vérifier que la nostalgie ne pèse pas lourd face la réalité. Il s'était assoupi en dérivant au gré de la Moselle, mais le réveil n'avait pas été à la hauteur de ses espérances. Bien au contraire, il s'était trouvé plongé dans une réalité plus terrifiante encore qu'un cauchemar.

La journée n'était pas terminée qu'il fut convoqué à l'hôtel de ville.

La rue Serpenoise paraissait bien triste en dépit de ses vitrines encore attrayantes. Le Mag Est était quasiment désert. Il faut dire qu'au fil des mois la ville s'était vidée de la moitié de sa population. Certains étaient restés parce qu'ils avaient un proche au front, comme Léni ; ou comme sa mère, parce qu'ils ne voyaient pas en quoi un changement de régime modifierait leur quotidien. D'autres étaient restés par la force de l'habitude ou par amour du terroir, ou encore par peur de perdre le peu qu'ils possédaient. Il y en avait même qui étaient restés par idéal. Si leur bonne ville de Metz devait connaître une nouvelle oppression allemande, ils voulaient être présents afin de maintenir vivace le flambeau de l'esprit français en cette terre lorraine pour laquelle étaient morts leurs ancêtres. Ceux-là reprochaient à leurs voisins d'avoir pris la route de l'exode ; un choix qui s'apparentait, pour eux, à une désertion. Les évacués de la dernière heure, de leur côté, n'auraient pas compris ce discours. Comment auraient-ils pu accepter de courber l'échine et de se soumettre aux volontés de l'occupant ?

Et puis, il y avait ceux, comme François et Frédéric, qui auraient été bien en peine d'expliquer pourquoi l'idée de partir leur paraissait inconcevable. L'aubergiste avait beau faire, il était incapable de se résoudre à faire ses bagages.

A l'hôtel de ville, les conseillers municipaux apprirent que Victor Demange avait décidé de saborder son journal, *Le Républicain lorrain*.

— Mais enfin, pourquoi ? s'étonna François.

— Vous n'avez donc pas appris la nouvelle ? lui répondit un adjoint au maire. Metz est déclarée ville ouverte.

C'est tout juste si François entendit monsieur Hocquard annoncer que le préfet de la Moselle, monsieur Charles Bourrat, lui avait donné l'ordre de quitter Metz.

Quand il se retrouva à l'air libre, l'aubergiste se sentit désorienté. Pouvait-il encore refuser l'évidence ? La ligne Maginot avait fidèlement rempli sa mission. Les divers ouvrages fortifiés s'étaient révélés imprenables, ainsi que n'avaient cessé de le répéter les chefs de l'armée et du gouvernement. Seulement, les Allemands avaient contourné l'obstacle en déferlant par le sud et par l'ouest. Pouvait-on dire, en l'occurrence, que nos troupes avaient démérité ? Sans doute pas. Mais quelle différence cela faisait-il ? Demain, ou dans deux jours, l'ennemi installerait ses quartiers dans la ville.

L'aubergiste sentit une main se poser sur son épaule. Il tourna la tête et découvrit le visage grave du juge Ahles.

— Je me doutais que vous ne tarderiez pas à apparaître, dit-il d'une voix sourde.

— Venez, allons prendre un café, proposa le magistrat.

Sans un mot, les deux hommes traversèrent la place d'Armes et remontèrent la rue des Clercs en direction de l'Esplanade. Ils arrivaient devant une vaste brasserie, la Walsheim, quand le magistrat sortit de son mutisme.

— Regardez, dit-il en montrant un couple qui traversait la place de la République.

L'homme tirait une charrette brinquebalante sur laquelle il avait entassé tout ce qu'il avait pu emporter. Sa femme poussait un landau d'une main et, de l'autre, serrait celle d'un garçon de cinq à six ans qui peinait pour adapter son pas à celui de ses parents.

François suivait des yeux cette famille. Elle n'était pas la seule, en ce moment, à penser qu'elle avait trop attendu. Comme tant d'autres, le père et la mère ne s'étaient résolus qu'à contrecœur à laisser derrière eux une vie qui n'était sans doute ni meilleure ni pire qu'une autre, mais dans laquelle ils avaient fini par trouver un équilibre qui leur convenait.

Il n'est jamais facile d'aller au-devant de l'inconnu.

— Entrons, dit le juge.

François, toujours en état de choc, emboîta le pas à son compagnon. Le patron de la brasserie vint les saluer, et le magistrat lui commanda deux cafés, deux schnaps et une table tranquille. La dernière demande était superflue. La Walsheim était déserte.

Dès qu'ils furent servis, le juge leva son verre.

— Je crois que nous en avons bien besoin, dit-il.

François fit de même et ils trinquèrent.

— A quoi buvons-nous, monsieur le juge ?

— Appelez-moi Joseph, voulez-vous ? Et si nous buvions à la reconstruction ? Qu'en pensez-vous ?

L'aubergiste fronça les sourcils en portant son verre à ses lèvres. Après l'avoir reposé, il demanda :

— De quelle reconstruction voulez-vous parler, mons... Joseph ?

Le magistrat baissa les yeux vers son café fumant.

— En ce moment même, commença-t-il, la nouvelle de l'arrivée prochaine des Allemands se répand en ville comme une traînée de poudre. Les Français de l'intérieur n'ont toujours rien compris aux rêves de domination du monde d'Adolf Hitler. Nos administrés, eux, ont eu l'occasion d'écouter ses discours retransmis sur les ondes de nos voisins. La plupart n'ont pas eu besoin d'interprètes pour les comprendre. Hitler s'exprime dans une langue qu'ils ont tétée au biberon, même s'ils se sentent plus français que bien des Parisiens ou des Bretons. Ils ont vu la peur sur le visage de Juifs qui ne faisaient que traverser notre ville ou nos campagnes. Ils savent que la majorité des Allemands adhèrent aux objectifs de leur Führer. Ils le savent depuis longtemps déjà. Même s'ils n'ignorent pas que la situation économique de l'Allemagne n'est pas étrangère à cet engouement terrifiant.

Le magistrat porta sa tasse à ses lèvres. Il souffla délicatement sur le liquide brûlant en observant l'effet que produisaient ses paroles sur son interlocuteur. François demeurait impassible, mais sous son apparente froideur bouillonnait une multitude de questions. Le juge Ahles reposa sa tasse et sourit pour la première fois depuis qu'ils avaient quitté l'hôtel de ville. Un sourire douloureux et compatissant.

— Ces gens que nous avons vus, il y a un instant, fuir

vers la gare dans l'espoir que les trains à destination de la Charente ou de la Vienne circulent toujours... ces braves gens ont peur. Les avez-vous reconnus, François ?

Celui-ci secoua la tête en signe de dénégation.

— C'est Hans Lehrberg et sa petite famille. Ils tiennent... ou, devrais-je dire, ils tenaient, une boutique de confection en Chaplerue. Des personnes charmantes, qui se sont obstinées à rester, parce qu'elles voulaient croire en cette victoire « qui nous était due et qui ne pouvait nous échapper ». Et les voici qui s'enfuient, la peur et l'espoir au ventre. Pourtant, avec un nom comme le leur : Lehrberg... Hans et Sarah Lehrberg. Comment vont-ils être accueillis, là-bas ? En France ! Ils ont un accent allemand à couper au couteau, ces braves « ya-ya ». Seulement, pour eux plus que pour d'autres, rester serait une folie. Un suicide !

Le magistrat saisit son verre de schnaps. Il le considéra silencieusement avant de le porter à ses lèvres. Cette façon de ménager son effet irritait François, d'autant qu'il n'était pas difficile de deviner ce qu'allait dire le juge.

— Ils sont juifs, n'est-ce pas ? demanda l'aubergiste.

— Tout juste, répondit le magistrat, nullement offusqué de s'être fait voler son effet. Il y a longtemps que je leur conseillais de partir. Ils n'étaient pas les seuls, d'ailleurs, à qui je m'étais permis de parler en ces termes. Mais vous verrez que, lorsque les Allemands s'installeront, il restera encore des Juifs en nos murs ! Et ils s'entêtent à rester ! Mais pourquoi, bon sang ? Vous pouvez me le dire ?

— La plupart seraient eux-mêmes incapables de répondre à votre question, le coupa François, en songeant que c'était son cas, bien qu'il ne fût pas juif.

Le magistrat le dévisagea en fronçant les sourcils.

— Vous avez peut-être raison, François.

Il parut réfléchir à la remarque de son compagnon.

— Et vous, Joseph ? Savez-vous pourquoi vous restez ? demanda François.

— Oh ! s'exclama le juge Ahles.

Il resta un long moment sans voix. Il ne s'était probablement pas encore posé la question. Il finit par rire.

— Je suis né ici, François, dit-il enfin. Comme vous.

— Comme les Lehrberg et comme la plupart des gens qui ont choisi l'exode.

Le juge ne répondit pas, mais il attira l'attention d'une serveuse et lui demanda de remplir leurs verres, puis il enchaîna, sans transition :

— Pendant que ces gens partent, d'autres, en ce moment, vident les magasins de l'Intendance et les entrepôts de la manufacture de tabac. Les autorités militaires ont livré leurs stocks à la population. Autant que les Messins en profitent plutôt que l'armée allemande, pas vrai ?

François fronça les sourcils.

— Vous l'ignoriez ?

— J'ai dû en être informé en même temps que vous, mais j'avoue n'y avoir pas prêté attention, répondit l'aubergiste, laconique.

— Ne voulez-vous pas téléphoner chez vous ? Vous pourriez faire des provisions pour les semaines, que dis-je ? pour les mois à venir. Envoyez donc Frédéric avec la camionnette...

Son compagnon le coupa d'un ton presque cassant.

— Et, en chemin, il pourrait également piller les boutiques des Lehrberg et de leurs semblables, tant qu'il y est. Pourquoi ne pas renouveler notre garde-robe ? nos chaussures ? L'hiver promet d'être rude.

Le magistrat éclata de rire.

— Certains s'en chargent déjà.

— Ce qui me répugne, dit François, qui ne voyait pas ce que cette évocation pouvait avoir de drôle, c'est que les plus démunis emporteront tout au plus une ou deux bardes de lard, voire quelques paquets de tabac, parce qu'ils auront le sentiment de commettre un larcin en prenant des biens sans les payer. En revanche, ceux qui ne manquent de rien, eux, vont se constituer des provisions pour l'hiver et même pour les hivers suivants. Pas par crainte d'une disette, non ! Par souci d'économie !

— Vous êtes dur, François.

— Vous trouvez ? Peut-être. Oui.

L'aubergiste parut subitement gêné de s'être emporté. Le juge Ahles posa une main sur son avant-bras.

— Je ne dis pas que vous ayez tort, mon ami. Il est même probable que vous ayez raison. Mais expliquez-moi pourquoi vous ne voulez pas faire quelques provisions pour le restaurant. Les magasins de l'Intendance sont, de toute façon, mis à la disposition de chacun. Et puis vous fumez...

François venait de sortir sa blague à tabac et se roulait une cigarette. Il passa sa langue sur le bord de la fine feuille de papier Job et craqua une allumette — il n'utilisait jamais de briquet.

— Je ne sais pas où je serai demain, dit-il. J'ignore si le restaurant rouvrira ou non ses portes. J'ai donné congé au personnel. Peut-être prendrons-nous aussi le large, Nicole et moi. Pourquoi ferions-nous des provisions dans ces circonstances ?

Le magistrat sourit.

— Peut-être prendrez-vous le large, peut-être pas. Pourquoi ne pas prévoir le cas où vous resteriez ?

L'aubergiste plissa les yeux. Il ne comprenait pas où le juge voulait en venir.

— Allons, poursuivit celui-ci. Vous savez bien que l'éventualité de votre départ est une fausse raison, François. Pourquoi n'envoyez-vous pas Frédéric aux entrepôts ?

Agacé, le patron de l'auberge des Régates répondit :

— Sans doute parce que j'aurais, moi aussi, le sentiment de commettre un larcin. Oui, je suppose que c'est une question d'éducation, de milieu, de valeurs. Ou faut-il mettre cela sur le compte d'un orgueil démesuré ?

Le magistrat secoua la tête.

— De toute façon, vous avez raison de ne rien vouloir emporter, François. Quand les Allemands auront pris en main la gestion de la région, ils voudront récupérer les stocks de vivres. Ceux qui se seront servis de façon trop... généreuse vont au-devant de sérieuses déconvenues.

— Joseph, pourquoi disiez-vous que l'éventualité de mon départ était une fausse raison ?

— Parce que vous n'avez jamais envisagé sérieusement de partir, cher ami.

Le juge leva la main pour empêcher François de l'interrompre. Il ajouta d'un ton sans réplique :

— Vous resterez. Quoi qu'il arrive, vous resterez !

— Il semble que vous en sachiez plus que moi sur mes propres intentions, grogna François.

— Il ne s'agit nullement de présomption de ma part, croyez-le bien. Seulement, sur ce point précis, nous sommes semblables, vous et moi. Ainsi que vous le suggériez tout à l'heure, François, vous seriez incapable de dire pourquoi, mais vous ne vous résoudrez jamais à partir.

L'aubergiste resta silencieux. La remarque du juge

l'irritait parce qu'elle lui faisait l'effet d'une violation de la part la plus intime de son être. Qu'aurait-il pu objecter ? Le magistrat venait d'exprimer très précisément ce qu'il ressentait depuis le début du conflit. La raison lui dictait de partir ; mais le cœur le contraignait à rester.

— Pourquoi ? gronda-t-il à son tour.

Tout à coup, le fait d'être incapable de répondre à cette question l'irritait prodigieusement.

— Pour les mêmes raisons qui vous ont poussé à accepter de poser votre candidature au conseil municipal, répondit posément le magistrat.

— Parce que vous connaissez mes raisons ?

— Bien sûr, voyons ! C'est moi qui ai soufflé à nos amis la manière dont il convenait de vous présenter les choses.

Il s'interrompit et regarda François avec une lueur malicieuse dans les yeux. Le juge resta silencieux comme pour permettre à l'aubergiste de répondre, mais celui-ci s'estimait suffisamment manipulé pour ne pas offrir à son interlocuteur la satisfaction de le voir réagir comme il lui suggérait implicitement de le faire.

— Vous aimez vous rendre utile, reprit enfin le magistrat. Servir !

— Pourquoi me dites-vous tout cela, monsieur le juge ? demanda François, qui ne parvenait plus à masquer son irritation.

— Oh, non ! Je vous en prie, ne vous emportez pas, cher ami. Je vous assure qu'il n'y a pas de quoi. Voyez-vous, nous ne sommes guère différents, vous et moi. Si j'ai choisi de consacrer ma vie à la justice, c'est par...

Il hésita avant de lâcher :

— Par idéal !

Il éclata de rire.

— Moi qui prétends me méfier des idéalistes ! Bah ! nous devons tous nous résoudre à vivre avec nos contradictions, n'est-ce pas ? La vie politique de cette dernière décennie m'a profondément déçu. Je dirais même qu'elle m'a fortement déplu. Le succès remporté chez nous par le mouvement des Croix-de-Feu[1] était prévisible. N'oublions pas que la plupart de nos anciens combattants ont porté l'uniforme allemand pendant la dernière guerre. Tous n'ont pas eu le cran, comme votre père, de déserter pour aller rejoindre les troupes alliées.

— Cela lui a coûté la vie, ponctua François.

— Aujourd'hui, où peuvent nous mener toutes ces querelles de partis ? Droit dans le mur. Non ?

— Nous y sommes déjà, murmura l'aubergiste.

— C'est vrai ! Lorsque je me suis lancé dans la politique, c'était avec la ferme volonté de faire bouger les choses. J'aurais aimé être entouré uniquement d'hommes... comme moi. Cela vous paraît prétentieux, n'est-ce pas ? Pourtant, ce que je veux dire ne l'est pas, croyez-le bien. Je veux parler d'hommes prêts à prendre des positions utiles à la communauté, et pas à un parti. Hélas, je n'étais qu'un maillon d'une chaîne et je ne pouvais donc pas imposer mes vues. Nous sommes en république, n'est-ce pas ? Par bonheur, je suis membre d'une fraternelle au sein de laquelle je jouis d'une certaine notoriété, ce qui me donne un peu d'influence. C'est grâce à cela que j'ai réussi à convaincre certaines personnes de vous entreprendre, cher ami. Personnellement, je préfère travailler dans l'ombre.

1. Association d'anciens combattants militant pour une politique de droite forte.

— Cela n'explique toujours pas pourquoi vous me tenez de tels propos, insista François.

— Vous avez encore raison. Je m'égare. Si je vous parle ainsi, c'est uniquement pour vous faire comprendre que je vous connais, que je vous estime et que vous êtes le genre d'homme qui m'inspire confiance.

— J'apprécie... Joseph, dit François, décontenancé, mais où voulez-vous en venir, très précisément ? C'est cela que j'aimerais comprendre.

Le juge tourna la tête et s'assura que nul ne pouvait les entendre. Il se pencha par-dessus la table, de manière à réduire un peu plus l'espace qui le séparait de son interlocuteur. A ce moment précis, une idée traversa l'esprit de François. Il venait de se remémorer le toast proposé par le magistrat lorsqu'ils avaient trinqué.

— La reconstruction ? murmura-t-il après s'être lui aussi rapproché.

Les deux hommes n'en étaient pas conscients, mais ils avaient progressivement adopté une attitude de conspirateurs.

— Très précisément, François ! La reconstruction ! Le maire est parti. Bientôt viendra le tour du préfet ; le conseil municipal sera dissout. Une nouvelle administration remplacera l'actuelle. Une administration allemande.

— Allons ! le coupa l'aubergiste. Hitler a déclaré, à plusieurs reprises, qu'il n'était pas question pour lui de revendiquer l'Alsace et la Lorraine. Ces territoires appartiennent à la France, une fois pour toutes. Il l'a dit et répété. Non, il ne commettra pas la même erreur que les Prussiens en 1871. La Moselle restera sous administration française.

— Vous croyez encore ce que dit cet homme ? demanda le magistrat. Mais, voyons, ses déclarations n'avaient d'autre but que d'endormir la méfiance de nos naïfs dirigeants. Il a bien réussi son coup, qu'en pensez-vous ?

Le juge Ahles se pencha encore un peu plus vers l'avant.

— Avez-vous lu *Mein Kampf*?

François fit la moue.

— On ne connaît jamais assez son adversaire, fit observer le magistrat. Dans son manifeste combattant, Hitler accuse en toutes lettres la France d'avoir volé l'Alsace-Lorraine ! Nous pouvons nous attendre à connaître une nouvelle annexion, François. Ne nous leurrons pas.

— Je ne puis y croire.

— Je ne la souhaite pas plus que vous. Pourtant... La ligne Maginot n'a-t-elle pas été évacuée alors qu'on nous la disait imprenable ? L'ordre n'a-t-il pas été donné à nos soldats de détruire les ouvrages fortifiés et l'armement ? Attendons-nous à voir sauter des ponts dans les jours qui viennent. De vains sacrifices, croyez-moi. La guerre est perdue. Demain, les Allemands seront ici, et le gouvernement français acceptera leurs conditions.

— Jamais ! s'indigna François. Même si la guerre est perdue, nous resterons français !

Le juge Ahles sourit.

— Vous ne croyez pas vous-même à ce que vous dites, fit-il sur un ton presque paternaliste. Demain, Metz sera gouvernée par les Allemands ! Vous et moi, nous avons toujours voulu servir notre ville. Alors, que ferons-nous... demain ?

François conserva un mutisme lourd de découragement.

— Il faudra bien se résigner à partir, dit-il enfin.

— Pour aller où ? A Paris ? Les Allemands nous y ont

précédés. Citez-moi une ville de France où vous serez sûr de n'avoir pas à vous soumettre à l'autorité allemande.

François songea à la discussion qu'il avait eue avec ses employés. Ne leur avait-il pas dit, lui-même, qu'il était incapable de répondre à cette question? Il fit signe à la serveuse de remplir leurs verres.

— Que deviendra notre ville, si nous aussi nous partons? poursuivit le magistrat. Et notre région? Et tous ces braves gens, dont nous rêvions d'améliorer le quotidien?

— Je vous retourne la question, rétorqua François, que ferons-nous demain, vous et moi?

Le juge sourit.

— Nous nous mettrons, encore et toujours, au service de notre ville.

François fronça les sourcils. Il avait peur de comprendre ce que le magistrat cherchait à lui dire.

— Au service de notre ville? répéta-t-il. Ne venez-vous pas de dire que, demain, elle serait soumise à l'autorité allemande.

— Et alors?

— Ne me dites pas que vous seriez prêt à servir l'occupant! s'exclama François en s'efforçant de ne pas élever la voix.

— Servir l'occupant, non. Mais cette ville, oui. Bien sûr! Vous savez que je me suis toujours efforcé de rester en dehors des querelles de partis, cela ne m'a pas empêché de bien remplir mon devoir. Au même titre que vous, d'ailleurs. C'est pourquoi c'est à vous que je m'adresse, aujourd'hui, François.

L'aubergiste vida son verre d'un trait.

— Nous ne parlons pas d'une simple querelle de partis, voyons! Aujourd'hui, il est question de la dictature d'un fou.

Il secoua la tête.

— Si je vous ai bien compris, Joseph, vous accepteriez de conserver votre poste de conseiller municipal même sous une juridiction allemande ?

— Non seulement j'accepterais, mais je ferais tout pour ne pas être limogé. Voyons, François, nous parlons couramment l'allemand, vous et moi. Nous avons des sympathies dans les deux camps. Nous pourrions vraiment nous rendre utiles...

— C'est donc cela que vous attendiez de moi ? Que j'accepte de travailler pour les Allemands ?

— Non, François. Non ! Pour notre ville et pour nos administrés. Pas pour...

— Les Schleus n'ont pas encore mis les pieds en ville, et vous songez déjà à collaborer avec eux. Mais quel genre d'homme êtes-vous, juge Ahles ? Et comment avez-vous pu imaginer, un seul instant, que j'accepterais de vous suivre dans la voie de la trahison ? Je préférerais encore mettre le feu à mon auberge que de voir s'y pavaner un seul uniforme SS !

— François...

Celui-ci se leva.

— Je crois que nous n'avons plus rien à nous dire, juge Ahles !

Le magistrat bondit sur ses pieds et se planta devant l'aubergiste, de manière à lui barrer la sortie. Il avait une expression grave et douloureuse.

— J'ai été maladroit, murmura-t-il.

— Maladroit, peut-être. Mais clair, assurément.

— Je comprends votre colère, cher ami, mais promettez-moi une chose...

— Non, monsieur le juge. Je vous l'ai dit, nous n'avons plus rien à...

— Juste une chose. Je vous en prie.

François hésita. Il soutint le regard du juge, mais ne chercha pas à le contourner.

— Le gouvernement français va signer un armistice et il acceptera de collaborer avec Hitler. Il nous abandonnera une fois de plus à notre sort. Nous, Lorrains et Alsaciens !

— Vous êtes fou ! dit François avec un sourire sardonique.

— Soit. Alors, voici ma proposition : si je me trompe, nous ne nous adresserons plus jamais la parole et je vous promets d'oublier ce qui s'est dit ici. Mais si j'ai raison, je vous demande d'accepter de m'écouter une dernière fois.

François n'hésita même pas. Il était tellement sûr de son fait.

— D'accord ! dit-il.

Le juge sourit.

— Je sais que vous tiendrez parole.

Il s'écarta pour laisser passer l'aubergiste.

— Adieu, dit celui-ci en partant.

— Non... à bientôt. A très bientôt, cher ami.

François sortit sans un regard en arrière.

# 7

Lorsqu'il quitta le juge Ahles, François ne se sentait pas en état de rentrer directement à l'auberge. Il était trop contrarié et ne voulait pas risquer de retourner sa colère contre son personnel, et encore moins contre son épouse. Avant de retrouver Nicole, il devait d'abord se retrouver lui. Pour cela, il avait besoin d'être seul. Seul avec sa ville.

Insensiblement, ses pas le menèrent vers la place Saint-Louis, avec ses maisons à contreforts construites dès le XIIIe siècle sur les ruines des anciens remparts romains. Au Moyen Age, sur cette place, se tenaient des foires hautes en couleur, des mystères y étaient représentés, et c'était sous ses arcades que les changeurs exerçaient leur commerce.

Tout en marchant, François se remémora les mots que sa mère lui avait si souvent lus, dans les années qui avaient suivi la Grande Guerre : Metz *dont la fidélité obstinée à la France n'a connu aucune défaillance au cours d'une captivité de quarante-huit ans...* Comme elle était fière, en ce 27 octobre 1919 où, pour avoir bien mérité de la patrie, Metz s'était vu décerner la croix de la Légion d'honneur.

Oh oui ! ces mots étaient allés droit au cœur de la brave

dame, à qui il fallait au moins une telle cérémonie pour se persuader qu'elle n'avait pas perdu son homme, et failli perdre son fils, tout à fait pour rien. François avait en effet dix ans quand il avait regardé la mort en face. Lorsqu'il avait découvert ces soldats cachés dans un champ, il n'avait même pas compris qu'il s'agissait de déserteurs, mais l'un d'eux, craignant sans doute d'être trahi, avait ouvert le feu. Il n'y avait pas eu de haine dans ses yeux, juste de la peur.

L'enfant avait longtemps balancé entre la vie et la mort. Par bonheur, il avait été assez vaillant, à la veille de l'entrée des troupes françaises à Metz, pour aller assister, au bras de sa mère, au déboulonnage des statues allemandes. A la place de celles-ci, de nouveaux monuments allaient être élevés au fil des ans ; autant de vibrants hommages de l'attachement de la ville à la France. Paul Déroulède allait ainsi se dresser devant la chambre de commerce ; Lafayette, au milieu du jardin Boufflers ; le général Mangin, libérateur de Metz, dans le petit square proche de l'hôtel des Postes ; sans oublier *Le Poilu libérateur*, œuvre d'un enfant du pays, Emmanuel Hannaux, qui allait remplacer avantageusement ce triste sire de Guillaume II.

François n'avait manqué l'inauguration d'aucun de ces monuments. Il faut dire que sa mère entretenait avec une telle dévotion la flamme du souvenir de son héros de mari que, s'il n'avait agi de la sorte, l'adolescent aurait eu le sentiment de manquer de respect à ce père qui, de son vivant, avait su lui inculquer le sens des valeurs, mais aussi lui prodiguer une affection profonde et sincère.

Avec le temps, François avait appris à relativiser les choses. Il sourit en songeant qu'il avait quand même vingt-sept ans le jour où il avait assisté à l'installation, avenue Foch, d'un buste du roi Albert Ier de Belgique — un roi qui n'avait pas trahi son peuple, lui !

L'après-guerre n'avait pourtant pas été facile à vivre pour les Messins. La Lorraine avait quitté une France impériale, lors de l'annexion de 1871, et voilà qu'elle retrouvait une France républicaine — une France laïque, qui plus est, alors que la région était catholique. Même si la Lorraine s'accrocha au régime concordataire en matière religieuse — celui qui existait en France avant la séparation de l'Eglise et de l'Etat en 1905 —, sa fidélité à l'âme et à l'esprit français s'avéra plus forte que les divergences confessionnelles.

Ainsi, dès juin 1919, Victor Demange avait-il lancé un nouvel organe de presse, le *Metzer Freies Journal.* Cet homme remarquable n'avait pas hésité à recourir à la langue de Goethe pour apporter le message de la France à des lecteurs qui se sentaient viscéralement français, mais parlaient une langue fortement germanisée, quand ce n'était pas purement et simplement de l'allemand. Demange attendrait dix-sept ans avant de juger le moment propice au lancement de l'édition française, *Le Républicain lorrain.* Pour ce nouveau quotidien, il revendiquerait également l'indépendance et l'adhésion aux principes républicains.

Or voici qu'aujourd'hui ce même Victor Demange sabordait son journal pour lui éviter de devenir allemand. Ironie de la fidélité à l'esprit. Ironie ô combien douloureuse !

Sur son chemin, François croisait toutes sortes d'équipages : des familles qui gagnaient la gare en emportant tout ce qu'elles avaient de précieux, à bout de bras ou entassé sur une carriole ; il y avait aussi des voitures, des camions ou des camionnettes, qui cornaient à tout va tant était grande leur hâte de quitter la ville ; mais également des groupes d'opportunistes, les bras ou la carriole aussi chargés que ceux des partants, parce qu'ils revenaient des magasins de l'Intendance ou des entrepôts de la manufacture de tabac.

Pourquoi l'attitude de ces derniers lui paraissait-elle à ce point révoltante ? L'autorité militaire ne leur avait-elle pas ouvert les portes de ses magasins ? François n'avait pas le droit de considérer ces gens comme des pillards et encore moins comme des charognards. Pourtant, il devait faire un sérieux effort pour ne pas leur cracher sa fureur au visage.

Pourquoi ?

Il n'eut pas à chercher longtemps la réponse à sa question. Elle lui apparut comme une évidence. S'il refusait d'aller se servir comme tant d'autres, c'était parce qu'il ne voulait pas accepter la réalité de la défaite. En vidant les entrepôts de l'armée, ces gens exprimaient, en quelque sorte, leur résignation. Ils avaient déjà accepté leur statut de vaincus. François, lui, voulait encore entretenir la flamme de l'espoir. Tant que les pavés de la ville ne résonneraient pas de la marche cadencée des troupes d'occupation, il conserverait la foi.

En vérité, il savait, dans son for intérieur, que sa réaction était puérile. Nul n'avait jamais changé la face du monde en refusant l'évidence. Le plus sage de tous n'était-il pas le juge Ahles, qui préparait l'avenir ? Il était probablement le seul à avoir déjà réfléchi aux moyens de continuer à se rendre utile à ceux qui l'avaient élu au conseil municipal. Ce faisant, n'était-il pas plus fidèle à ses engagements que François, qui préférait se draper dans sa dignité et s'enfoncer dans une sorte d'isolement factice ?

Non ! François ne se résoudrait jamais à servir l'administration allemande.

Avec une sorte d'ironie inconsciente, ses pas l'avaient conduit sur les berges de la Seille, par la rue du Grand-Wad. A sa gauche se dressait un vestige des fortifications médiévales : la porte des Allemands, une sorte de petit château fort à cheval sur la rivière.

En dépit de son nom, cet édifice de 1230, qui avait connu plusieurs remaniements au fil des siècles, n'était pas directement lié aux Allemands, mais à la commanderie et à l'hôpital que les chevaliers Teutoniques avaient établis, au XIIIe siècle, face à l'église Saint-Euchaire. Les Prussiens de 1871 en avaient pourtant fait un symbole de l'ancienneté de leur présence en terre lorraine.

Une nouvelle bouffée de colère submergea François. Les salauds allaient remettre ça ! Ils n'hésitaient jamais à dénaturer la vérité pour démontrer, de manière fallacieuse, la légitimité de leurs prétentions sur une région qui, à aucun moment, n'avait voulu d'eux. Ils cherchaient à déposséder les Mosellans de leur identité jusque dans les détails les plus infimes. Ainsi, ce simple mot de *wad*, qui intriguait plus d'un visiteur de la ville !

Que signifiait ce petit vocable rencontré essentiellement dans le nom de trois rues menant à la Seille — celle du Grand-Wad, mais aussi celles du Wad-Billy ou du Wad-Bouton ? Les Allemands avaient voulu y voir une altération du mot *wacht*, qui aurait renvoyé à des postes de « garde », or ceux-ci n'avaient jamais existé. En revanche, il y avait bien eu, autrefois, des gués qui permettaient de franchir la Seille en ces lieux ; or « gué » se disait *wad* dans l'antique langue galloise. La région n'était pas fille de Germanie et elle ne le serait jamais !

François Eicher s'arrêta devant les deux tours crénelées de la porte des Allemands. Il se sentait subitement ridicule. Il ressassait sa rancœur, mais une telle attitude était vaine. En quoi préparait-il l'avenir ? Refuser l'évidence était stérile. Il reprochait au juge Ahles de vouloir collaborer avec l'autorité allemande pour défendre les intérêts de ses administrés, mais avait-il mieux à proposer, hormis une nostalgie dérisoire ?

Il tourna les talons et s'enfonça dans la rue Saint-Euchaire. Il devait rentrer à l'auberge. Le moment était venu de prendre des décisions. Or son avenir engageait Nicole, il ne pouvait donc y réfléchir seul.

L'avenir allait rattraper les Messins trois jours plus tard et il aurait un triste arrière-goût de déjà-vu.

# 8

Le 17 juin, des camions allemands chargés de soldats firent leur apparition place de la République. Les enfants furent étonnés de voir ces nouveaux venus, qu'on leur avait décrits comme des croquemitaines, leur distribuer du chocolat avec le sourire. Les plus petits ne savaient s'ils avaient le droit d'accepter ces présents ; les plus grands étaient vexés par cette charité dont ils n'avaient nul besoin. La région n'était pas encore sinistrée au point de ne plus être en mesure de gâter ses enfants.

Léni, qui contenait mal sa fureur, ramassa une poignée de chocolats et les renvoya vers leurs expéditeurs en hurlant :

— Gardez votre camelote ! Rendez-moi plutôt mon père !

Son cri fut couvert par le bruit des moteurs.

L'entrée officielle des troupes allemandes eut lieu à dix-sept heures ; elle s'effectua dans une atmosphère irréelle de ville morte. Sur le passage des motocyclettes et des automobiles venant de la route de Strasbourg, quelques curieux suivaient le défilé.

Ils n'étaient pas nombreux, ceux qui firent fête aux envahisseurs, même si certains allaient jusqu'à leur offrir des fleurs. Mais pour les autres, les fidèles à l'identité française, ils étaient déjà beaucoup trop. Des regards s'échangeaient. On se jaugeait et on sentait la délation qui ne tarderait pas à éclore dans le cœur de certains.

Bientôt, des mitrailleuses furent installées aux quatre coins de la place d'Armes. Un groupe d'officiers allemands se fit conduire dans le bureau du maire, afin de discuter, avec l'adjoint de monsieur Hocquard, de la passation des pouvoirs. Un quart d'heure plus tard, le drapeau à croix gammée flottait sur la façade de l'hôtel de ville.

François Eicher n'avait pu résister à l'envie d'aller s'informer du sort qui serait réservé à sa ville. Pour l'heure, il était toujours conseiller municipal, dépendant de l'autorité française.

Il assista ainsi à la réception des officiers allemands. Le premier contact lui parut mutuellement respectueux — les Allemands se montrant plus chaleureux que les Messins. Il déchanta dès l'arrivée d'un groupe de civils nazis. Sans aucun ménagement, ceux-ci informèrent l'adjoint au maire que ni lui ni les conseillers municipaux encore présents n'avaient plus voix au chapitre dans l'administration de la ville. Ils ne disposaient plus, désormais, de la moindre autorité.

Il devint immédiatement évident que deux pouvoirs s'opposaient au sein même des forces d'occupation. Le Parti nazi cherchait à déposséder l'autorité administrative allemande de ses prérogatives. Pour l'heure, il paraissait avoir gain de cause.

L'aubergiste ne voulut pas en entendre davantage. Il quitta le bâtiment municipal alors que des militaires allemands, conduits par des fonctionnaires français requis d'office, allaient investir les usines d'eau, d'électricité, ainsi que tous les services administratifs.

François traversait la place d'Armes quand il croisa le juge Ahles. Celui-ci se dirigea vers son « cher ami » avec un sourire contrit aux lèvres, mais l'aubergiste lui adressa un salut froid et poursuivit sa route sans ralentir le pas. Lorsqu'il se retourna, au moment d'obliquer vers la place de la Cathédrale, il vit le magistrat pénétrer dans l'hôtel de ville, que lui-même venait de quitter.

Il fallait bien admettre que le juge avait eu raison sur un point : François ne s'était pas résolu à quitter sa ville. A son grand étonnement, c'était Nicole elle-même qui lui avait suggéré de patienter encore. Les propos de Frédéric n'avaient pas été étrangers à sa décision. Pourtant, François avait eu l'impression de reconnaître chez sa femme un même refus d'accepter l'inéluctable. Comment réagirait-elle lorsqu'il lui apprendrait que les nazis venaient de prendre en main les destinées de la ville ? Il était incapable de le dire.

La première réaction de Nicole Eicher fut la fureur. Comment des Messins avaient-ils pu laisser croire aux Allemands qu'ils étaient les bienvenus dans leur ville ?

— Nous ne pouvons rester plus longtemps ici, François, avait-elle déclaré, en définitive. Je sais ce que cet endroit représente pour toi, mais tu ne supporteras jamais de voir des uniformes verts se pavaner dans ce lieu que tu as bâti avec tant d'amour.

— Les uniformes verts ne sont pas les plus redoutables, dit l'aubergiste en songeant au ton impitoyable des nazis.

— Partons, François ! supplia Nicole.

Il ne répondit pas, mais serra sa femme contre son cœur.

— Un jour, le vent tournera, murmura-t-elle à l'oreille de son mari. Nous reviendrons. Nous redonnerons vie à l'auberge. Nous en ferons un endroit encore plus joyeux qu'aujourd'hui. A nouveau, il y fera bon vivre.

François se recula. Il considéra longuement son épouse, puis, sans un mot, il tourna les talons et s'éloigna d'elle. Il fit ce qu'il appelait son tour du propriétaire.

Toutes les chambres étaient vides. Les officiers français, qu'elles avaient accueillis au cours de ces derniers mois, étaient partis. Les derniers clients, eux, n'étaient pas revenus depuis longtemps. Les chambres étaient impeccables, seule une fine couche de poussière indiquait que le ménage n'avait pas été fait depuis que François avait donné congé à son personnel. La salle de restaurant était prête à accueillir des clients qui ne venaient plus. Dans la cuisine, chaque ustensile était soigneusement disposé à sa place et la vaisselle rangée. Le jardin, avec ses tonnelles chargées de roses, semblait attendre les invités d'une noce ou d'une communion. Ici aussi, seules quelques fleurs fanées trahissaient l'absence du personnel.

Il fallait pénétrer dans les appartements privés pour trouver trace de vie. Encore que Nicole, dispensée du travail à l'auberge, tînt son ménage avec un tel soin qu'ici aussi la vie semblait comme avoir été mise entre parenthèses.

François s'arrêta au bar, derrière lequel le maître d'hôtel essuyait des verres propres. Frédéric continuait à venir travailler à l'auberge tous les matins, comme il en avait pris l'habitude depuis le jour de l'inauguration.

— Au lieu de les frotter, grogna François, vous feriez mieux de les remplir.

— Que puis-je vous servir, monsieur Eicher ?

— Oh ! je vous en prie, Frédéric ! Vous n'êtes pas en service. Vous travaillez pour moi depuis combien de temps ? Huit ans, maintenant ? Nous avons bien le droit de trinquer ensemble, sans formalité, entre amis, non ? Débouchez donc une bouteille de riesling bien frais et remplissez trois verres.

Le maître d'hôtel fit ce qui lui était demandé sans se départir de son attitude déférente à l'égard de son employeur. François rit en lui donnant une claque dans le dos. Frédéric rit lui aussi.

— La force de l'habitude, monsieur. Et puis, le respect...

Le maître d'hôtel se reprit aussitôt et dit :

— Vous allez partir, n'est-ce pas, monsieur Eicher ?

François le considéra un long moment en silence. Un curieux sourire s'épanouissait sur ses lèvres.

— Oui, Frédéric, déclara-t-il. L'auberge des Régates est une coquille vide, désormais. Elle va sûrement se remplir, dans les jours à venir, de cloportes qui la transformeront en *Bierstub*[1]. Imaginez cette salle accueillant une de leurs *Oberbayernfeest* ! Non, je préfère ne pas voir ça. Jamais ! Ma femme a raison. Un jour, nous reviendrons, et l'auberge retrouvera alors son lustre actuel.

François vida son verre. Il sentit les bras de sa femme lui enserrer la taille. Il sourit et tourna légèrement la tête pour lui donner un baiser.

— Pourquoi ai-je tant attendu ? demanda-t-il.

1. Bar à bières.

— Parce que tu es un *holzkopf*[1], monsieur Eicher, murmura Nicole à son oreille.

François lui pinça doucement la taille.

— Je ne sais pas si je prends la bonne décision, mais je n'en vois plus d'autre. Et vous, Frédéric ? Toujours décidé à rester, vaille que vaille ?

Le maître d'hôtel fit la moue.

— Chez moi, plus personne ne veut partir, monsieur Eicher. Même si...

Il s'interrompit. Fidèle à ses principes, François se garda de presser son employé de questions.

— Vous comprenez, monsieur Eicher, nous avons connu la honte une fois, là-bas... Nous ne voulons pas revivre cela. Ici, ce ne sera pas pareil. Si les Allemands nous marchent sur les pieds, ce sera dans l'ordre des choses. Ils nous ont vaincus. Nous ne nous sentirons pas humiliés pour autant. Juste révoltés ! Ce n'est pas humiliant, la révolte.

Il rit.

— C'est drôle, monsieur Eicher, nous préférons encore vivre dans la peur que dans la honte.

— Vous avez peur ? demanda Nicole.

— Surtout pour ma femme, dit le maître d'hôtel. Vous comprenez, elle est juive.

Nicole lâcha la taille de son mari et alla s'asseoir à côté de lui, sur un tabouret de bar.

— Vous devriez éviter d'en parler, désormais, dit François.

— Oh, monsieur Eicher, si je ne peux pas vous faire confiance, à vous et à votre dame...

---

1. Une tête de mule, un têtu.

François posa une main sur l'avant-bras de son employé.

— Vous savez, Frédéric, que je n'aime pas me mêler de ce qui ne me regarde pas. J'ignore si votre décision est courageuse ou déraisonnable, et il ne m'appartient pas d'en juger, mais sachez que si vous décidez de partir avec votre famille, nous vous prêtons volontiers la camionnette. Vous aurez la place d'y faire tenir toute votre famille et vos effets. Nicole et moi, nous prendrons la Primaquatre.

Nicole se rapprocha de son mari et ajouta :

— François a raison, Frédéric. Avec un véhicule, vous serez plus libres de vos mouvements. Si tant est que nous puissions encore parler de liberté.

— Merci, madame, merci, monsieur... Vous êtes des gens de cœur, je ne l'oublierai jamais. Mais nous avons bien réfléchi, Camille et moi. Ne croyez pas que nous ayons pris notre décision à la légère. Nous voulons rester. Vous vous souvenez, à mon retour d'exode, vous m'avez dit que vous aviez observé que les vaches abandonnées avaient les pis gonflés à en hurler dans les champs des environs. Alors, vous les avez fait conduire ici, et vous en avez pris soin. Depuis, beaucoup ont été rendues à leurs propriétaires. D'autres sont arrivées... Voyez-vous, j'ai l'intention de faire comme vous, monsieur Eicher. Je vais veiller sur les vaches et... et sur l'auberge, bien sûr.

François prit la bouteille et remplit les verres. Il but pour masquer son émotion, puis, se tournant vers Nicole, il dit :

— On devrait penser à charger la voiture. Si nous voulons avoir une chance de filer d'ici, nous devrons prendre le large de bonne heure, demain. Dieu sait ce que les Schleus nous réservent.

François ignorait que le lendemain, 18 juin 1940, serait un jour qui allait faire basculer toute son existence.

# 9

La Primaquatre était prête à partir lorsque François vit approcher un groupe de six militaires en uniformes verts. L'arme en bandoulière, ils accompagnaient un homme en costume sombre et à la mine rayonnante.

— Qu'est-ce qu'ils nous veulent ? demanda Nicole en retirant son chapeau.

— Sûrement rien de bon, maugréa François. Monte en voiture, dit-il.

— Mais... François !

— Monte, insista-t-il. Qui dit qu'ils viennent ici ? Ils vont peut-être pêcher dans la Moselle.

Il s'installa derrière le volant et mit le contact. Aussitôt, l'homme en civil glissa quelques mots à l'un des soldats de son escorte. Celui-ci se mit à courir en direction du véhicule et lui intima l'ordre de s'arrêter.

— Merde ! gronda l'aubergiste. J'aurais dû me décider plus tôt.

Nicole serra la main de son mari pour l'inciter au calme. L'homme en civil s'approcha de la portière de François, qui releva sa vitre.

— Oui ? lança-t-il, en parlant spontanément en allemand.

L'autre ne se départit pas de son sourire.

— Monsieur Eicher ? demanda-t-il.

— Oui, fit l'aubergiste d'un ton sec.

— *Obertleutnant*[1] Dietrich. Puis-je voir vos passeports, je vous prie ?

François échangea un regard avec son épouse, qui fouilla dans son sac à main et tendit deux passeports à l'officier. Celui-ci les examina, puis les rangea dans la poche de sa veste.

— Je vous les rendrai plus tard, dit-il.

Avant que François n'ait pu réagir, il enchaîna :

— Entrons dans l'auberge, nous y serons plus à l'aise pour discuter.

— Je suis profondément désolé, *Obertleutnant*, mais vous arrivez un peu tard.

François parlait sur un ton tellement obséquieux qu'il en était insolent.

— L'auberge est fermée et nous étions justement sur le point de partir, ma femme et moi.

L'autre souriait toujours, mais ses yeux avaient la froideur de l'acier.

— Pardonnez-moi, monsieur Eicher, dit-il, croyez bien que nous aurions aimé arriver plus tôt, mais nous avons été... retardés en chemin. Oh !... légèrement !

Il tourna la tête vers les soldats qui l'accompagnaient et qui s'étaient esclaffés à la suite de sa remarque.

— Pour ce qui est de l'auberge, reprit-il, vous êtes mal informé, monsieur Eicher. Elle n'est pas fermée, je vous assure. Ou, plus précisément, elle va rouvrir ses portes dans quelques instants...

1. Lieutenant.

L'*Obertleutnant* pencha la tête dans l'habitacle de la voiture et coupa le contact.

— ... car vous ne pouvez malheureusement pas quitter Metz, monsieur Eicher. Du moins, pas dans l'immédiat. Croyez que je le regrette, madame. Mais, à vrai dire, vous n'avez plus vraiment de raisons de partir. Nous venons de vous libérer du joug de l'usurpateur français, seulement les routes ne sont pas encore tout à fait sécurisées.

— Le joug de l'usurpateur ? s'exclama François, incrédule.

Se tournant vers son épouse, il lui lança :

— Et il dit ça sans rire !

L'Allemand ouvrit la portière de François et l'invita à sortir. Les six soldats gardaient leur arme à l'épaule, mais il était évident qu'ils n'hésiteraient pas à en faire usage en cas de résistance de l'aubergiste. Nicole et François descendirent de la Primaquatre en prenant soin d'éviter tout mouvement brusque ou équivoque.

François ouvrit les portes de l'auberge. Tandis que les soldats se postaient en faction à l'extérieur de l'établissement, l'homme en civil se dirigea vers le bar et détailla les bouteilles les unes après les autres avec une expression de connaisseur.

— Hum, dit-il, ce vieil armagnac doit être un nectar, n'est-ce pas, monsieur Eicher ?

— Oui, fit François, hélas, c'est un produit de l'usurpateur français !

L'Allemand saisit la bouteille et revint vers l'aubergiste sans se départir de son sourire.

— Les Français possèdent beaucoup de bons produits, monsieur Eicher. Nous ne faisons pas la fine bouche. Nous aurions seulement souhaité qu'ils ne nous déclarent pas la guerre. Comme nous aurions aimé, en 1919, qu'ils ne nous volent pas l'Alsace et la Lorraine.

Il secoua la tête avec un air contrit.

— Quand je pense à toutes ces familles qui ont été déchirées par la faute de ces usurpateurs !

Se tournant vers Nicole, il dit :

— La vôtre, par exemple, madame Eicher. Je crois savoir que vous avez de la famille dans la région de Bekond. Je me trompe ?

La jeune femme ouvrit la bouche, mais pas un son n'en sortit ; elle était stupéfaite de constater que cet homme était déjà renseigné sur elle.

— Jusqu'à présent, ça ne nous a jamais posé de problèmes, intervint François. Nous allions passer des vacances chez eux ; ils venaient en passer chez nous...

— Rien ne changera donc pour vous, madame Eicher, sinon qu'à l'avenir, vous n'aurez plus à franchir de frontière pour vous rendre chez vos cousins. Vous appartiendrez tous, de nouveau, à la même grande famille.

— Tu sais, chérie, la grande famille du Reich, ironisa François.

L'*Obertleutnant* s'approcha de l'aubergiste jusqu'à lui souffler son haleine au visage. Sans cesser de sourire, il dit en martelant chaque syllabe :

— Vous avez de la chance que j'aie le sens de l'humour, monsieur Eicher. D'autres, à ma place, se comporteraient avec moins de bonhomie.

Puis, se reculant d'un pas, il ajouta :

— Mais vous me semblez être un homme courageux. Or j'aime ça, le courage ! Seulement, faites attention à ne pas confondre courage et stupidité.

Le message était clair.

L'*Obertleutnant* retourna vers le bar, la bouteille de vieil armagnac toujours à la main.

— Allons, pas de querelles entre nous, monsieur Eicher. Buvons un peu de ce nectar typiquement français pour célébrer notre victoire et votre libération.

François n'en croyait pas ses oreilles. Cet homme paraissait penser ce qu'il disait. Il s'imaginait en libérateur. Se pouvait-il qu'il fût sincère, ou était-ce du cynisme à l'état pur ?

— Je vous remercie, lieutenant, mais je ne trinquerai pas avec vous. Je ne bois jamais d'aussi bonne heure.

L'*Obertleutnant* Dietrich s'approcha de la porte et appela un de ses hommes.

— *Hauptgefreiter*[1], apportez-nous deux verres à cognac.

Le caporal se dirigeait vers le bar quand une voix autoritaire fit se retourner les têtes :

— Laissez ça ! Je m'occupe du service. C'est mon rôle.

Les soldats pointaient déjà leurs fusils sur le nouveau venu, qui poursuivait son chemin vers le bar comme si ces hommes n'existaient pas.

— C'est mon maître d'hôtel, s'empressa d'expliquer François, dont le cœur s'était subitement accéléré.

Le lieutenant Dietrich fit signe à ses hommes de baisser leurs armes. Deux soldats s'installèrent cependant à l'intérieur de l'auberge, de part et d'autre de la porte d'entrée ; les autres sortirent et reprirent leur faction à l'extérieur. Frédéric Gorges, étonnamment calme, demanda :

— Madame Eicher, vous ne voulez pas trinquer, vous

1. Caporal-chef.

aussi, à la libération ? J'ai entendu que le lieutenant ne demandait que deux verres.

Nicole était impressionnée par le sang-froid de cet homme qu'elle avait toujours considéré comme un bon père de famille, tranquille et réservé.

— Vous avez raison, dit-elle, encouragée par l'audace de son employé. Et tant que vous y êtes, apportez également un verre pour vous, Frédéric.

L'officier allemand se départit pour la première fois de sa bonne humeur, alors que François, lui, se décidait enfin à sourire. La présence de Frédéric renforçait d'autant son refus de se soumettre.

— Allons nous installer au jardin, proposa-t-il. Sous une tonnelle, nous serons...

— Ici fera très bien l'affaire, monsieur Eicher, coupa l'officier en s'installant à la table la plus proche.

François haussa les épaules et s'assit en face de lui. Nicole les rejoignit, suivie de Frédéric, qui portait quatre verres mafflus sur un plateau.

— Vous permettez ? fit le maître d'hôtel en tendant la main vers la bouteille que n'avait pas lâchée le lieutenant Dietrich.

L'officier allemand posa la bouteille de vieil armagnac sur la table. De toute évidence, il avait du mal à maîtriser sa colère. Mais il avait dû recevoir des instructions précises.

— Si votre employé trinque avec nous, monsieur Eicher, dit l'officier en retrouvant son sourire cruel, pourquoi mes hommes n'en feraient-ils pas autant ?

François ne se laissa pas démonter.

— Pour une raison très simple, *Obertleutnant* Dietrich : je n'ai pas pour habitude de boire avec le petit personnel. Une question de respect de la hiérarchie, vous connaissez bien cela dans l'armée allemande, je crois. Ici, voyez-vous, monsieur Gorges est mon... lieutenant, comme, d'une certaine manière, vous êtes celui des autorités qui dirigent désormais notre ville. Ici, monsieur Gorges est donc, en quelque sorte, votre alter ego.

L'officier bondit sur ses pieds. Sans se laisser impressionner et avec une belle présence d'esprit, François fit de même en levant son verre, comme s'il avait vu dans le mouvement de l'*Obertleutnant* la volonté de porter un toast :

— A... la libération ! lança-t-il.

Frédéric se mit debout, lui aussi, et tendit un verre à l'officier, en disant :

— A la libération !

L'*Obertleutnant* Dietrich hésitait, visiblement décontenancé par l'attitude désinvolte des deux hommes. Nicole se leva à son tour, et porta le même toast en adressant un sourire ingénu à l'Allemand. Celui-ci finit par tendre lentement la main vers le verre que lui présentait toujours Frédéric. Il le leva tout aussi lentement et dit d'une voix dans laquelle on entendait sourdre la colère :

— A la victoire ! *Heil Hitler* !

— C'est ça : à la victoire ! reprit François en se rasseyant. Et si vous nous expliquiez ce qui vous amène, *Obertleutnant* ?

La tension était palpable. L'officier resta un long moment debout avant de s'asseoir à son tour. François échangea un regard avec sa femme, puis avec son maître d'hôtel. Il était clair que chacun avait le sentiment d'avoir joué avec le feu et mesurait la nécessité de ne plus provoquer leur « visiteur ».

— Monsieur Eicher, dit le lieutenant en retrouvant son ton faussement avenant, en ce moment, le Grand Hôtel, l'hôtel Royal et l'hôtel Moitrier sont réquisitionnés pour accueillir nos officiers.

François échangea un nouveau regard avec son épouse.

— Votre établissement jouit d'une situation privilégiée. En bord de Moselle...

L'aubergiste soupira.

— Hélas, *Obertleutnant* Dietrich, mon chef m'a rendu son tablier et presque tout mon personnel est parti. Que voulez-vous ? Certains n'ont pas compris que vous alliez, incessamment, les libérer du joug français.

— Je crois savoir que le problème du chef et du personnel a déjà été résolu une première fois, monsieur Eicher. Il devrait pouvoir se résoudre une seconde fois... par le même biais. Qu'en pensez-vous ?

François comprit alors d'où l'officier allemand tenait ses informations les concernant. N'était-ce pas le juge Ahles qui avait réglé son problème de personnel ? Ce même juge qui se rendait à l'hôtel de ville alors que François le quittait.

— Malheureusement, *Obertleutnant*, reprit l'aubergiste, ma femme et moi nous apprêtions à partir en vacances. Ces derniers temps ont été très éprouvants pour nos nerfs et...

— Monsieur Eicher ! le coupa le lieutenant. Je crois que nous ne nous sommes pas tout à fait compris. Mais peut-être n'ai-je pas été assez explicite. Nous ne vous prions pas de rouvrir votre auberge. Nous vous en intimons l'ordre. Est-ce plus clair ?

Frédéric Gorges remplit le verre de l'officier, en disant :

— *Obertleutnant*, pourquoi ne laisseriez-vous pas monsieur et madame Eicher prendre leurs vacances ? Je vous assure qu'ils les ont bien méritées. En leur absence, j'assurerai le bon fonctionnement de l'établissement. J'en ai l'habitude. Monsieur et madame Eicher vous le confirmeront ; vous n'aurez pas lieu de vous plaindre. A leur retour de vacances, ils seront d'autant plus détendus pour...

— Monsieur Gorges, l'interrompit le lieutenant, personne ne vous demande votre avis. Monsieur et madame Eicher feront ce qui leur sera ordonné.

L'officier se leva et vida son verre d'un trait.

— Monsieur Eicher, dit-il, j'ai également ordre de vous conduire à l'hôtel de ville pour que vous y preniez connaissance de vos instructions.

François se tourna vers sa femme. L'heure n'était plus à l'ironie ni à l'entêtement. Il se leva.

— Je vous suis, *Obertleutnant*, dit-il.

Il se pencha sur Nicole et, tout en l'embrassant, lui glissa à l'oreille :

— Je serai bientôt de retour. Ne t'inquiète pas. Tout va bien se passer.

A l'hôtel de ville, François eut la surprise de constater que toutes les horloges avaient été avancées d'une heure. Il en fit la remarque au lieutenant Dietrich.

— Désormais, vous ne vivez plus à l'heure française, monsieur Eicher, mais à l'heure du Grand Reich. Je vous l'ai dit, vous êtes de retour dans le giron de la mère patrie.

— Gloire à Dieu ! soupira l'aubergiste, qui dut patienter dans une vaste salle qu'il connaissait bien, mais qui était désormais traversée par des hommes et des femmes inconnus qui marchaient d'un pas martial, comme dans un film projeté en accéléré.

Pourquoi tous ces gens avaient-ils l'air aussi pressé ?

— Monsieur Eicher, vint lui dire une jeune femme grave, vous pouvez entrer.

François se leva, suivi de l'*Obertleutnant* Dietrich, et pénétra dans un petit bureau qu'il ne reconnut pas. Un grand drapeau rouge avec une croix gammée noire couvrait le mur du fond. Sur le mur de droite, au-dessus de la cheminée, trônait le portrait d'Adolf Hitler. François sentit un frisson lui parcourir l'échine.

Installé à un bureau qui occupait près de la moitié de la pièce, le juge Ahles lui fit signe de s'asseoir, après avoir demandé à l'officier allemand de les laisser seuls et de veiller à ce que nul ne vienne les déranger.

François secoua la tête.

— Je me doutais que vous étiez derrière tout ça, juge Ahles, dit-il. Pétain a demandé un armistice, j'en conviens. Vous aviez raison sur ce point. Mais la France ne nous abandonnera pas à notre sort.

— Allons, François, fit le juge, ne jouons pas sur les mots. Vous avez lu le texte du discours du Maréchal? Voyez : *Je me suis adressé cette nuit à l'adversaire pour lui demander s'il est prêt à rechercher avec nous, entre soldats, après la lutte et dans l'honneur, les moyens de mettre un terme aux hostilités.* Il n'est pas question de traité de paix, ici, mais des conditions d'un armistice. La soumission à l'autorité du vainqueur est déjà inscrite en filigrane dans ces lignes. Vous l'avez compris aussi bien que moi.

— Cela ne veut pas dire que l'Alsace et la Lorraine connaîtront une nouvelle annexion. Le gouvernement français ne permettra jamais cela. Je ne suis pas un défaitiste, moi! gronda François.

— Mais ne soyez pas non plus un idiot. Ah! je vous en prie, ne vous braquez pas! Rendez-vous plutôt à l'évidence : nous ne nous en sortirons pas en leur tenant tête. Ecoutez, j'ai une proposition à vous faire.

— Non, juge Ahles, je n'ai pas à vous écouter.

— François, bon sang ! le coupa le magistrat. Votre auberge est déjà réquisitionnée. Et croyez que je n'y suis pour rien. Je me suis juste employé à vous obtenir quelques jours de répit. Histoire de vous rendre les choses moins pénibles et de vous procurer du temps pour réfléchir à ma proposition. Les Allemands ont saisi vos papiers. Que vous le vouliez ou non, vous devrez héberger l'occupant. Vous n'appellerez pas ça « collaborer » parce qu'on ne vous aura pas donné le choix. Mais où sera la différence ?

François savait que les Allemands ne lui rendraient pas ses papiers. Or, sans papiers, il n'avait aucune chance de gagner la zone non occupée. Il ne tenait pas à jouer avec la vie de Nicole.

— Préférez-vous revenir me voir dans quelques jours, François, quand vous aurez constaté que mes prévisions étaient correctes, ou acceptez-vous de m'entendre dès à présent ?

François se demanda ce qu'il ferait pendant ce répit que lui avait obtenu le juge, car, dans son for intérieur, il redoutait lui aussi que la France, après avoir capitulé, n'en vienne comme à son habitude à lâcher ses provinces de l'Est. Et alors ? Quand l'auberge des Régates serait contrainte d'héberger l'occupant, que deviendraient-ils, Nicole et lui ?

— Je vous écoute, juge Ahles, murmura-t-il d'une voix brisée.

# 10

Quand il quitta l'hôtel de ville, François marchait à la manière d'un automate. Avait-il eu raison d'écouter le juge Ahles ? Il était trop tard pour se poser la question. Comme il était trop tard pour regretter de n'avoir pas quitté la ville plus tôt.

Qu'aurait-il pu opposer au raisonnement du magistrat ?

— Au lendemain de la Grande Guerre, qu'a fait la France pour notre région, qui lui était pourtant restée fidèle pendant quarante-huit années d'annexion ? Les sidérurgistes français ont fait main basse sur les usines construites par des sociétés allemandes, sans jamais chercher à valoriser l'acier lorrain. Aujourd'hui, le vin d'Alsace est toujours apprécié, alors que nos vignes ont été négligées et que notre vin n'intéresse plus personne. Le raisin a été supplanté par la fraise et la mirabelle. La belle affaire ! Quand, le 7 mars 1936, Hitler a envoyé ses troupes occuper la zone rhénane, au mépris des conventions du traité de Versailles, aucune voix ne s'est élevée de Paris pour revendiquer le respect de nos droits, alors que notre sécurité se trouvait directement menacée. Si la situation de notre région s'est améliorée au fil des ans, c'est à notre seule initiative, à nous Lorrains, que nous le devons !

— Tout cela justifie-t-il que nous reniions nos valeurs ? Que nous nous mettions à cirer les bottes des nazis ? Cette engeance n'a rien à voir avec les Prussiens de l'empereur Guillaume. Vous le savez bien, voyons !

Le juge secoua la tête en faisant la grimace.

— Vous avez raison, François, rétorqua-t-il, mais cela ne justifie-t-il pas une réflexion d'autant plus sérieuse ? Il est temps que nous fassions montre d'un peu d'égoïsme. Pour une fois ! Voyons, nous avons toujours voulu servir notre ville, vous et moi — c'est ce qui nous a rapprochés. Je vous en prie, réfléchissez, cher ami ! Les Messins sont toujours les mêmes. Notre ville n'a pas changé. La Mutte annonce toujours la justice nouvelle[1] — celle que nous pourrions contribuer à bâtir ensemble, si vous acceptiez de m'aider dans cette entreprise. Regardez autour de vous, François, la seule chose qui ait changé, c'est la présence des Allemands.

François avait voulu réagir — ce seul changement ne lui paraissait nullement anodin —, mais le magistrat ne lui en avait pas laissé l'opportunité.

— Je sais, je sais... nous sommes français, mais vous êtes né au Sablon, n'est-ce pas ? N'y avez-vous pas entendu parler allemand plus souvent que français ? Votre père... ? Bien sûr, il est mort pour la France, et il n'a pas été le seul. Mais nous n'en sommes plus là. Refuser la réalité ne la modifiera en rien. Metz, toute la Moselle, et l'Alsace, redeviennent allemandes parce que le gouvernement français n'a pas su — ou n'a pas voulu — nous

1. Telle est l'inscription figurant sur les flancs de la célèbre cloche de la tour éponyme de la cathédrale.

défendre. N'avez-vous pas entendu Pétain annoncer qu'il fallait cesser le combat ? Serons-nous plus français que les Français ? Allons ! La France elle-même s'est déjà mise à l'heure allemande. Allons-nous laisser les occupants décider seuls du sort de nos administrés ? Moi, non ! Jamais ! Je vous le dis tout net, François ! Je veux être en mesure de peser sur leurs décisions pour éviter qu'elles ne deviennent trop iniques ou humiliantes pour nous.

Le magistrat reprit son souffle et conclut :

— Je veux pouvoir continuer à me rendre utile, vous comprenez ?

— Je crois savoir que vous n'êtes pas marié, juge Ahles, dit l'aubergiste.

— Non, fit le magistrat, surpris par ce brusque changement de ton. Je n'ai jamais eu d'autre passion que mon métier. J'ai toujours voulu remplir ma fonction du mieux possible. C'est-à-dire avec équité et humanité. Où aurais-je trouvé le temps de m'occuper d'une femme ?

— Je vous crois volontiers, dit François. Seulement, voyez-vous, même si nous admettons que j'adhère à votre raisonnement, juge Ahles, ce qui est loin d'être le cas, comment oserais-je encore regarder ma femme dans les yeux, si je faisais ce que vous attendez de moi ? Nicole connaît mes convictions. Quel respect pourrait-elle encore me témoigner si elle me voyait les bafouer de la sorte ?

— Mais, François, il vous suffirait de lui expliquer les choses simplement. Parlez-lui de votre... de *notre* dévouement à notre ville et aux Messins.

François se pencha vers l'avant et posa les mains bien à plat sur le bureau du juge. Il laissa son regard courir du portrait d'Hitler au drapeau à croix gammée, puis il plongea son regard dans celui de son interlocuteur.

— Juge Ahles, est-ce en ces termes que vous avez

exposé votre position aux Allemands ? Est-ce ce même discours qui les a convaincus de vous maintenir à votre poste, alors qu'ils venaient de destituer tous les conseillers municipaux ? Est-ce votre dévouement à votre région qui a vous a valu de trôner dans ce bureau et de posséder semblable autorité ?

Le juge fut troublé par les questions de l'aubergiste. Il fit la grimace.

— Vous savez bien que non, cher ami. Il m'a fallu composer. Biaiser. Bien sûr. Mais, écoutez, François, je ne vous demande pas une réponse immédiate. Réfléchissez. Ma porte vous sera toujours ouverte.

Le magistrat se leva et vint se placer à côté de son visiteur. Il s'appuya à son bureau et posa une main sur l'épaule de François.

— Je vous ai obtenu quelques jours de répit. Votre établissement ne verra pas débarquer ses nouveaux pensionnaires avant lundi prochain. Vous disposez, ainsi, de près d'une semaine pour vous décider. Ensuite, vous serez soumis aux mêmes règles que les autres hôteliers de la ville et je ne pourrai plus rien pour vous. Réfléchissez bien, François. Nous pourrions accomplir de belles choses en œuvrant ensemble, vous et moi. Nous pourrions alléger le fardeau de l'oppression que les Allemands ne manqueront pas de faire peser sur le dos de nos administrés. Qu'avez-vous à gagner en refusant ma proposition ?

Tandis qu'il descendait la rampe de l'Esplanade, François songeait à la question du juge. Qu'avait-il à gagner en refusant sa proposition ? La préservation de son honneur ? L'affirmation du respect de la mémoire de ses parents ? Il traversa le boulevard Poincaré, puis les promenades de la Moselle. Il arrivait à l'auberge quand il réalisa qu'il éprouvait de la compassion pour le magistrat. Ce sentiment le surprit.

Il retrouva sa femme et son maître d'hôtel installés à l'endroit même où il les avait quittés deux heures plus tôt. Seul le niveau de la bouteille de vieil armagnac paraissait avoir bougé.

— Alors ? lui lança Nicole dès qu'elle l'aperçut.

François s'assit. Il sourit et se servit une généreuse dose d'armagnac.

— Il y a longtemps que je n'avais bu d'alcool d'aussi bonne heure, dit-il.

— Je ne me souviens pas que cela te soit jamais arrivé, chéri, observa Nicole, l'œil légèrement pétillant. A moi non plus, d'ailleurs.

— Alors... reprit François.

Il soupira et fit un compte-rendu détaillé de son entretien avec le juge. Il évoqua également la discussion qu'il avait eue avec lui quelques jours plus tôt, à la Walsheim.

— Quand je suis sorti de son bureau, le juge a dit au *Obertleutnant* Dietrich qu'il pouvait disposer. Il lui a expliqué que j'étais un « homme de confiance ». Dietrich a déclaré, avec son petit sourire carnassier : « Ce n'est pas l'impression qu'il m'a donnée. » Puis il a raconté la manière dont nous l'avons reçu. Le juge a ri : « Allons, Dietrich, seriez-vous de bonne humeur si on venait vous annoncer, au moment du départ, que vos vacances vous passent sous le nez ? Monsieur Eicher m'en parlait depuis si longtemps. Il s'en faisait une telle joie ! Et voilà que vous lui gâchez la fête. Mettez-vous à sa place, Dietrich. Non, croyez-moi, la prochaine fois que monsieur Eicher viendra nous voir, ce sera pour nous proposer ses services. Je le connais depuis assez longtemps, allez ! Je vous en réponds. »

François rit sans joie.

— Ce brave magistrat ne sait pas quoi faire pour me convaincre de travailler avec lui.

Il se tourna vers son maître d'hôtel.

— A force de vous écouter, le juge et vous, Frédéric, je vais finir par croire qu'il était effectivement question que nous prenions des vacances, ma femme et moi.

Puis il ajouta :

— Merci pour votre petite improvisation de tout à l'heure, Frédéric.

Frédéric Gorges sourit, mais ne dit rien.

— Pourquoi toi ? demanda Nicole.

— Pourquoi moi ? fit François avec un soupir. Oh ! parce qu'il connaît mon dévouement et mon désintéressement. Je ne suis à la traîne d'aucun parti. Si j'accepte sa proposition, il sait que je respecterai scrupuleusement mes engagements. D'autres collaboreront avec l'occupant, mais pas dans le même esprit, car le juge est sincère. Il souffre déjà de la solitude, qui sera la résultante inévitable de la voie qu'il s'est choisie. Il aimerait ne pas être tout à fait seul.

— Tu ne vas pas accepter, n'est-ce pas ? demanda Nicole.

François se leva et alla poser un baiser sur le front de sa femme. Puis il se dirigea vers le bar, où il s'installa sur un tabouret.

— L'*Obertleutnant* Dietrich a conservé nos passeports, Nicole. Nous sommes désormais dans l'impossibilité de quitter la région. A partir de lundi, nous serons contraints d'ouvrir nos chambres et nos tables aux « têtes carrées [1] »...

1. Expression désignant les soldats de la Wehrmacht.

— De là à travailler pour eux! se récria Nicole.

— Mais que pourrons-nous faire d'autre? hurla François en abattant son poing sur le dessus du bar.

Il serra les lèvres.

— Excuse-moi, ma chérie. Je m'emporte parce que je ne vois pas comment nous extirper de cette mélasse.

Il se leva, revint vers la table et tendit la main à sa femme, qui la saisit.

— Vous êtes ici chez vous, Frédéric, dit François. J'ai besoin d'air, de bouger, de...

Il laissa sa phrase en suspens et entraîna Nicole vers la baraque du loueur de barques. Le vieil homme était absent.

— Pour nous, c'est gratuit, de toute façon, dit l'aubergiste en détachant une embarcation. C'est peut-être notre dernier moment d'insouciance avant longtemps...

Ce soir-là, le couple Eicher dîna de bonne heure. La promenade au fil de l'eau avait fatigué Nicole et n'avait pas apporté à François la détente escomptée. Trop nerveux pour espérer trouver le sommeil, il se retira dans le petit salon, où il s'efforça de capter la BBC, ainsi qu'il le faisait depuis que Robert Schuman s'y exprimait régulièrement. Le petit œil du poste Philips de forme cathédrale et à carrosserie en noyer verni dispensait une faible lumière verdâtre qui était le seul éclairage dans la pièce. L'aubergiste avait pris la précaution de fermer les volets.

Il était près de vingt heures quand un speaker annonça en français une «déclaration de la plus haute importance du général de Gaulle».

François baissa instinctivement le son et rapprocha son siège du poste de TSF. Il avait appris la veille au soir que le général de Gaulle, qui avait dirigé un régiment à Metz, avait gagné Londres, à la suite du discours du maréchal Pétain. Il n'acceptait pas la position adoptée par le héros de Verdun.

« Il y a de la colère dans sa voix », songea François sans perdre un mot d'une allocution qui sonnait comme une déclaration de guerre, ou plutôt comme un appel à la résistance active.

Après avoir évoqué la cessation des combats décrétée par le gouvernement de Pétain, le général demanda d'une voix brisée par l'émotion :

— *Mais le dernier mot est-il dit ? L'espérance doit-elle disparaître ? La défaite est-elle définitive ? Non !*

François sentit l'émotion lui nouer la gorge.

— *... rien n'est perdu pour la France...* poursuivait le général.

« Et pour la Lorraine ? » songea l'aubergiste.

— *Car la France n'est pas seule. Elle n'est pas seule. Elle n'est pas seule !*

François sentit des larmes couler le long de ses joues. Sans cette balle qui risquait de le paralyser à vie s'il ne faisait pas montre d'une extrême prudence dans ses déplacements, il serait parti se battre sur-le-champ. Il aurait trouvé le moyen de gagner Londres.

— *Quoi qu'il arrive, la flamme de la résistance française ne doit pas s'éteindre et ne s'éteindra pas. Demain, comme aujourd'hui, je parlerai à la radio de Londres.*

Le message était terminé. François éteignit la radio, et la pièce se trouva plongée dans l'obscurité complète.

Cet homme qui venait de parler de guerre mondiale, qui avait clairement déclaré que la France avait un vaste empire derrière elle, avait communiqué à l'aubergiste sa foi que tout n'était pas perdu. Que la défaite n'était pas définitive. Il avait raison : l'espérance ne devait pas s'éteindre.

Le juge Ahles avait-il entendu cet appel à la résistance d'un général qu'il avait probablement croisé lorsque celui-ci était en garnison à Metz ? Si oui, qu'en avait-il pensé ? Si non, convenait-il de lui en parler ?

François venait à peine de se poser la question qu'il entendit la réponse que ne manquerait pas de lui faire le magistrat :

« En quoi des mots peuvent-ils nous aider ? Combien de temps faudra-t-il pour que *les mêmes moyens qui nous ont vaincus puissent faire venir un jour la victoire* ? Et entre-temps, que deviendront les Messins ? »

François soupira. Le juge aurait raison, d'une certaine manière. C'est-à-dire dans l'immédiat. Seulement, il existait, par bonheur, des hommes qui voyaient plus loin que l'immédiat. Il n'était pas question de refuser la réalité, mais d'en préparer une nouvelle. Une réalité plus en conformité avec les aspirations de la majorité des Lorrains.

L'aubergiste éprouvait une sorte d'exaltation. Ah ! s'il n'y avait pas eu cette balle qui le... ! Non, ce n'était pas la bonne façon d'aborder le problème. Il devait accepter la réalité présente pour préparer celle de demain. Il devait agir avec les moyens dont il disposait. Mais comment s'y prendre ? Que faire ?

François finit par s'endormir dans son fauteuil, à côté du poste de TSF éteint. Au matin, Nicole lui fit observer qu'il avait découché pour la première fois depuis leur mariage. Il fut sur le point de lui parler de ce qu'il avait entendu, la veille, mais il se retint. Tant qu'il ne saurait pas de quelle manière répondre à l'appel du général, il était inutile de s'en ouvrir à qui que ce soit. D'autant qu'il ne voulait pas inquiéter inutilement sa femme.

Comme tous les jours, Frédéric rejoignit ses employeurs après leur petit déjeuner.

— Il n'y a rien à faire ici, lui fit remarquer François.

Le maître d'hôtel fit la moue.

— Chez moi non plus, monsieur Eicher, je n'ai rien à faire, sinon regarder ma femme et mes enfants, et me demander combien de temps il nous reste à passer ensemble. C'est idiot, je sais. Je ferais mieux de profiter de l'instant présent, mais j'en suis bien incapable. Alors, je préfère venir ici.

Ce jour-là, l'aubergiste ne sortit pas de la journée, contrairement à ses habitudes. Nicole fit la cuisine en utilisant les provisions du restaurant et ils déjeunèrent à trois dans le jardin, qu'embaumaient les rosiers. C'était une belle journée, comme si le ciel restait indifférent à ce qui se passait sur terre.

En réalité, le ciel était indifférent à ce qui se passait sur terre.

La conversation fut ponctuée de nombreux blancs.

En fin d'après-midi, Léni vint rejoindre ses amis, qui n'avaient pas encore quitté le jardin. La table n'était toujours pas desservie. L'adolescente leur raconta qu'il régnait une drôle d'ambiance au Mag Est.

— Les clients ne se sont pas bousculés, aujourd'hui, mais on a beaucoup entendu parler allemand. Je crois qu'on ne va pas tarder à oublier que nous travaillons pour une succursale du Bon Marché de Paris.

Mais ce qui préoccupait l'adolescente, c'était une affiche qui était apparue sur les murs de la ville et dont elle avait apporté un exemplaire à ses amis. Cet avis, signé du *Generalmajor* Kuckein, commandant de la kommandantur de Metz, annonçait que :

*Tout militaire ayant servi pendant la guerre dans l'armée française est prié de se présenter de suite et sans délai à la kommandantur.*

— Papa n'est pas encore rentré. Tu crois qu'il est prisonnier ? demanda l'adolescente.

François haussa les épaules.

— A moins que son unité n'ait réussi à gagner les territoires non occupés...

— Mais, s'il revenait, est-ce qu'il devrait se présenter à la kommandantur ? Nous pourrions le cacher, maman et moi.

— Combien de temps ? demanda Frédéric. Il faudrait le nourrir et, avec les tickets de rationnement, ce ne serait pas facile. Et puis, n'oubliez pas que vous seriez à la merci d'une dénonciation.

— Frédéric a raison, intervint François. Je connais bien ton père, Léni. Paul n'est pas le genre d'homme à rester enfermé longtemps. Imagine-toi que les Allemands s'installent à nouveau pour quarante-huit ans...

— C'est impossible ! s'exclama Léni.

— Je l'espère, murmura François.

Il laissa courir son regard sur le reste de l'article. Le juge Ahles ne s'était pas trompé dans ses prévisions : les autorités allemandes exigeaient la restitution des stocks des magasins militaires livrés à la population par l'administration de l'armée française.

*Celui qui ne donnera pas suite à cette invitation sera puni de peines d'emprisonnement ou d'une amende allant jusqu'à 10 000 RMK ou de l'une de ces peines.*

Enfin, l'heure de fermeture des cafés et restaurants était

fixée à vingt-quatre heures, avec interdiction de servir la moindre consommation passée cette heure.

Les humiliations, ou tout au moins les mesures prises par les nouvelles autorités et vécues par les Messins comme des humiliations, allaient se multiplier dans les jours suivants. *L'Aigle abattu*, qui symbolisait la défaite allemande de 1918, fut descendu de son socle et abandonné dans l'herbe. La mairie devint *Rathaus*, ce que Frédéric traduisait ironiquement par la « maison des rats ». Le français devint une langue prohibée et le *Heil Hitler*, un salut obligé. Les logements inoccupés en raison des évacuations ou de l'exode furent réquisitionnés par l'occupant.

*Le Républicain lorrain* paraissait à nouveau. Alfred Erpelding avait relancé sa publication dès le 17 juin, ne se gênant pas pour exprimer son « dégoût et son profond mépris » envers tous ceux qui avaient quitté le navire. Les Messins ne s'y tromperent pas et boudèrent le nouvel organe de presse devenu organe de propagande du nouveau pouvoir. Hormis le nom, leur quotidien n'avait plus rien à voir avec le journal indépendant et républicain de Victor Demange.

Erpelding et son équipe avaient notamment reproduit l'affiche qui avait tant inquiété Léni. Frédéric avait fait observer à son employeur qu'il serait difficile aux restaurateurs d'en respecter les termes, car le texte publié par le journal fixait la fermeture des établissements publics à « vingt-cinq heures ».

— Il y a sûrement un saboteur parmi les typographes, avait ironisé François.

La seule arme qui restait à leur disposition était l'humour. Elle-même n'était d'ailleurs pas sans danger. Des jeunes gens avaient été arrêtés pour s'être moqués du nouveau salut. En pénétrant dans un lieu public, ils avaient lancé, au lieu du sinistre *Heil Hitler*, *Drei Liter*[1] *!*

L'édition du 21 juin procura une vive émotion à l'aubergiste. Une proclamation « aux habitants des territoires occupés » signée par le commandant en chef de l'armée, sans précision de nom, signalait que :

*Seront passibles de conseil de guerre les faits suivants : ... toute assistance prêtée à des militaires non allemands se trouvant dans les territoires occupés ; toute aide à des civils qui essayent de s'enfuir vers les territoires non occupés ; toute transmission de nouvelles à des personnes ou à des autorités se trouvant en dehors des territoires occupés et ceci aux dépens de l'armée allemande et du Reich ; tout rapport avec des prisonniers, surtout l'aide concernant les tentatives de fuite (cession de tenues civiles, permission de s'abriter, etc.)...*

Quand il reposa le journal, François Eicher savait comment préparer une réalité différente pour demain. Il savait comment il lui serait possible de répondre à l'appel à la résistance du général de Gaulle. Maintenant, il lui restait à trouver des hommes de confiance pour l'assister dans son projet.

Il n'eut pas à chercher bien loin pour trouver le premier.

Nicole était sortie. Depuis que l'auberge avait fermé ses portes, la jeune femme se sentait désœuvrée, aussi s'était-elle rendue chez une amie pour un *café-clatche*[2]. Frédéric fumait paisiblement dans la salle de restaurant.

---

1. « Trois litres ». Pour de nombreux Lorrains et Alsaciens, cette déformation phonétique du salut hitlérien était une forme de résistance passive.
2. Un goûter organisé par des femmes pour bavarder.

François l'appela. Il le fit entrer dans le salon privé et referma la porte derrière eux.

Quand son maître d'hôtel fut assis, François lui parla de la déclaration du général de Gaulle, à la radio de Londres. Comme la majorité des Français, Frédéric n'en avait pas eu connaissance. François lui parla ensuite de son désir de répondre à cet appel à sa façon, dans la mesure de ses possibilités.

— Vous pouvez compter sur moi, patron, déclara aussitôt Frédéric.

— Je m'en doutais. Tenez, lisez ce passage du nouvel avis à la population publié par ce torchon. Demange doit fulminer dans son coin !

— Oh, soyez sûr qu'il prépare déjà la riposte, répliqua Frédéric. Ça prendra le temps qu'il faudra, mais c'est lui qui aura le dernier mot, j'en suis sûr.

Le maître d'hôtel lut le passage indiqué. Au sourire qui se dessinait sur son visage, François sut qu'il avait parfaitement compris où son employeur voulait en venir.

— Les imbéciles ! C'est comme s'ils voulaient nous souffler eux-mêmes ce que nous devons faire.

— Tout juste ! s'exclama François, ravi de voir qu'il ne s'était pas trompé sur son homme.

— Cela va demander une saprée[1] organisation, observa Frédéric.

— C'est vrai, mais ça vaut le coup d'essayer, non ?

— Et comment !

François fronça les sourcils.

— Un souci, patron ? demanda Frédéric.

— J'avais perdu de vue ce que vous m'avez confié l'autre jour, dit-il. Au sujet de votre femme...

1. Sacrée.

— Oh ! Bien sûr...

— Ils ne tarderont pas à déclarer ouverte la chasse aux Juifs. Vous le savez ?

— Je vais devoir éloigner Camille et les enfants.

— Mais vous m'aviez dit...

— Bien sûr, seulement la situation vient d'évoluer dans un sens alors imprévu.

— Vous croyez que Camille acceptera de partir ?

Frédéric fit la moue.

— A moi de la convaincre. Le problème sera plutôt de réussir à lui faire quitter la ville.

François sourit.

— Ça, je m'en charge. Je connais quelqu'un qui sera trop heureux de me voir débarquer dans son bureau.

— Vous n'allez quand même pas accepter de collaborer avec le juge Ahles, monsieur Eicher ?

— Collaborer avec lui, non, Frédéric, car ce serait collaborer avec les Allemands. Mais l'utiliser... ça, en revanche, je ne vais pas m'en priver. Cet homme est sincère, je l'ai dit, mais l'enfer n'est-il pas pavé de bonnes intentions ? Joseph Ahles va nous être précieux. Je n'hésiterai pas à jouer de son besoin de se rendre utile, chaque fois que cela pourra nous servir.

François se renversa sur son siège. Une grimace douloureuse déforma ses traits.

— Malheureusement, pour ferrer un poisson, il faut commencer par l'appâter. Pour cela, je ne vois qu'un seul moyen. Je dois lui faire croire que je me range à sa logique. Je vais accepter sa proposition.

— C'est jouer avec le feu, patron, observa Frédéric.

— A dater d'aujourd'hui, chacun de nos actes utiles sera une manière de jouer avec le feu. Celle-ci est peut-être la moins dangereuse de toutes.

Il soupira et ajouta :

— La plus pénible, peut-être.

Un silence s'installa entre les deux hommes. Ils prenaient la mesure de ce qui les attendait. Le visage de François s'assombrit et il murmura :

— Il ne faut pas que ma femme ait vent de notre entreprise.

Le maître d'hôtel secoua la tête.

— Elle ne va pas comprendre, monsieur.

Ce fut au tour de François de répondre :

— A moi de trouver la façon de lui présenter les choses.

— Camille se laissera convaincre d'aller mettre les enfants à l'abri, monsieur. Mais madame Eicher ne se laissera jamais persuader de se mettre au service des Allemands.

— De toute façon, dès lundi, ils s'installeront ici.

— Je suis comme vous, monsieur Eicher, je n'aime pas me mêler de ce qui ne me regarde pas. Mais là, je ne vous comprends pas, si vous permettez. Pourquoi ne voulez-vous pas dire la vérité à votre dame ? La situation lui serait sûrement moins insupportable si elle savait.

François était grave.

— Je sais. Je sais aussi que si la situation s'éternise, je risque de la perdre, Frédéric. Mais, moins elle en saura, mieux ce sera. Si je lui parle de nos projets, elle voudra en être, et je ne supporterais pas de la voir prendre de tels risques. Je tremblerais en permanence pour elle. Je ne serais bon à rien. Et puis, s'ils doivent un jour l'arrêter, mieux vaut qu'elle ne sache rien. Ils ne pourront retenir aucune charge contre elle.

François marqua un temps avant de conclure :

— J'aime ma femme comme au jour où je lui ai déclaré

ma flamme, Frédéric. Mais je préfère perdre son amour plutôt que de lui faire risquer la torture. Car vous êtes bien conscient que...

— Je sais, le coupa le maître d'hôtel. L'avenir passe par là.

— Bien !

Une heure plus tard, François Eicher était introduit dans le bureau du juge Ahles.

— J'ai pensé à ce que vous m'avez dit... Joseph, annonça-t-il. C'est vous qui avez raison.

— François, mon cher ami ! s'exclama le magistrat avec effusion. Je savais que je pouvais compter sur vous.

— Mais, avant toute chose, Joseph, je dois savoir si je puis moi aussi compter sur vous. Mon maître d'hôtel m'assistera dans « notre » tâche à l'auberge, seulement il a une femme et des enfants. Un homme dans cette situation est moins fiable.

— Vous voudriez qu'on éloigne sa famille, c'est bien ça ?

— Oui, mais... en douceur. Je tiens à lui présenter ça comme une faveur que j'aurais réussi à lui obtenir. Une occasion exceptionnelle pour lui de mettre ceux qui lui sont chers à l'abri. Il me sera d'autant plus dévoué.

— Vous voulez que je leur procure un sauf-conduit pour la zone libre, c'est ça ?

— Précisément.

— Considérez que c'est chose faite, cher ami.

François ferma les yeux. Il était trop tard pour reculer. Même s'il ignorait encore où l'emmenait la route qu'il venait de choisir, il lui faudrait, désormais, la poursuivre jusqu'à son terme.

## 11

Depuis que l'auberge des Régates retentissait du rire et des chants de l'occupant, Léni Muller n'en prenait plus aussi régulièrement le chemin que par le passé. Elle comprenait que l'établissement ait fait l'objet d'une réquisition et que François n'ait pas eu d'autre choix que d'accueillir sa nouvelle clientèle. Ce qu'elle comprenait moins, en revanche, c'était que son ami conserve son poste de conseiller municipal sous la nouvelle administration, dont tout le monde savait qu'elle était entièrement assujettie à la kommandantur.

L'adolescente en avait parlé avec Nicole. Celle-ci souffrait de ne plus reconnaître son mari. Elle avait eu de longues discussion avec lui. Il lui avait servi, presque mot pour mot, le discours du juge Ahles, qu'il estimait irrecevable quelques jours plus tôt.

— C'est vrai, Nicole, mais j'ai bien réfléchi. Nous avons trop attendu. Désormais, nous ne sommes plus en mesure de quitter la région. Et puisque nous sommes contraints d'accueillir de nouveaux pensionnaires, ici, autant que j'essaie de me rendre utile du côté de l'hôtel de ville.

Nicole ne pouvait soupçonner son mari d'avoir adopté

la cause de l'occupant. Peut-être avait-il raison. Peut-être réussirait-il, avec le juge Ahles, à limiter les dégâts de la défaite pour ses concitoyens. En tout cas, elle voulait s'en convaincre. C'était difficile, mais François avait l'art de mettre en valeur le moindre de ses «succès».

— Tu vois, lui expliqua-t-il un jour, dès leur arrivée, les nazis ont voulu s'emparer du pouvoir. Ils se sont mis à tout régenter. Ça n'a pas duré. C'est un Messin, aujourd'hui, qui a été nommé commissaire régional[1]. Les nazis ont été priés de quitter l'hôtel de ville. Aujourd'hui, ils sont installés rue Pasteur. Les autorités militaires avec lesquelles nous traitons désormais sont beaucoup plus conciliantes que ces fanatiques. C'est notre action, au juge Ahles et à moi-même, qui les a amenées à reconnaître que la ville devait être administrée selon les lois françaises. Tu vois, nous avons réussi à empêcher le pire.

— Vous n'avez pas réussi à empêcher l'arrestation du préfet, monsieur Bourrat, et de son chef de cabinet, monsieur Darrouy. Les malheureux sont internés dans les locaux de la préfecture.

— Laisse-nous faire, Nicole. Tu verras, nous réussirons à obtenir leur libération.

Nicole aurait aimé croire que son mari avait raison, mais comment accepter les mesures concernant les Juifs ? Tous les commerçants israélites avaient reçu l'ordre de fermer leurs boutiques.

— C'est uniquement pour procéder à l'inventaire des stocks, avait expliqué François.

Mais, quand, le 6 juillet, des camions étaient venus vider les magasins pour transporter les marchandises dans

1. Le docteur Rech avait été maire du Sablon de 1902 à 1914, soit lors de la première annexion.

les locaux de l'intendance du Reich, l'aubergiste n'avait eu aucun argument à opposer à l'indignation de sa femme.

Ce soir-là, François s'était isolé dans le petit salon. Nicole l'avait trouvé attablé devant une bouteille de mirabelle.

— Je doute que tu trouves la lucidité dans l'alcool, avait-elle observé.

— Fais-moi confiance, ma chérie, avait supplié l'aubergiste. Je comprends que tu m'en veuilles, mais tu ne dois pas douter de moi.

Nicole avait été émue. Son mari paraissait au bord des larmes. Elle s'était installée face à lui et lui avait saisi les mains. Elle ne l'avait jamais vu aussi bouleversé. Lui, toujours si solide, si maître de ses émotions, était submergé par une vague de détresse dont elle ne pouvait mettre en doute la sincérité.

— François, tu ne peux pas cautionner des actes aussi odieux. Ces malheureux sont spoliés de leurs biens uniquement à cause de leur race.

— Je sais, je sais, répétait mécaniquement François.

Il était en état de choc. Il finit par lever les yeux vers sa femme.

— Que veux-tu que je fasse ? demanda-t-il.

— Ne te mêle plus des affaires de la ville. En conservant ton poste de conseiller, c'est comme si tu avalisais ces mesures.

— Tu sais, si nous nous défilons, le juge Ahles et moi, la situation ne cessera d'empirer et nous ne pourrons plus rien empêcher.

François remplit son verre et le vida d'un trait. Nicole l'observa un long moment en silence, puis elle secoua la tête et déclara :

— Tu n'y crois pas toi-même.

Ce fut au tour de François de garder le silence. Bien sûr qu'il n'y croyait pas lui-même, mais la question n'était pas là. Pour faire comprendre à Nicole ses raisons de ne pas renoncer à ses fonctions officielles, il aurait dû lui parler du réseau qu'il mettait sur pied avec l'aide de Frédéric. Il y avait ces soldats français qui avaient réussi à s'enfuir du camp où ils étaient détenus et qui essayaient de gagner la zone non occupée. Il y avait ces Juifs venus d'un peu partout, qui voulaient échapper à la déportation. Ce n'était sans doute pas cela qui modifierait le cours des événements, mais chaque individu qui réussissait à quitter la région soumise à l'autorité du Reich, c'était une vie sauvée. Or, avec la complicité des cheminots de la gare de triage, François avait là une belle carte à jouer.

Il lui aurait suffi de parler en ces termes à Nicole pour dissiper toutes ses réticences, mais François en était incapable. Plus d'une fois, il avait été à deux doigts de dire la vérité à sa femme. Mais chaque fois, il s'était enfoncé un peu plus dans le mensonge. Le spectre de la torture l'empêchait de sortir de son silence. Il ne craignait pas pour lui, mais l'idée de faire courir le moindre risque à Nicole le rendait muet.

François était conscient de l'influence grandissante du Parti nazi. Le jour était proche où ses représentants reprendraient les rênes du pouvoir. Ce jour-là, ils se débarrasseraient de tous les fonctionnaires dont ils ne seraient pas sûrs à cent pour cent. Parmi les nouveaux pensionnaires de l'auberge, il y avait beaucoup d'officiers de la Wehrmacht, mais aussi quelques responsables de la SS[1] locale. Il convenait donc de les caresser dans le sens

1. *Schutz Staffel*, «échelon de protection». Formation de police militarisée du Parti nazi.

du poil. C'est dans cet esprit que l'aubergiste fit disparaître les assiettes en faïence avec leur coq d'Epinal des dressoirs en bois de merisier qui ornaient la salle de restaurant. C'est la rage au cœur qu'il donna l'ordre d'accrocher au mur l'oriflamme tant abhorrée, rouge à croix gammée, et le portrait du Führer.

Pour Nicole, cette dernière initiative ne supportait aucune justification.

— François, lui dit-elle, regarde l'auberge ! Est-ce qu'elle ressemble encore à l'endroit de tes rêves ? Es-tu vraiment obligé de satisfaire tous les caprices de nos nouveaux « pensionnaires » ? Cette oriflamme et ce portrait... ! Quelle horreur ! Et puis, nous n'avons jamais employé autant de personnel. Deux garçons de salle nous ont déjà quittés sans un mot d'explication. L'atmosphère qui règne ici devient insupportable à tout le monde, hormis à toi et à Frédéric.

L'aubergiste détourna le regard. Si deux garçons de salle n'étaient pas revenus travailler, ce n'était pas parce que l'atmosphère qui régnait à l'auberge leur était insupportable, mais parce qu'ils avaient profité du réseau de François pour gagner la zone libre. Aujourd'hui, ils devaient être en sécurité du côté de Lyon.

François sentait que sa femme s'éloignait de lui, pourtant il ne pouvait se résoudre à la mettre dans la confidence.

— Et si tu partais, comme la Camille ? suggéra-t-il.

Nicole se leva, sans prononcer un mot, mais la flamme qui venait de s'allumer dans ses yeux était suffisamment éloquente. François ne voulait pas la voir. Il baissa les yeux et poursuivit :

— Je serais plus tranquille si je te savais en sécurité en

zone libre. Joseph... le juge Ahles pourrait t'obtenir un sauf-conduit.

Nicole secoua la tête et se dirigea vers la porte sans un mot. La main sur la poignée, elle dit d'une voix tranchante comme une lame :

— Nous allons peut-être gagner beaucoup d'argent avec cette guerre, François, mais si tu ne réagis pas vite, tu vas me perdre. Est-ce que tu le sais ?

— Voyons, Nicole, comment peux-tu croire... ? commença l'aubergiste, mais sa femme l'interrompit.

— Je ne sais plus ce que je dois croire, François. Je t'aime et je me dis que je vis en ce moment un horrible cauchemar. Mais fais attention, si je me réveille et que je constate que tout ça est bien réel...

Nicole venait à peine de sortir que la porte s'ouvrit à nouveau. François crut que sa femme revenait, mais c'était Frédéric. Depuis le 18 juin, le maître d'hôtel avait acquis le privilège de pouvoir entrer sans frapper dans le sanctuaire des patrons.

Il arborait avec une fierté feinte un brassard que François ne connaissait pas.

— C'est quoi, ce machin ? demanda-t-il avec lassitude.

Frédéric sourit.

— Les Allemands réquisitionnent des hommes pour surveiller l'éclairage public. J'ai réussi à me faire nommer responsable pour le secteur de la gare. Ce brassard me dispense de respecter le couvre-feu. J'ai pensé que ça pourrait nous être utile...

— Excellente idée ! murmura François.

— Monsieur Eicher, je viens de croiser madame...

— Je sais ce que tu vas dire, le coupa l'aubergiste. Abstiens-toi !

A la mi-juillet, les premiers soldats lorrains commencèrent à rentrer au pays. Pour obtenir leur libération, il leur avait été demandé de reconnaître leur appartenance au Reich. Les autorités allemandes ayant restauré les frontières d'avant 1919, ils n'avaient eu qu'à préciser leur lieu de naissance. La démarche n'avait donc pas été trop pénible.

Depuis l'annonce de cette nouvelle, Léni ne tardait plus à rentrer chez elle, après sa journée de travail. Lorsque le Mag Est, devenu le *Metzer Kaufhaus*, fermait ses portes, elle ne traînait plus avec ses copines pour repousser le moment de retrouver cette mère qui se remettait à fredonner les chansons de son enfance. Des chansons dans cette langue qui écorchait les oreilles de l'adolescente.

Tout en se hâtant, l'adolescente observait les terrasses des cafés, bondées comme avant l'occupation. Sur le kiosque Second Empire de l'Esplanade, une fanfare de l'armée donnait un concert. L'adolescente ne comprenait pas que les gens continuent à vivre comme si rien n'avait changé pour eux.

Lorsqu'elle poussait la porte du petit appartement de la rue Saint-Lizier, au Sablon, son cœur battait la chamade.

Mais, ce soir-là non plus, son père n'était pas là pour l'accueillir. Dans la cuisine, Agnès préparait le repas. Elle annonça à sa fille qu'elle était enrôlée comme standardiste à la kommandantur. La nouvelle ne paraissait pas l'émouvoir outre mesure. Elle ne voyait qu'une chose :

— Cela mettra du beurre dans les épinards.

Léni avait, depuis longtemps, renoncé à raisonner sa mère.

Agnès se lança ensuite dans une longue tirade sur le

sort déplorable des pauvres Allemands. Il lui était revenu que lors de leur entrée dans Metz, les soldats du Reich n'avaient même pas une chemise à se mettre sur le dos.

— C'est pour ça qu'ils gardaient toujours leur vareuse fermée jusqu'au cou.

Depuis leur arrivée, ils avaient pu se procurer des vêtements décents dans les boutiques du centre-ville. Comme quoi :

— La vie est décidément plus douce ici qu'au pays.

Pour Agnès, l'Allemagne restait le «pays», malgré les seize dernières années passées dans la banlieue parisienne et à Metz !

L'adolescente, elle, avait beau être née à Trèves, son pays était celui de ce père qui tardait à rentrer à la maison et pour lequel elle tremblait. Il n'avait plus donné signe de vie depuis plusieurs mois.

Pour ne plus entendre les commentaires irritants de sa mère, Léni alla s'installer sur le balcon. Elle laissait son regard courir sur cette rue Saint-Livier qu'elle avait de la peine à reconnaître, bien qu'elle n'eût guère changé depuis l'ouverture des hostilités. Seuls quelques volets fermés en permanence trahissaient l'absence des habitants. Et puis, cette plaque collée sur l'ancienne, qui avait transformé sa rue en *Bürgemeistereistrasse.*

Soudain, son cœur se mit à battre à tout rompre dans sa poitrine.

Au bout de la rue, un homme avançait, l'air las. Il n'avait qu'une chemise sur le dos et son pantalon tout fripé, qui semblait avoir des trous aux genoux. Il marchait la tête basse et le dos voûté. Pourtant... Non ! Ce n'était pas possible.

— Maman ! s'écria l'adolescente. Viens !

Agnès lui répondit qu'elle devait surveiller sa potée.

— Mais viens donc, que je te dis ! insista Léni.

— Ecoute, si ça brûle, tu feras maigre, râla sa mère en venant la rejoindre tout en s'essuyant les mains à son tablier.

— Regarde ce *boumleur* ! Là-bas !

— Mon Dieu ! s'exclama Agnès. Mais c'est ton père.

Léni n'en entendit pas plus. Elle se précipita à travers l'appartement, dévala les escaliers quatre à quatre et courut dans la rue au-devant de ce soldat à l'uniforme râpé qui, l'apercevant, trouva la force de sourire.

— Ma petite fille chérie, dit-il, la voix brisée par l'émotion.

— Papa ! cria l'adolescente en se jetant dans ses bras.

Agnès ne tarda pas à les rejoindre.

— Mon pauvre Paul, dans quel état tu es !

Paul Muller embrassa sa femme.

— Ils m'ont libéré. On était à Saint-Dizier. Je n'avais pas un sou en poche. Je suis rentré à pied, dit-il. Je suis épuisé, tu sais.

— Viens te reposer, papa, dit Léni. Il y a de la potée. Tu dois avoir faim.

Il passa la main dans les cheveux bouclés de sa fille et serra la taille de sa femme.

— C'est bon de vous retrouver, dit-il.

Léni était heureuse et fière. Elle voyait son père sous les traits de « ce héros au sourire si doux ». Paul s'empressa de modérer son enthousiasme.

— Oh ! tu sais, on n'a pas vraiment eu l'occasion de se battre. Les premiers temps, c'était le calme plat. Ensuite... tout était déjà fini.

L'adolescente, désireuse de savoir, pressait son père de questions. Paul se laissa tomber sur une chaise de la cuisine.

— Laisse-le tranquille, dit Agnès en allant surveiller ses casseroles.

— Oh, ça va ! dit-il, heureux de se retrouver parmi les siens. Comment ça se passe, ici, pour vous ?

— Oh ! tout va plus ou moins bien, dit Agnès. Demain je commence à travailler à la kommandantur. Ça devenait dur pour nous sans ta solde ni ta paie. Tu vas reprendre ton poste chez les pompiers ?

— Maman ! s'exclama l'adolescente, outrée. Laisse-le reprendre des forces.

— On verra s'ils veulent toujours de moi, dit Paul.

— Tu ne vas quand même pas porter leur uniforme ! se récria Léni.

— J'ignore quel uniforme ils portent, aujourd'hui, ma chérie. De toute façon, j'ai servi dans l'armée française. Il n'est pas sûr qu'ils me reprennent. Et s'ils veulent bien de moi, tu sais, les gens pris dans un incendie, allemands ou français, sont avant tout des êtres humains. Alors, l'uniforme importe peu. Ce n'est pas comme s'il fallait se battre pour eux.

Une ombre couvrit son visage quand il prononça ces mots.

— Et comment vont François et Nicole ? demanda-t-il, désireux de détourner la conversation.

— Mal ! déclara Léni.

— L'auberge a été réquisitionnée et il semble que Nicole en fasse toute une histoire, intervint Agnès.

— C'est pas ça ! la coupa Léni. François s'accroche à son poste de conseiller municipal, et puis — tu devrais voir son restaurant — il a tendance à faire le beau devant les Schleus.

— Surveille ton vocabulaire, dit son père.

— Tu ne vas pas t'y mettre, toi aussi ? protesta l'adolescente.

— Toujours la même tête de *chpountz*[1], hein, toi ? fit Paul, avec tellement d'affection dans la voix que sa fille se calma aussitôt. Tu sais, poursuivit-il, il faut faire attention à ce qu'on dit, maintenant. Il y a toujours des gens qui ne partagent pas nos idées.

— Ça, je sais ! fit Léni en regardant sa mère.

— Il était temps que tu rentres, déclara Agnès à son mari. Ta fille devient de plus en plus insupportable. Elle râle sur tout.

— C'est de son âge, dit Paul, conciliant.

— Ben, tu vas me faire le plaisir de la reprendre en main parce que moi, je ne m'en sors plus, dit Agnès.

— Bien sûr, fit Paul en adressant un clin d'œil à Léni.

Il alla se laver avant de passer à table. Il avait peine à reconnaître l'homme dont le miroir lui renvoyait le reflet. Celui qu'il avait devant les yeux lui paraissait tellement désabusé. Il avait eu le temps de ruminer de sombres pensées pendant sa captivité. Il avait le sentiment d'avoir été trahi par ceux qui avaient pour mission de défendre la patrie. L'ouvrage fortifié auquel il avait été affecté était impressionnant de modernisme ; en revanche, les armes mises à leur disposition auraient dû figurer dans un musée. Il y avait des mitrailleuses datant de la guerre de 14-18 et des locomotives à vapeur qui avaient été mises en service au siècle dernier. De toute façon, pour ce qu'elles leur avaient été utiles ! Son unité avait reçu l'ordre de tout détruire avant même d'avoir essuyé le

1. Tête dure.

premier feu. Ceux qui avaient déclaré la guerre à l'Allemagne avaient-ils vraiment eu l'intention de la faire ?

Pendant tout le temps de sa détention, Paul avait ressassé son dépit. Cela dit, aurait-il été tellement plus heureux s'il avait dû se battre ? Il se souvenait du soir où, avec son ami André, ils avaient été chargés d'une mission de reconnaissance. Ils marchaient dans un bois, quand ils étaient tombés nez à nez avec deux soldats allemands. Passé le premier moment de surprise, il avait épaulé son fusil — plus par réflexe de survie que par désir de tuer. André avait empoigné le canon de son arme et l'avait dirigé vers le ciel pour l'empêcher de tirer en s'écriant :

— Non, Paul ! C'est mon frère.

Le Français et l'Allemand étaient tombés dans les bras l'un de l'autre. Ensuite, ils avaient trinqué tous les quatre avant de se séparer en se souhaitant bonne chance.

Agnès poussa la porte de la salle de bains.

— La potée va refroidir, Paul, dit-elle.

— J'arrive.

La jeune femme s'approcha. Paul se tourna vers elle en souriant. Elle prit son visage dans ses mains et le regarda attentivement.

— Je suis contente que tu sois de retour, murmura-t-elle.

Il l'embrassa.

— Moi aussi, dit-il. Je suis heureux de te retrouver, Agnès.

Elle secoua la tête, avec un mince sourire, et sortit de la salle de bains. Paul resta un moment à contempler la porte. Il n'y aurait pas plus d'effusion entre eux. Depuis qu'il la connaissait, Agnès avait toujours été incapable d'exprimer ses sentiments — ce qui ne voulait pas dire qu'elle n'en éprouvait pas. Paul était convaincu que sa femme avait vécu une expérience douloureuse avant leur rencontre. Avec le père de Léni ? Avec son propre père ? Il n'en savait rien. Elle ne parlait jamais de son passé. Il avait espéré que le temps et son amour contribueraient à faire fondre la glace qui enveloppait le cœur d'Agnès, mais il avait fini par se résigner. Il devait accepter sa femme telle qu'elle était et ne pas chercher à la changer. Il y avait des épreuves plus pénibles dans la vie.

Il soupira et regagna la cuisine, où la potée était servie.

Pendant le repas, Léni pressa son père de questions. Il se montra évasif. Non, il n'avait pas été blessé. Il n'avait même pas tiré un seul coup de feu. Oui, il avait été bien traité par les Allemands pendant sa captivité. Il faut dire qu'ils avaient tellement de prisonniers sur les bras qu'ils ne savaient plus très bien quoi en faire. C'est pour cette raison qu'ils avaient décidé de renvoyer les Alsaciens et les Lorrains dans leurs foyers.

Paul ne parla pas à sa fille du sentiment qu'il avait éprouvé le jour où les Allemands les avaient rassemblés pour leur annoncer qu'ils étaient libres de rentrer chez eux. Les autres, les « Français », n'avaient pas fait de commentaires, mais ce qu'il avait lu dans leurs yeux lui avait donné envie de disparaître sous terre. Quand tout cela serait terminé, car il ne doutait pas, malgré tout, que la Lorraine redeviendrait française, il lui faudrait du temps avant de trouver le courage de regarder un Parisien ou un Breton dans les yeux.

Après le dîner, Paul se roula sa première cigarette en près de trois semaines. Il alla la fumer sur le balcon. Léni voulut le rejoindre, mais Agnès lui dit :

— Laisse-le, Léni. Il a besoin de se retrouver.

L'adolescente fut surprise du ton presque tendre de sa

mère. Elle resta à table, mais son regard suivait les moindres mouvements des mains de son père.

Agnès aussi observait son homme. Seulement, c'était son visage qu'elle examinait. Paul s'était creusé de rides et de plis qu'elle ne lui connaissait pas. Il souffrait. Elle le sentait. Elle en était désolée pour lui parce qu'elle aimait cet homme pour sa bonté et sa générosité. Hélas ! elle ne pouvait rien pour lui. On est toujours seul avec sa souffrance. Elle était bien placée pour le savoir. Elle avait toujours été seule avec sa souffrance, et elle le resterait jusqu'à son dernier jour. Comme Léni. Elle se souvenait du temps où Paul l'interrogeait sur son passé. A quoi bon parler ? Parler n'effaçait rien. C'est pour ça qu'elle n'interrogerait pas son mari. Elle ne pouvait rien pour lui. Rien !

Sa cigarette fumée, Paul annonça :

— Je vais me coucher. Je suis fourbu. Demain, j'irai saluer François et Nicole. Après, je passerai à la caserne.

Il embrassa sa fille, puis serra longuement sa femme dans ses bras. Elle lui caressa le visage et regarda disparaître son mari dans la chambre. Elle s'assit et alluma une cigarette. Ensuite, elle sortit un jeu de cartes et se mit à faire une réussite.

Léni se sentit terriblement seule, tout à coup.

## 12

Lorsqu'il pénétra dans la salle du restaurant de l'auberge des Régates, Paul Muller eut un mouvement de recul. Les oriflammes nazies qui décoraient les murs lui firent froid dans le dos. Des hommes en uniforme et d'autres en civil prenaient leur petit-déjeuner dans une bonne humeur bruyante qui contrastait avec l'atmosphère silencieuse qui régnait en ville. Ça parlait haut et fort. Léni avait raison, les Allemands semblaient vraiment chez eux, ici. Des haut-parleurs diffusaient en sourdine un programme de la radio allemande. François, qui s'assurait qu'il ne manquait rien au buffet, aperçut son ami et s'empressa de le rejoindre. Le large sourire qui avait éclairé son visage en découvrant le père de Léni céda la place à une expression de gêne quand il lui tendit la main.

— Viens, dit-il. Ne restons pas ici.

Il fit signe à Frédéric de prendre la relève en salle et entraîna Paul dans le jardin.

— Ça fait rudement plaisir de te revoir, dit-il. Tu as dû en baver.

— Même pas, fit l'autre avec une petite moue dépitée.

Moins que toi, sans doute, ajouta-t-il avec un mouvement de tête en direction du restaurant.

— Oh ! fit François.

Les deux hommes marchèrent en silence en direction des berges de la Moselle. Ni l'un ni l'autre ne savaient très bien comment aborder ces retrouvailles. Ce fut l'aubergiste qui dit, en définitive :

— On ne voit plus beaucoup ta fille depuis quelque temps.

Paul se roula une cigarette. François lui demanda un peu de tabac, il avait laissé sa blague à l'auberge. Son ami lui tendit la sienne.

— Léni trouve que tu en fais beaucoup pour tes nouveaux clients, dit-il sans faux-semblant.

— Nicole aussi, soupira François en plissant les yeux. Elles ont raison.

Il hésita avant d'ajouter :

— Mais elles ne savent pas tout.

— Oh ! fit Paul, après ce que je viens de vivre, je n'ai envie de juger personne.

Et brusquement les digues cédèrent. Il n'avait pas réussi à parler à sa femme ni à sa fille, parce qu'il aurait fallu leur avouer qu'il ne savait plus très bien où il en était. Or, plus que jamais, il se devait d'être solide pour elles. Avec François, à côté de qui il avait usé ses fonds de culotte à l'école, il n'avait pas ce genre de pudeur. Il pouvait vider son cœur. Comme la plupart de ses compagnons, il avait le sentiment d'avoir été trahi par ceux-là mêmes qui avaient déclaré la guerre à l'Allemagne. Par ceux qui les avaient envoyés au front, avant de les abandonner à leur sort. Comme la plupart des Français, il voulait croire que le maréchal Pétain saurait préserver leurs intérêts, mais à en croire les rumeurs, les premières initiatives du gouvernement de Vichy ne lui paraissaient pas aller vraiment dans ce sens. Paul Muller était déboussolé.

— Tu sais que le général de Gaulle a gagné Londres ? demanda François quand son ami se fut tu.

— Dans notre camp, les Allemands ne nous tenaient pas informés des nouvelles susceptibles de les gêner. Le refrain était plutôt : *Und heute gehört uns Deutschland, Und morgen die ganze Welt !*[1] Et depuis ma libération... je n'ai pas eu envie de parler avec les inconnus que je rencontrais en chemin. Quand je m'arrêtais quelque part, je tendais bien l'oreille, mais les gens se méfient.

— Je ne crois pas que nous soyons très nombreux à l'avoir entendu. Aujourd'hui, écouter la radio de Londres ou la radio suisse est un crime. Seulement, tout le monde ne suit pas les pantins de Vichy.

— Les pantins ? releva Paul.

— Ils n'ont pas signé un traité de paix, mais un armistice honteux. Ils se sont couchés devant l'ennemi ! gronda l'aubergiste, qui avait conduit son ami à la pointe extrême des promenades, là où personne ne pourrait surprendre leur échange.

— L'ennemi ? releva encore Paul, désireux de pousser son ami à livrer le fond de sa pensée.

— Mais, bon sang, Paul ! s'exclama François, tu ne crois pas, toi aussi, que je suis à la solde de ces salauds ?

Paul Muller s'arrêta et, tournant son regard vers les eaux calmes du fleuve, il murmura :

— Si déjà je savais où j'en suis.

L'aubergiste mesura subitement le désarroi de son ami.

— Il ne faut pas lâcher maintenant, vieux ! Il faut tenir bon !

1. Aujourd'hui, l'Allemagne nous appartient, et demain le monde entier !

François Eicher avait une confiance absolue dans le père de Léni. Il le connaissait depuis si longtemps. Il le savait incapable de bassesse ou de traîtrise. Paul n'était pas devenu pompier par hasard. C'était un excellent menuisier. Il n'aurait eu aucun mal à trouver un emploi mieux rémunéré que celui que lui proposait la ville. Mais alors il n'aurait pas eu la possibilité de consacrer un jour sur deux à une activité qui lui tenait à cœur. Comme François, Paul avait besoin de se rendre utile. L'expérience qu'il venait de vivre sur la ligne Maginot le laissait désemparé, mais il reprendrait vite le dessus.

L'aubergiste lui raconta l'effet qu'avait produit sur lui le discours du général de Gaulle. Il lui confia sa décision d'entrer en résistance.

— Pour l'instant, nous nous contentons de faire passer des gars en zone libre. Des soldats évadés et des Juifs, surtout. Nicole est choquée parce que nous n'avons jamais employé un personnel aussi important. Pourtant, mon objectif n'est pas de cirer les bottes des Allemands, mais plutôt d'endormir leur méfiance. Les gars que j'emploie sont plus en sécurité chez moi que nulle part ailleurs.

François expliqua encore à son ami que grâce à ses relations à l'hôtel de ville et à ses responsabilités de conseiller municipal il était informé avant tout le monde des décisions de l'occupant. Sa position lui permettait également de fournir des sauf-conduits à ceux qui, pour l'une ou l'autre raison, devaient fuir la région.

— Tu joues avec le feu, observa Paul.

— Je sais, admit François. Mais je ne pouvais pas rester un spectateur passif. J'aurais eu l'impression de me faire complice de cette entreprise de destruction mise en place par Hitler. Tu sais, nous ne sommes pas les seuls à résister ainsi. Si les choses continuent comme ça, nous trouverons le moyen de contacter Londres pour leur transmettre des renseignements susceptibles de leur être utiles. Je ne sais pas encore lesquels. Je ne suis pas un stratège. Mais, eux, ils sauront.

— Si je peux vous être utile, dit Paul Muller.

François sourit. La réaction de son ami lui mettait du baume au cœur.

— Tu vas reprendre ton boulot chez les pompiers? demanda-t-il.

Paul haussa les épaules.

— Il n'est pas sûr qu'ils acceptent de reprendre un type qui a servi dans l'armée française.

— Va voir le juge Ahles, à l'hôtel de ville. Dis-lui que tu viens de ma part. Mais surtout ne lui parle pas de nos activités parallèles. Il veut sincèrement se rendre utile, le pauvre vieux, mais il aurait bien trop peur que notre entreprise déclenche des actions de représailles de la part des Allemands. Je ne pense pas qu'il nous trahirait, mais il vaut mieux se montrer prudent. Moins il y aura de gens à savoir ce que nous faisons, plus nous limiterons les risques. Tu sais, Nicole n'est au courant de rien. Ce n'est pas que je me méfie d'elle, bien sûr, mais elle voudrait faire sa part de travail et ça me fait peur.

Sa voix se brisa. Il marqua un temps avant d'ajouter :

— Un pompier pourrait nous être utile dans le réseau.

— Qui sait éteindre un feu sait aussi l'allumer, observa Paul.

François fronça les sourcils.

— Pour l'instant, je n'envisage pas d'actions de sabotage, mais, qui sait, cela pourrait venir. Le jour où les Alliés passeront à l'offensive.

Paul écrasa son mégot.

— Je suis content d'être passé te voir, dit-il. C'est une bonne façon de commencer la journée. Je me sentais vraiment mal.

L'aubergiste fit la moue.

— Tout le monde ne partage pas tes sentiments, soupira-t-il.

— J'imagine que c'est dur pour toi. Mais ce n'est sûrement pas simple non plus pour Nicole. Quand tout sera terminé, je suis sûr qu'elle te reviendra.

François ne répondit pas. Combien de temps durerait l'annexion ? Cinquante ans, comme la précédente ? Que resterait-il alors de son couple ? Aurait-il seulement la chance de voir ce jour ? Quand on joue avec le feu, il arrive qu'on se brûle.

Au fil des semaines, la position de François Eicher devenait de plus en plus difficile à défendre aux yeux de ceux qui, comme Nicole ou Léni, ignoraient tout de la mission qu'il s'était imposée. Les communications ferroviaires avaient connu de sérieuses perturbations. L'approvisionnement en biens de première nécessité en avait souffert. Les magasins d'alimentation s'étaient ainsi trouvés pris d'assaut par des ménagères inquiètes de l'avenir. Les cartes de rationnement limitaient désormais les achats à deux kilos et demi de pain, cinq cents grammes de viande, quarante-cinq grammes de beurre et cinquante grammes de graisse par semaine et par personne.

— De toute façon, nous en serions arrivés au même point si la guerre s'était prolongée, observait François avec une logique qui irritait Nicole.

La présence de policiers allemands en vareuse blanche,

képi blanc et longs gants blancs qui réglaient désormais la circulation sous l'œil goguenard de leur homologues locaux prêtait à sourire. En ville, on ne parlait plus de flics, mais de «saindoux». Quand les déplacements des piétons avaient été réglementés, rue Serpenoise, les Messins avaient trouvé là une autre matière à sourire. Les flâneurs n'avaient plus le droit de se croiser. Ceux qui se rendaient place de la République devaient emprunter le trottoir de droite; ceux qui se rendaient place d'Armes devaient circuler de l'autre côté de la rue. Non seulement cette mesure avait amusé plus qu'elle n'avait irrité, mais encore elle avait procuré à la population une satisfaction appréciable, les autorités allemandes ayant été, en définitive, contraintes de rétablir la libre circulation dans la rue Serpenoise. Pour faire respecter cette mesure absurde, elles auraient dû mobiliser un personnel de police beaucoup trop important.

Malheureusement, toutes les dispositions nouvelles n'avaient pas été aussi anodines. Comment accepter le port obligatoire de l'étoile jaune pour les Juifs? Comment accepter que des fonctionnaires soient révoqués parce qu'ils ne parlaient pas allemand?

Les statues de Déroulède, Mangin ou encore Lafayette avaient disparu du paysage messin. François n'avait pu rester insensible à l'enlèvement de ces monuments qu'il avait pris tant de plaisir à voir installés, au lendemain de la guerre précédente. Il n'avait pas caché son mécontentement au juge Ahles.

— A quoi servons-nous, si nous ne réussissons même pas à empêcher cela?

— Voyons, François, avait répondu le magistrat, qu'avons-nous fait d'autre en 19? N'avons-nous pas descendu toutes les statues prussiennes?

— Comment pouvez-vous comparer les deux situations, Joseph ? En 19, nous étions maîtres de nos décisions et de nos choix. Ceux-ci ne nous étaient pas imposés par un occupant quelconque. Nous étions libres ! En remplaçant les symboles allemands par des symboles français, nous exprimions notre identité. Aujourd'hui...

— Allons, François... avait commencé le juge.

Mais il n'était pas allé plus loin. Son visage s'était creusé subitement. Ses lèvres s'étaient mises à trembler et ses paupières s'étaient alourdies pesamment. Sous les yeux de l'aubergiste, il avait pris dix ans en dix secondes. François s'était levé. Il avait hésité à la porte du bureau, mais était sorti sans rien ajouter. Il aurait aimé trouver les mots pour consoler le magistrat, mais il n'aurait sans doute fait qu'ajouter à sa souffrance. Le juge Joseph Ahles devait résoudre seul le paradoxe de sa situation.

A la veille du 14 Juillet, les Allemands avaient profité de la nuit pour descendre le *Poilu* et l'emporter comme des voleurs. A son tour, le monument aux morts de Niclausse avait été détourné de sa finalité première. Désormais, il ne célébrait plus la mémoire des Messins morts pour la France mais pour le Reich. D'aucuns avaient réussi à cacher les statues de Ney et Fabert dans le jardin des Franciscains, rue Marchand, mais les autres monuments avaient été envoyés en Allemagne pour y être fondus et transformés en armes de guerre. Bientôt, le kiosque Second Empire de l'Esplanade et les grilles qui encerclaient les parterres devant le palais de justice avaient connu le même sort humiliant.

Le jour de la fête nationale française, François n'avait pas trouvé la force d'interdire à Nicole d'aller se promener en ville en arborant à son corsage un petit bouquet tricolore. Il aurait tellement aimé l'accompagner, mais, ce jour-là, un soldat évadé d'un camp devait être confié aux cheminots, qui le feraient passer en zone libre. L'attention de la police serait accaparée par la manifestation en centre-ville. La surveillance de la gare s'en trouverait sans doute relâchée. Il convenait d'en profiter et donc de ne pas attirer l'attention sur soi par un acte inconsidéré.

Le vieux Jules, qui, depuis l'arrivée des Allemands, avait troqué ses nippes de *boumleur* contre un élégant costume noir et une chemise blanche toujours impeccablement repassée, venait souvent traîner à l'auberge. Le suisse avait renoncé à ses fonctions à l'église Saint-Fiacre, du Sablon ; il préférait passer son temps avec son nouvel ami, l'*Obertleutnant* Dietrich, lequel n'oubliait pas l'accueil que les Eicher lui avaient réservé lorsqu'il leur avait donné l'ordre de rouvrir l'auberge.

Quand il avait vu la cocarde au corsage de Nicole, le vieux Jules avait secoué la tête.

— C'est imprudent, monsieur Eicher. Vous ne devriez pas laisser votre dame sortir comme ça.

Dietrich avait eu un sourire carnassier. François s'était contraint à rire.

— Pourquoi n'a-t-on pas encore accordé le droit de vote aux femmes, Jules ? avait-il demandé en affectant un ton d'ironie. Parce qu'elles manquent beaucoup trop de jugeote, voyons ! Vous êtes bien placé pour connaître l'influence néfaste qu'exercent les curés sur ces cervelles d'oiseau, n'est-ce pas ? Il leur est difficile de perdre aussi vite que nous les mauvaises habitudes prises depuis 19. Ne vous en faites pas, l'année prochaine, comme toutes ses amies, elle aura oublié la signification de ce 14 Juillet.

— En somme, monsieur Eicher, était intervenu le lieutenant Dietrich, les femmes lorraines sont moins versatiles que les hommes. C'est bien cela que vous voulez dire ?

François avait éclaté de rire.

— Allons, vous me tenez toujours rigueur d'avoir voulu faire passer mes vacances avant le service du Reich, n'est-ce pas ?

Il avait secoué la tête.

— Ne me suis-je pas bien rattrapé depuis ? avait-il demandé, en accompagnant sa question d'un large geste du bras en direction des murs tendus d'oriflammes flamboyantes.

L'officier avait secoué la tête lui aussi et, tout en se levant, il avait dit :

— Surveillez quand même votre femme, monsieur Eicher. Il serait dommage que son comportement réduise à néant tous vos beaux efforts.

François avait suivi des yeux cet homme dont il se méfiait autant que de son âme damnée, le vieux Jules, qui lui avait emboîté le pas.

— Il a drôlement changé, le suisse, avait observé Frédéric. Qui aurait pu soupçonner un tel revirement de sa part ? Lui qui était toujours prêt à rendre service à tout le monde. Heureusement qu'il n'y en a pas beaucoup comme lui.

— Nous avons intérêt à nous méfier de ces deux-là. Je suis sûr qu'à la moindre occasion, ils ne nous rateront pas.

Le 4 août, le préfet et son chef de cabinet, ainsi que le sous-préfet de Thionville, monsieur Durocher, reçurent l'autorisation de sortir de la préfecture quelques heures par jour. Pour le juge Ahles, c'était une confirmation du bien-fondé de sa position. Mais, quatre jours plus tard, les trois hommes furent reconduits, sans la moindre explication, à l'ancienne frontière de 1871. La veille, le gauleiter Josef Bürckel avait été nommé chef de l'administration civile en Lorraine.

## 13

Quand, une semaine plus tard, les Messins décrétèrent que le 15 août serait une journée de protestation, l'aubergiste implora sa femme de ne pas se mêler à la manifestation.

— La Gestapo est arrivée à Metz, dit-il pour convaincre Nicole de ne pas jouer avec le feu.

— Je l'ai remarqué, François. Ils ont de beaux uniformes, qui font joli dans notre nouveau décor.

— Chérie !

— Tu as raison, le coupa Nicole. Il y en a aussi en civil et ils ont une aussi belle prestance.

— Ceux-là sont plus dangereux que les autres, Nicole. Ils ne resteront pas les bras croisés face à une démonstration de sympathie à la France. Je t'en prie, ne sors pas aujourd'hui.

La jeune femme avait longuement considéré son mari. Les relations entre les époux Eicher s'étaient encore tendues. Nicole ne comprenait plus François. Elle souffrait de son comportement, mais elle ne pouvait se résoudre à croire qu'il avait purement et simplement renié ses convictions. Elle avait vu son émotion le jour où l'avenue Serpenoise avait été débaptisée pour devenir la

*Adolf Hitlerstrasse*, l'avenue Foch, la *Hermann Göringstrasse* ou encore la rue Verlaine, la *Hildegardstrasse*. Elle voulait conserver l'espoir qu'il réaliserait un jour qu'il n'avait pas fait le bon choix.

— Je n'irai pas, annonça-t-elle.

— Merci, soupira François.

— Ce n'est pas que j'aie peur des nazis, François. C'est juste que je veux encore croire en toi. Mais cela me devient de plus en plus difficile, tu sais ?

François ne put que répéter « merci ». Tout le reste, il devait le garder pour lui. C'était douloureux, mais indispensable.

Ce jour-là, un nombre important de Messins répondit au mot d'ordre. Dans un silence religieux, ils accompagnèrent l'évêque de Metz, monseigneur Heintz, place Saint-Jacques, où ils déposèrent, autour de la statue de la Vierge, des fleurs aux couleurs de la liberté, de l'égalité et de la fraternité.

Le lendemain, monseigneur Heintz et plusieurs milliers de Messins furent contraints de quitter Metz. L'ordre d'expulsion prévoyait qu'ils pouvaient emporter cinquante kilos de bagages à main et une somme de deux milles francs. Mais comment faire le tri d'une vie quand on dispose de deux petites heures pour se préparer ? La plupart n'emportèrent qu'une valise au lieu de rassemblement, à la Foire Exposition. De là, ils furent dirigés vers la gare où des trains les emportèrent vers une destination inconnue d'eux. Fort heureusement, elle était encore située en zone libre. Le jour viendrait où ce ne serait plus le cas.

— Et pour ces gens-là, qu'as-tu pu faire, monsieur le conseiller municipal ? demanda Nicole à son mari.

— Les envier, répondit François, abattu.

Sa réponse troubla la jeune femme, mais elle ne trouva pas la force de réconforter son mari.

Le 21 septembre, le gauleiter Bürckel fit son entrée officielle à Metz. Des cours furent bientôt organisés pour tous ceux qui ne parlaient pas allemand. *Mit Stumpf und Steil muss diese Sprache, hier an der Grenze, ausgerattet werden*[1]. Le français était plus que jamais proscrit. Pourtant, les Messins continuaient à le parler, comme par défi.

Un jour d'octobre, François trouva sur son bureau une brochure qui était distribuée aux enfants des écoles. Il savait que ce «cadeau» ne pouvait venir que de Nicole, qui avait elle-même dû recevoir ce document d'une amie, mère de famille. Il feuilleta l'imprimé intitulé *Wir lernen deutsch*[2] et lut :

*Il y a vingt-deux ans, la Lorraine a été arrachée à l'Allemagne démembrée. Des hommes étrangers devinrent les maîtres du pays volé. La langue allemande devait être refoulée par tous les moyens. Dans les écoles, les enfants ne parlaient à peu près que le français. Dans les familles, on ne lisait que des journaux français... Aveuglés par la haine qu'ils avaient vouée à la nouvelle Allemagne, redevenue grande et forte par le travail et l'ordre, ils lui déclaraient la guerre. Le peuple allemand devait être affamé et réduit à merci...*

François referma la brochure. Tout cela allait dans le sens des déclarations de Bürckel :

*Lorrains, vous connaissez tous la tâche que le Führer m'a confiée : cette province devra être allemande à tout jamais.*

1. Il faut extirper cette langue [le français], le long de la frontière, jusqu'aux racines.
2. Nous apprenons l'allemand.

L'aubergiste avait renoncé à boire une seule goutte d'alcool le soir où il avait failli perdre sa lucidité dans la mirabelle. Plus l'envie de boire était forte, plus il songeait qu'il avait pris là une sage résolution. Il lui aurait été facile de glisser sur une pente qui l'aurait conduit vers l'oubli. Mais il ne pouvait pas se permettre d'oublier son engagement. Il savait, désormais, qu'il n'était plus seul à résister. Il savait aussi que jamais le danger n'avait été aussi grand pour ceux qui ne se soumettaient pas, car depuis que la région avait été intégrée au Reich, même si les nouvelles autorités répugnaient encore à parler d'annexion, les actes de résistance étaient assimilés à des faits de trahison.

Des jeunes Messins, apprentis ou élèves de collèges techniques, avaient créé l'Espoir français, une organisation clandestine qui n'avait pas tardé, comme celle de François, à mettre sur pied un véritable réseau de renseignements militaires. Sœur Hélène, une religieuse des filles de la Charité attachée à l'hospice Saint-Nicolas, avait, elle aussi, organisé une filière d'évasion et de transport de courrier.

François n'avait pas tardé à avoir connaissance de ces initiatives. Elles lui avaient procuré une vive sensation de soulagement. Il n'était donc pas seul à vivre dans la clandestinité. Pas seul à devoir mentir à des êtres chers. Pas seul à croire en des lendemains meilleurs et à œuvrer pour qu'ils ne restent pas un rêve inaccessible.

Les mesures draconiennes imposées par les nazis, et en particulier par Bürckel, avaient eu une conséquence que François en était venu à considérer comme heureuse. Le conseil municipal avait été « épuré » de ses éléments français. L'aubergiste en avait éprouvé un vif soulagement.

Aujourd'hui, il n'avait plus besoin du couvert de fonctions officielles pour gagner la confiance de l'occupant. Il avait fait de l'auberge des Régates un lieu où les plus hautes instances aimaient venir se détendre et où tous ceux qu'il hébergeait ne tarissaient pas d'éloges à l'égard de leur hôte. Même les officiers de la SS appréciaient son accueil. Seul l'*Obertleutnant* Dietrich maintenait une attitude toujours aussi réservée et méfiante.

Cela n'avait pas contribué à combler le fossé qui se creusait toujours plus irrémédiablement entre Nicole et lui.

Si la sensation de perdre sa femme lui était toujours aussi pénible, François gérait mieux sa souffrance. Ses activités clandestines avaient pris une ampleur qui lui permettait mieux de mesurer son apport à la victoire finale, à laquelle il croyait plus que jamais. Sans renoncer aux indispensables mesures de prudence, il avait diversifié ses activités. Désormais, il s'efforçait de répondre avec un soin minutieux aux demandes de renseignements que lui adressait Londres par l'intermédiaire des réseaux français.

Il savait que plus vite les Allemands seraient vaincus, plus vite il retrouverait l'amour de sa femme. Une motivation supplémentaire à son engagement.

Quand, à la mi-juin 1941, les premières arrestations de membres de l'Espoir français furent connues, François traversa un moment de grande angoisse. Sœur Hélène avait déjà été arrêtée et condamnée à un an de prison, au mois de février ; sa peine avait, fort heureusement, été suspendue grâce à l'intervention d'un médecin qui avait pris le risque de lui délivrer un certificat de complaisance.

Le filet se resserrait autour des résistants. François décida qu'il convenait de redoubler de prudence, mais aussi d'activité afin de compenser les défections des autres réseaux.

Le juge Ahles, lui, avait trouvé les mots pour convaincre l'occupant que sa présence leur était utile. Il travaillait toujours au service des Allemands.

— Non, François, se récriait-il, non ! Je travaille toujours au service des Messins. Vous le savez bien, bon sang ! C'est ma seule motivation.

Il paraissait toujours aussi sincère, mais, de toute évidence, il éprouvait lui-même de plus en plus de mal à se convaincre de la validité de son choix. Le magistrat avait commencé à boire lorsqu'il avait été invité à siéger au *Sondergericht*, le tribunal spécial créé par les autorités nazies pour juger les Lorrains qui facilitaient l'évasion de prisonniers de guerre, les réfractaires à toute incorporation dans les organisations nazies, les auditeurs de la radio de Londres ou de la radio suisse...

C'était d'une voix rendue pâteuse par l'alcool qu'il avait déclaré à François :

— C'est une chance que je puisse siéger au sein de ce tribunal. Je ferai tout ce qui est en mon pouvoir pour alléger les peines. Imaginez ce qui se passerait si je n'étais pas là ! Dites, cher ami, vous imaginez, n'est-ce pas ?

François aurait aimé lui faire la réponse qu'il attendait, mais la dérive du vieux magistrat l'inquiétait. Il était temps pour lui de se réveiller, faute de quoi il deviendrait un triste ivrogne dont les Allemands n'hésiteraient pas à se débarrasser.

— Il faut réagir, Joseph, dit-il. Vous n'infléchirez pas leurs décisions. En revanche, en siégeant à ce tribunal vous leur servirez de caution morale aux yeux de la population.

— Vous délirez, François ! se récria le juge. Vous

verrez que ma présence sera utile aux inculpés. Vous verrez... Toute ma vie, je n'ai eu d'autre raison d'être que de rendre la justice. De servir nos concitoyens ! Comme vous, François. Nous sommes semblables, vous et moi. Nous sommes... des idéalistes. N'est-ce pas, cher ami ? Dites... n'est-ce pas ?

François avait été ému. Il avait dit d'une voix douce :

— Oui, Joseph, nous sommes des idéalistes, vous et moi.

Les procès donnèrent, malheureusement, raison à l'aubergiste. Les peines venaient à peine d'être prononcées que François fut convoqué à l'hôtel de ville par l'*Obertleutnant* Dietrich. L'officier allemand l'attendait au sommet des marches du grand escalier.

— Venez, dit-il.

— Où m'emmenez-vous ? demanda l'aubergiste, inquiet.

Son tour était-il arrivé ? Un des prévenus l'aurait-il dénoncé ?

— Je tiens à vous montrer quelque chose, répondit Dietrich. Peut-être pourrez-vous m'expliquer.

L'*Obertleutnant* ouvrit à double battant la porte d'une salle de réunion devant laquelle deux soldats étaient en faction. Une oriflamme rouge à croix gammée avait été attachée, d'une part, au lustre qui occupait le centre de la pièce, de l'autre, au cou du juge Ahles. Une chaise était renversée sur le sol, à ses pieds. Le magistrat avait la bouche ouverte et tirait une langue démesurée. Ses yeux sans vie fixaient François.

— Mon Dieu ! s'exclama l'aubergiste.

L'*Obertleutnant* referma les portes et fit signe aux soldats qu'ils pouvaient disposer du corps.

— Suicide, je suppose, murmura François.

L'officier opina du chef.

— Il a laissé une lettre ou quelque chose ? demanda François.

— Pas un mot, répondit Dietrich. Il a attendu que les bureaux soient vides, et il est venu mourir ici, face au grand portrait de notre Führer.

La main sur la bouche, François refoulait sa nausée. Quand il eut réussi à maîtriser son émotion, il se tourna vers l'officier nazi.

— Pourquoi avez-vous dit que je pourrais peut-être vous expliquer ?

— Vous étiez proches. Il a pu vous parler.

François secoua la tête.

— Proches ? murmura-t-il. Sans doute. Pas encore assez, il faut croire. Je n'ai pas su prendre la mesure de sa détresse, *Obertleutnant.*

Il songeait à sa dernière entrevue avec le juge. S'il lui avait donné la réponse qu'il attendait, Joseph serait-il encore vivant ? La question était absurde. Il était impossible de modifier le cours des événements. D'ailleurs, même si François lui avait laissé croire qu'il pouvait encore être utile aux prévenus, le magistrat se serait donné la mort. Il était arrivé au bout de son chemin. Il avait suivi sa logique jusqu'au point où elle était devenue absurde, et il en avait pris conscience.

— Le juge Ahles souffrait de solitude, dit François. Nous n'avons pas su lui apporter tout le réconfort dont il avait besoin.

Il s'éloigna sans rien ajouter. L'*Obertleutnant* Dietrich le regarda partir, sans chercher à le retenir.

Le jour des obsèques, François, contrairement à la plupart, ne tourna pas le dos au magistrat. Ils n'étaient pas nombreux à suivre le corbillard. Au-dessus de la tombe ouverte, l'aubergiste se demanda encore s'il n'aurait pas dû parler au magistrat de son projet de résistance. Joseph aurait-il été capable de comprendre ce qu'une telle démarche renfermait d'espoir ? C'était peu probable. Il aurait été obnubilé par les dangers qu'un petit groupe ferait courir au plus grand nombre. Il pouvait essayer de plaider pour réduire les peines qu'infligerait le *Sondergericht* aux résistants, mais il aurait été incapable de rejoindre les rangs de ces derniers.

Au moment de lui faire ses adieux, François songea au texte de l'affiche signée de Gaulle qui avait été placardée sur les murs de Londres en août 1940, et qui avait circulé sous le manteau parmi les opposants à l'autorité allemande :

*La France a perdu une bataille. Mais la France n'a pas perdu la guerre !... Notre patrie est en péril de mort. Luttons tous pour la sauver.*

« Vous avez fait ce que vous avez cru juste, Joseph. Que Dieu vous ait en Sa sainte garde ! »

## 14

L'annexion de fait, et non de droit, durait depuis près de deux ans déjà, et la vie s'organisait tant bien que mal. Les autorités allemandes maniaient la carotte et le bâton en alternance, et parfois simultanément. D'un côté, il leur fallait séduire la population et l'amener à sentir qu'elle faisait désormais partie intégrante de la Grande Allemagne, où il faisait bon vivre. De ce merveilleux Grand Reich qui, demain, engloberait le monde entier. D'un autre côté, il fallait se rendre à l'évidence : le message passait mal. En conséquence, il convenait de prendre les mesures nécessaires pour réduire au silence les voix d'opposition, en particulier les réseaux de résistance, qui sapaient le moral des bons Allemands.

Pour séduire, l'occupant ne reculait devant rien. Ainsi, la vie théâtrale avait repris un cours normal. Les ateliers du théâtre municipal furent restaurés, des jeux de lumière sophistiqués et un plateau tournant enrichirent une structure jugée insuffisante et vieillotte. En contrepartie, les auteurs français disparurent du répertoire et leurs noms, du fronton du bâtiment. Hitler n'avait-il pas décrété qu'il convenait de faire appel aux *artistes de l'art allemand, pour défendre la réputation de son peuple dans un monde accablé de bêtise et d'injustice*? Le conservatoire, lui aussi, fut réaménagé, avec création d'une école de musique et d'un orchestre municipal qui interprétait des œuvres de Schubert, Beethoven ou Mozart. Une programmation qui aurait eu tout pour plaire au public local, si elle ne s'était faite au détriment des compositeurs français. Une nouvelle bibliothèque publique avait vu le jour, mais elle ne proposait que des ouvrages allemands.

Comment les Messins auraient-ils pu adhérer à un projet de société aussi réducteur? Les plus réservés ne pouvaient manquer de se révolter face à cette volonté de les dépouiller, systématiquement, de leur identité culturelle. Même au sortir de la guerre de 14-18, il ne serait venu à l'idée d'aucun Messin de se priver des apports du génie de l'art allemand. Les décisions outrancières du gauleiter Bürckel avaient pour effet d'attiser les braises les plus tièdes.

Ainsi, les affiches de propagande émises par la kommandantur continuaient à être lacérées sans qu'il fût jamais possible de prendre sur le fait le moindre vandale. Lorsque les responsables du parti se réunissaient, il n'était pas rare qu'ils entendent s'élever sous leurs fenêtres les accents d'une *Marseillaise* entonnée par des passants anonymes. La résistance, active ou passive, à petite ou grande échelle, ne permettait pas à l'occupant de se leurrer sur les sentiments véritables de la population. Parmi les soldats de l'armée d'occupation, certains avaient sincèrement cru à leur rôle de libérateurs d'un peuple opprimé; ceux-ci réalisaient désormais que leurs dirigeants avaient menti, et le malaise s'installait dans leurs rangs.

Le mois d'août 1942 touchait à sa fin. Comme ils en avaient pris l'habitude, François Eicher, Frédéric Gorges et Paul Muller se retrouvèrent dans le petit salon de l'auberge, dont Nicole ne poussait plus que rarement la porte. C'était là, à deux pas des officiers allemands, que depuis deux ans déjà le réseau organisait ses opérations. Combien de soldats français en fuite, de Juifs, d'aviateurs anglais tombés dans la région avaient-ils fait passer en zone libre ? Combien d'informations sur les mouvements de troupes allemandes avaient-ils transmises à Londres ? François se demandait parfois si de tels renseignements justifiaient vraiment les risques encourus par ses agents. Il voulait toutefois faire confiance aux gens de Londres. Leur volonté de continuer la lutte les rendait crédibles à ses yeux. De toute façon, ces hommes étaient leur seul espoir. Le doute n'était donc pas permis.

Ce soir-là, l'aubergiste paraissait catastrophé. Ses amis ne se souvenaient pas de l'avoir vu dans un état aussi proche de la révolte.

— Vous avez entendu le discours de Bürckel, hier soir, à l'hôtel des Mines ? Le Service du travail obligatoire ne leur suffit donc plus ! Sous prétexte que nous sommes allemands, voilà qu'ils veulent enrôler nos jeunes dans la Wehrmacht ! C'est inadmissible. Et Vichy qui laisse faire ! Quels pourris !

— Vous croyez qu'ils vont les envoyer sur le front ? demanda Frédéric.

— Sur le front russe ! précisa François.

Un silence s'installa dans la pièce. Lourd. Ce fut Paul, finalement, qui le rompit. Le pompier paraissait plus calme que ses amis.

— C'était à prévoir, François. Souviens-toi de la dernière annexion. Je sais que ce n'est pas évident, mais essayons de nous concentrer sur ce que cette décision renferme d'espoir. S'ils enrôlent nos garçons, c'est qu'ils sont dans la merde sur tous les fronts. S'ils sont à court d'hommes, c'est que la victoire n'a jamais été aussi proche pour nous.

— Chaque jour qui passe nous en rapproche, effectivement, ponctua François sans réussir à masquer son cynisme. En attendant, nos gars vont mourir en portant l'uniforme de la Wehrmacht ! Et si, comme tu le dis, la victoire est proche, comment la vivront-ils ? Ils seront considérés par les leurs comme des ennemis, comme des traîtres. Comment feront-ils comprendre aux Alliés qu'ils portent l'uniforme de la Wehrmacht, mais qu'ils n'en sont pas ?

— Les réseaux vont avoir du pain sur la planche, observa Frédéric. C'est par trains entiers que nos jeunes vont vouloir gagner la zone libre.

— Ne crois pas ça, dit François. S'ils disparaissent dans la nature, les Allemands enverront leurs parents en camps de concentration. Bon Dieu, quand donc se décideront-ils à déclencher la grande offensive qui nous débarrassera de cette vermine ? Londres ne va quand même pas nous laisser tomber comme l'a fait Vichy ?

Le discours du gauleiter avait été retransmis par des haut-parleurs installés devant l'hôtel des Mines, avenue Foch, devenue *Hermann Göringstrasse*. Une petite phrase de Bürckel suscita une méprise qui eut des conséquences tragiques : *Toute personne ne se reconnaissant pas dans la spécificité allemande devra quitter cette région*. La rumeur ne tarda pas à se répandre que tous ceux qui ne voulaient pas appartenir à la communauté allemande pouvaient obtenir un visa de passage vers la France libre. Dès le lendemain, et pendant les premiers jours de septembre, la préfecture fut prise d'assaut. Le réveil fut brutal pour Bürckel, qui s'imaginait avoir accompli le plus gros de sa mission. Quatre-vingts pour cent de la population messine voulait quitter la ville.

Le 2 septembre, François ruminait de sombres pensées dans le petit salon, où il lui arrivait de plus en plus souvent de passer ses nuits. L'attitude hostile de sa femme lui était devenue insupportable et, pour ne pas y être confronté, il fuyait désormais sa présence. On frappa à la porte, et il eut la surprise de voir Nicole pénétrer dans la pièce ; depuis combien de semaines, de mois, avait-elle cessé de venir le retrouver dans ce qui avait été leur sanctuaire ?

La jeune femme ne faisait plus d'efforts pour essayer de comprendre son mari. Elle ne reconnaissait plus l'homme qu'elle avait aimé. Avec le temps, elle en était venue à la conclusion qu'elle s'était trompée sur son compte. Comment aurait-il pu en être autrement ? François fréquentait la kommandantur et sympathisait sans vergogne avec leurs nouveaux pensionnaires.

Il lui sourit. Il aurait tant aimé lui dire qu'elle lui manquait. Qu'il souffrait de cette distance qu'elle avait choisi de mettre entre eux. Seulement, les mots ne venaient pas. Il savait que les risques d'être dénoncés étaient plus grands que jamais pour les membres des réseaux. Il ne s'était jamais caché que, si la présence si proche d'officiers allemands était la meilleure couverture pour ses activités, elle n'en représentait pas moins un risque supplémentaire. S'il avait pu, par moments, s'interroger sur le bien-fondé de ne pas mettre sa femme dans la confidence, il ne doutait plus, aujourd'hui, d'avoir pris la décision la plus sage.

— Je vais partir, dit Nicole.

— Partir ? répéta François, qui comprit que sa femme lui annonçait qu'elle allait le quitter.

— Demain, poursuivit-elle, j'irai à la préfecture demander un sauf-conduit pour la France.

François ferma les yeux, presque soulagé. Ainsi, Nicole ne voulait pas parler de rupture. Enfin, pas pour le moment. Il n'en demeurait pas moins qu'il devrait trouver les mots et le ton justes pour la convaincre de ne pas commettre pareille imprudence.

— Tu n'iras pas en France, Nicole, dit-il en s'efforçant de maîtriser son émotion.

— Tu comptes m'en empêcher? demanda la jeune femme sur un ton de défi.

— Oh, ma chérie! dit-il en s'efforçant de sourire, je préférerais de beaucoup te savoir en sécurité, nous en avons déjà parlé. Il y a deux ans de cela, non? Seulement, vois-tu, Bürckel ne laissera jamais la ville se vider ainsi. Quel terrible constat d'échec pour lui! Crois-moi, Nicole, ceux qui s'obstineront dans leur volonté de partir ne prendront pas la direction de Paris ni de Lyon. Ils se réveilleront en Silésie. Ce n'est pas vraiment ce que tu désires, n'est-ce pas?

Nicole ne répondit pas. Elle se prit la tête dans les mains.

— Je n'en peux plus, murmura-t-elle.

Elle devait faire des efforts pour ne pas éclater en sanglots. Elle aussi souffrait de voir son couple se déliter. Elle ne supportait pas de sentir en elle le mépris remplacer peu à peu l'admiration et le respect. Pourquoi cet homme, au rêve duquel elle avait cru, l'entraînait-il, avec la même détermination, dans un cauchemar plus épouvantable encore que la réalité?

François se leva. Il fit le tour de la table et, après avoir hésité, il posa ses mains sur les épaules de sa femme. Elle appréciait autrefois ces petits massages.

— Tout va rentrer dans l'ordre, murmura-t-il. Ce n'est qu'une question de temps. Alors, nous nous retrouverons. Tout redeviendra comme avant, Nicole.

La jeune femme le repoussa d'un geste rageur. Elle se redressa d'un bond et fit tomber sa chaise dans le mouvement.

— Oh ! je t'en prie ! Rien ne sera jamais plus comme avant. C'est impossible et tu le sais bien. Ne dis donc pas n'importe quoi !

Elle secoua la tête et ajouta avec une expression de profonde tristesse au fond des yeux :

— Tu seras toujours un rêveur, François.

— Fais-moi confiance, Nicole, implora-t-il. Fais-moi confiance !

Nicole n'était pas en état d'entendre le message d'espoir que son mari cherchait à glisser dans sa supplique.

— Tu me demandes l'impossible, dit-elle. Te faire confiance ? Mais qui es-tu pour me demander cela ? Je me souviens d'un homme en qui j'avais tellement confiance que je me serais jetée dans le feu, s'il me l'avait demandé. Mais toi, qui es-tu ? Je ne te connais pas. Comment te ferais-je confiance ? Qu'as-tu fait de cet homme que j'aimais ? Auquel je tenais comme à la prunelle de mes yeux ? Dis, qu'en as-tu fait ?

François, qui sentait sa gorge se nouer, répondit :

— Il est toujours là, Nicole, seulement tu n'arrives plus à le voir parce que c'est lui qui a sauté dans le feu. Pour toi...

Il s'interrompit. Là, il aurait suffi de peu de choses pour qu'il passe aux aveux. Un mot. Un regard, peut-être. Il était si malheureux. Seulement, Nicole était déjà trop loin de cet inconnu qui usurpait les traits de son mari pour être réceptive à ses non-dits.

— Hélas, soupira-t-elle, l'homme que j'aimais, j'ai bien peur qu'il soit mort. Il y a deux ans de cela. Et c'est toi qui l'as tué !

Sans un regard pour François, elle se dirigea vers la porte du salon.

— Nicole ! la rappela François. Tu n'iras pas à la préfecture demain, n'est-ce pas ?

Elle se retourna et le considéra un instant. Ses yeux étaient vides d'expression.

— Je n'irai pas, dit-elle enfin. Mais je te jure, François, si je connaissais le moyen de leur fausser compagnie, je ne dirais rien à personne. Je partirais !

— Attends ! s'écria-t-il. Peut-être...

Il s'interrompit à nouveau. Il devait profiter de l'occasion pour proposer à Nicole de bénéficier de sa filière, mais, s'il tombait le masque, elle ne voudrait plus partir. Etait-il prêt, aujourd'hui, à assumer ce qu'il refusait depuis le 19 juin 1940 ? Ce jour-là, il avait pris seul une décision qui les engageait tous les deux. Cette décision avait eu des conséquences terribles pour lui comme pour elle. Trembler pour Nicole serait, somme toute, moins angoissant que trembler pour leur couple. Mais n'était-ce pas de l'égoïsme de sa part ?

Nicole perçut son trouble, mais, n'étant pas en mesure d'en apprécier la cause, elle eut un petit rire amer.

— Si tu veux me proposer un voyage en première classe pour Vichy, merci beaucoup. Je sais que nous pourrions compter sur la bienveillance de tes bons amis de la kommandantur, mais merci, très peu pour moi.

— Non ! s'exclama François, blessé par l'amertume de sa femme.

— Laisse tomber, va ! Pétain et sa clique ne valent pas mieux qu'Hitler et ses sbires. Avec eux, au moins, il n'y a pas eu de surprise. On savait dès le départ dans quel camp ils étaient. Alors qu'avec Pétain, Laval ou... toi...

Elle laissa sa phrase en suspens et sortit.

François se précipita. Il avait la main sur la poignée de la porte, mais il arrêta son mouvement. La chance venait de passer. Il n'avait pas su la saisir.

Les événements des jours suivants allaient pourtant lui donner raison. Plusieurs milliers de Messins furent déportés en Silésie. Malheureusement, pour Nicole et lui, il était trop tard. François Eicher ne pouvait plus revenir en arrière. Il devait poursuivre la route qu'il s'était tracée, en espérant que son terme fût proche.

A dater de ce jour-là, il cessa tout à fait de rejoindre Nicole dans leurs appartements. Il s'installa à demeure dans le petit salon, qui devint tout à la fois sa chambre, son bureau, son quartier général et son lieu de souffrance.

Pour l'heure, son absence fut vécue comme un soulagement par Nicole, qui pouvait vivre avec le fantôme d'hier, sans plus être confrontée au spectre d'aujourd'hui.

# 15

L'année 1942 s'achevait dans un climat de tension particulièrement éprouvant. La peur étreignait le cœur des Lorrains comme jamais jusqu'à ce jour. Des jeunes garçons avaient choisi de disparaître pour se soustraire à l'enrôlement obligatoire. Comme l'avait prédit François, des familles entières avaient été déportées en guise de représailles ; d'autres vivaient, une fois pour toutes, avec des valises faites à portée de la main, au cas où leur tour viendrait, pour l'une ou l'autre raison.

Dans les rues de la ville, on croisait de plus en plus d'Allemands pure souche ; ceux-ci étaient des civils, les *Siedlers* de Bürckel, venus exploiter les fermes ou assurer le fonctionnement d'usines délaissées à la suite du départ de leurs propriétaires évacués, expulsés ou déportés. Leur présence alimentait le climat de suspicion qui grandissait au sein de la population ; la délation était fortement encouragée par l'occupant.

Les nouvelles du front russe, diffusées par la radio de Londres et écoutées par certains en dépit des interdictions et des menaces répétées, avaient de quoi mettre un peu de baume au cœur. L'offensive allemande s'enlisait et enregistrait de nombreux revers. Malheureusement, l'espoir d'une éventuelle défaite des troupes du Reich à l'Est n'autorisait pas une joie sans retenue car, désormais, de jeunes Lorrains et de jeunes Alsaciens mouraient sous un uniforme qu'ils auraient eu tant de joie à combattre.

En France, les installations allemandes faisaient l'objet de bombardements fréquents par l'aviation anglaise ; une situation exploitée par l'occupant, désireux de retourner l'opinion publique en sa faveur, mais la population serrait les dents et se reprenait à croire en une délivrance prochaine.

Le réseau mis en place par François se révélait toujours aussi efficace. L'aubergiste considérait comme un miracle de réussir à passer à travers les mailles d'un filet qui avaient tendance à se resserrer toujours plus finement, d'autant que son réseau avait connu, lui aussi, ses premiers revers. Nicole continuait à s'éloigner de son mari, qui faisait toujours les yeux doux à leurs pensionnaires. Plus les risques étaient grands pour les passeurs et les agents de renseignements, plus François s'efforçait de conserver la confiance de l'occupant.

A l'approche de Noël, il avait tenu à recréer une atmosphère aussi festive que possible à l'auberge des Régates. Les grands pontes du Reich n'aimaient pas la religion. Qu'à cela ne tienne, François mit l'accent sur l'aspect originel du mythe du Père Noël, germanique par excellence. Le banquet fut organisé en conséquence, avec débauche de mets et de vins fins pour recréer l'ambiance orgiaque du vieux culte païen. Les serveurs étaient habillés de rouge et de vert.

François avait désormais exclu toutes les femmes de son personnel.

— Elles ne risquent pas d'être envoyées en Russie.

Chaque employé qui sait se rendre indispensable est un Lorrain qui ne portera pas l'uniforme vert.

Mais le personnel ne pouvait être augmenté indéfiniment sans éveiller les soupçons. Aussi, pour éviter à d'autres jeunes d'aller se battre aux portes de Stalingrad, François avait fait agrandir son établissement. Il avait converti en véranda une partie du jardin. Ensuite, il avait fait installer une estrade dans cette annexe et installer un nouveau système de sonorisation.

Ainsi, le soir de Noël, un orchestre remplaça le programme de la radio allemande. Les musiciens, vêtus eux aussi de rouge et de vert, avec bonnet de fourrure, interprétaient des noëls allemands, mais ils chantaient aussi, à la demande, les chansons à succès réclamées par une clientèle composée, pour l'essentiel, d'officiers en uniforme d'apparat et de femmes en robe de soirée.

Appuyé à la porte du petit salon, François observait les festivités de loin. Nicole s'approcha de lui :

— Jusqu'où comptes-tu pousser la bassesse ? demanda-t-elle. J'aimerais savoir à quoi m'attendre à l'avenir.

François avait renoncé à regagner la confiance de sa femme. Il lui saisit pourtant le bras et l'entraîna dans la pièce où il avait fini par installer ses quartiers.

— Tu as vu ces garçons de l'orchestre ? demanda-t-il.

— Oui, ils sont parfaitement ridicules dans ces costumes de Père Noël.

— Ils sont ridicules, soit. Mais les as-tu bien regardés ? Quel âge ont-ils, à ton avis ?

Sans attendre de réponse, il poursuivit :

— Ils ont l'âge de porter l'uniforme, Nicole, comme tous nos garçons de salle, comme tous nos mitrons ! En les employant ici, je leur évite de recevoir un ordre de convocation pour aller mourir dans un uniforme plus ridicule encore que leur costume de Père Noël.

François était ravi de cette occasion qui lui était offerte de montrer à sa femme qu'il n'était pas le pantin qu'elle imaginait. Qu'à sa façon, il se jouait des autorités allemandes. Il aurait pu ajouter que, parmi ces musiciens, il y avait un Juif et un Polonais qui vivaient dans la clandestinité depuis plusieurs mois et à qui il avait procuré des faux papiers plus vrais que nature. Seule une enquête approfondie aurait pu faire apparaître que les documents aujourd'hui en leur possession étaient ceux de garçons morts dans les neiges de Russie. Or leur emploi à l'auberge des Régates en faisait des citoyens au-dessus de tout soupçon.

— Est-ce que tu comprends, Nicole ? demanda-t-il.

— Je comprends qu'il ne te suffit plus de lécher le cul des Schleus, encore faut-il que tu puisses le faire en ayant la conscience en paix. Bravo !

Elle sortit sans refermer la porte. Nicole n'était plus accessible aux raisonnements de son mari, même les plus simples et les plus évidents. Au fil des mois, elle avait vu toutes ses amies se détourner d'elle. Aucune ne lui avait franchement fermé la porte au nez. Aucune ne lui avait déclaré tout de go que les rapports de François avec les locataires de la kommandantur la rendaient infréquentable. Seulement, quand Nicole leur proposait un *café-clatche*, elles n'étaient plus disponibles. L'une d'elles, qui avait été enrôlée pour servir de secrétaire à un gros Bavarois venu assurer la direction d'une agence de banque, lui avait déclaré : « Après ma journée de travail, je suis trop éreintée. Que veux-tu, ma chérie, je ne suis pas une privilégiée, moi. »

A force, l'amertume avait fini par s'ajouter à la déception de voir s'écrouler tout ce qui faisait le fondement de son existence.

François observait attentivement la salle, où les convives mêlaient régulièrement leurs voix à celle du chanteur; l'alcool avait eu raison de la retenue des plus graves.

— J'ai l'impression qu'ils vont avoir mal aux cheveux, demain, observa Frédéric, amusé.

— Tant mieux! ponctua François. Cela nous fera une journée de répit.

L'aubergiste aperçut sa femme qui traversait la salle de restaurant. Elle se dirigeait vers la cuisine. Sans doute avait-elle décidé d'emporter de quoi manger dans ses appartements, car, bien sûr, il n'était pas question pour elle de se mêler aux réjouissances.

Elle venait de passer à côté du grand sapin à la somptueuse décoration, quand une main lui saisit le bras. François se crispa en voyant Nicole chercher à se dégager, en vain. L'arbre de Noël lui cachait le visage de l'homme qui apostrophait sa femme, au milieu du brouhaha général, l'orchestre venant de marquer une pause.

— C'est Dietrich, lui glissa Frédéric. Vous voulez que j'aille voir ce qu'il lui veut?

— Laissez, dit François en se dirigeant vers sa femme, le cœur battant.

L'officier était aussi saoul que son vis-à-vis, le vieux Jules. Les faces hilares des deux hommes ne disaient rien de bon à François, qui soupçonnait Dietrich de vouloir le discréditer aux yeux de ses supérieurs. En s'en prenant à Nicole, il espérait sûrement pousser François à la faute.

Quand celui-ci arriva à leur table, Nicole cherchait toujours à se dégager, mais la poigne de l'Allemand la retenait solidement.

— Allons, monsieur Eicher, nous savons que votre femme a un joli filet de voix. Demandez-lui de nous chanter un petit quelque chose. J'ai beau insister, elle ne veut rien entendre.

— Quel dommage ! glissa perfidement l'ancien suisse.

— Lâchez-moi tout de suite, *Obertleutnant* ! s'emporta Nicole, qui ne maîtrisait plus sa fureur.

— Oh ! mais c'est un vrai petit fauve ! lança l'officier en éclatant de rire.

François prit sa femme par la taille et fit mine de l'écarter de la table, mais Dietrich ne lâchait pas sa prise.

— Allons, lieutenant, dit François en s'efforçant de sourire, j'ignore qui vous a vanté les talents musicaux de ma femme, mais, croyez-moi, vous seriez très déçu.

— Permettez-moi d'en juger par moi-même, *Herr* Eicher ! fit l'officier d'un ton cauteleux. Demandez-lui de chanter pour nous !

— Lieutenant, ma femme s'est donné beaucoup de mal pour organiser cette soirée. Elle est fatiguée. Je vous prie de bien vouloir...

Mais Dietrich n'entendait pas renoncer aussi facilement. Il se leva sans lâcher le bras de la jeune femme. Une fois debout, il se planta devant l'aubergiste et lui lança un regard de défi. François ne baissa pas les yeux. Lui aussi maîtrisait mal sa colère, désormais. L'officier le repoussa avec violence et entraîna Nicole vers l'estrade, où les musiciens observaient la scène avec inquiétude.

François lui emboîta le pas en serrant les poings. Le vieux Jules suivit le mouvement en riant à gorge déployée. L'aubergiste ne voulait pas céder à la provocation de l'Allemand, mais il ne pouvait se résoudre à laisser Nicole se faire humilier de la sorte.

— *Obertleutnant*, dit-il d'un ton sec, je vous somme de lâcher ma femme.

Mais l'officier le repoussa à nouveau. Au pied de l'estrade, il saisit une bouteille de vin et se mit à en marteler la table voisine, en scandant :

— Une chanson ! Une chanson ! Une chanson !

Nicole tremblait de tout son corps. Du regard, elle suppliait son mari de l'arracher à son supplice, mais déjà toute la salle reprenait à l'unisson :

— Une chanson ! Une chanson !

L'auberge résonnait d'un vacarme assourdissant. Les clameurs d'hommes et de femmes saouls, les chocs de culs de bouteilles sur les tables, de couteaux sur les verres...

François n'était plus confronté à la provocation d'un seul homme, mais au délire d'une salle entière. Le poignet de Nicole, qui ne cessait de se débattre, était de plus en plus endolori. Le visage de Dietrich, de plus en plus haineux.

L'aubergiste ne voyait plus qu'un moyen de soustraire sa femme à cette humiliation publique. Il mesurait, par avance, les conséquences que ne manquerait pas d'avoir son geste. Pour lui, pour Nicole, pour le réseau. Mais il ne pouvait pas se défiler. Il regarda sa femme avec dans les yeux un message que Nicole ne sut pas interpréter. Il voulait lui dire : « Pardonne-moi, car, après ce que je vais faire, tu risques de te retrouver seule » ; elle comprit : « Désolé, mais je ne peux rien pour toi. »

François venait de poser la main gauche sur l'épaule droite de Dietrich, il s'apprêtait à le faire pivoter pour lui décocher un direct du droit au menton, quand il vit

Nicole se dégager en repoussant violemment l'officier, qui manqua de tomber en entraînant l'aubergiste dans sa chute. Quand elle se retrouva sur l'estrade et qu'elle se retourna, Nicole eut l'impression que François aidait son tourmenteur à se relever.

En fait, Dietrich repoussait l'aubergiste pour applaudir la jeune femme et encourager l'assistance à faire de même. Décontenancé, François demeura pétrifié. Il ne savait plus s'il devait laisser Nicole poursuivre ou s'il devait assommer l'officier, qui aurait été ravi de ce qu'il pourrait présenter comme une agression d'un officier du Reich.

Nicole échangea quelques mots avec les musiciens avant de se diriger vers le micro. Le chanteur la rejoignit et, la main sur le micro, tenta de parlementer avec elle. De toute évidence, la demande de la jeune femme le terrifiait. Nicole ne voulut rien entendre. Il se précipita alors vers François, mais il n'eut pas le temps de lui expliquer quoi que ce soit. Nicole s'était mise à chanter a cappella. Dans sa voix perçait la colère :

*France, à bientôt ! car la sainte espérance*
*Emplit nos cœurs en te disant : adieu.*
*En attendant l'heure de la délivrance...*

Par bonheur, le brouhaha rendait inaudible la voix de la jeune femme. François fit signe au guitariste de débrancher le micro, et le musicien s'empressa de s'exécuter.

— Arrête ça, Nicole ! supplia François. Mon Dieu, ne continue pas.

Mais la jeune femme n'entendait plus rien. Elle était seule avec sa douleur et sa révolte. C'est dans un état proche de la transe qu'elle entonna le refrain :

*Vous n'aurez pas l'Alsace et la Lorraine*
*Et, malgré vous, nous resterons français...*

Les musiciens avaient saisi leurs instruments et s'efforçaient de couvrir la voix de la jeune femme, d'autant que sous l'impulsion d'un gros homme en civil, qui ne comprenait sans doute pas le français et devait trouver que la chanson n'était pas assez enlevée, toute une partie de la salle réclamait *Lili Marlene.*

Dietrich, lui, comprenait le français et n'avait pas perdu un mot de la chanson de Nicole. Il regardait François avec un sourire mauvais aux lèvres. L'aubergiste n'y tenait plus. Il s'avança d'un pas décidé vers l'officier. Une fois encore, un événement extérieur l'empêcha d'aller au bout de son intention.

Un coup de feu retentit, plongeant l'assemblée dans un silence atterré. Un homme en longue capote grise traversa la salle en rangeant calmement son arme dans l'étui accroché à sa ceinture. Il monta sur l'estrade et, d'un geste autoritaire, ordonna à un musicien de rebrancher le micro. Le nouveau venu portait des galons de major. François se souvenait de l'avoir croisé à deux ou trois reprises. Il devait être installé à l'auberge des Régates depuis moins d'une semaine.

Nicole, que la détonation avait arrachée à sa transe, se tourna vers cet inconnu et le toisa du regard. S'il attendait qu'elle s'excuse, il en serait pour ses frais ! Le major lui sourit, lui saisit délicatement la main et la lui baisa. La jeune femme en demeura interloquée. Il dit :

— Excusez-nous, madame.

Puis, se redressant, il saisit le micro et déclara, tourné vers la salle :

— Ce soir, j'ai honte de porter cet uniforme. Par votre attitude, vous l'avez souillé.

Le major frottait les revers de sa capote avec une expression de dégoût.

— Ces gens vous traitent comme des princes et vous vous comportez comme des porcs. N'oubliez pas que vous êtes, ici, en Allemagne. N'oubliez pas que nos hôtes sont allemands, au même titre que vous !

En disant ces mots, le major baissa les yeux sur François. Ensuite, il conclut :

— Telle est la volonté de notre Führer !

L'aubergiste avait eu l'impression de déceler une lueur de mépris dans le regard que le major avait posé sur lui, mais peut-être n'était-ce qu'un effet de sa propre culpabilité.

— Elle a chanté... commença l'*Obertleutnant* Dietrich, mais le major le coupa aussitôt :

— Elle vous a donné une leçon, lieutenant. Avec beaucoup de cran. Beaucoup plus de cran que vous n'en avez eu vous-même. Il est lâche d'humilier une femme sans défense, lieutenant.

Le major revint vers Nicole.

— J'espère, madame, que vous voudrez accepter nos excuses.

Nicole était au bord des larmes. C'est de son mari qu'elle aurait attendu une réaction aussi chevaleresque. François lui tendit la main pour l'aider à descendre de l'estrade, mais elle le repoussa et se sauva vers le jardin.

Le major rendit le micro aux musiciens et se dirigea vers le lieutenant Dietrich.

— Je veux vous voir à mon bureau, demain à la première heure, lieutenant. Vous savez où me trouver, je crois.

Sans attendre de réponse, il traversa la salle de restaurant d'un pas martial. François ferma les yeux. Quand il les rouvrit, Dietrich retournait vers sa table. Le dos voûté, l'aubergiste traversa à son tour la salle et se retira dans ses appartements. Comme il refermait la porte du petit salon, il entendit les musiciens satisfaire à la demande formulée par la salle, juste avant le coup de feu :

*Vor der Kaserne*
*Vor des grossen Tor,*
*Stand eine Laterne*
*Und steht sie noch davor,*
*So woll'n wir uns da wieder seh'n*
*Bei der Laterne wollen wir steh'n*
*Wie einst Lili Marlene...* [1]

Nicole était seule dans le jardin. Assise sur une balancelle, elle pleurait, insensible à la morsure d'un froid vif, incapable de mettre de l'ordre dans ses pensées. Se pouvait-il que François fût devenu aussi lâche ? Même si l'évidence était toujours aussi douloureuse, il lui fallait bien l'accepter. Le regard perdu dans les ténèbres de la nuit, elle se laissait envahir par une étrange sensation de vertige, comme si elle tombait dans un puits sans fond.

Elle sursauta en sentant le poids d'un manteau se poser sur ses épaules. Elle leva les yeux. Ce n'était pas François, mais le major qui lui avait rendu sa dignité.

— Vous allez prendre froid, dit-il en approchant un siège de la balancelle.

---

1. Devant la caserne / Quand le jour s'enfuit / La vieille lanterne / Soudain s'allume et luit / C'est dans ce coin-là que le soir / On s'attendait remplis d'espoir / Tous deux, Lili Marlène.

Elle était incapable de prononcer un mot.

— Je suis désolé de n'avoir pu intervenir plus tôt, dit-il. Je venais à peine de rentrer du chantier.

— Le chantier ? répéta Nicole, pour qui ce mot prenait soudain des accents mystérieux.

— Oui, fit le major sans fournir plus de précisions.

— Alors, vous n'avez pas encore dîné, dit la jeune femme. Je vais donner des ordres pour...

Il la coupa très gentiment.

— J'ai grignoté quelque chose sur place et, de toute façon, je suis trop fourbu pour avaler quoi que ce soit.

Il se leva. Il était moins grand qu'elle ne l'avait cru, mais la lumière de la lune donnait un éclat intense à ses yeux bleu acier.

— Gardez ma vareuse, dit-il en s'éloignant déjà. Je la récupérerai demain matin. Mais ne restez pas trop longtemps dehors. Le froid est traître. Vous finiriez par attraper du mal.

Il s'arrêta, marqua un temps, se retourna et lança à Nicole, en français :

— Oh ! j'allais oublier ! La prochaine fois que vous voudrez chanter votre région, je vous suggère plutôt *En passant par la Lorraine*. Croyez-moi, c'est beaucoup moins risqué.

Et il disparut dans la nuit. Seule sa voix claire et chaude permit encore à Nicole de suivre son déplacement vers l'auberge :

— Bonne nuit, *Fraü* Eicher.

Puis la porte d'entrée s'ouvrit et se referma. La nuit redevint noire, silencieuse et glaciale.

— Bonne nuit, major, murmura Nicole en songeant qu'elle ne connaissait même pas le nom de son sauveur.

# 16

François sortait de la gare, où il venait de remettre un colis pour Paris à l'un de ses agents, quand il aperçut une petite silhouette connue qui marchait joyeusement dans une robe légère et fleurie, un rien trop grande pour elle. Il l'appela :

— Léni !

La jeune fille se retourna, et son visage s'éclaira en apercevant l'aubergiste.

— Tu ne devrais pas être au Mag Est ? demanda-t-il sans trop savoir comment rétablir un dialogue interrompu depuis de longs mois déjà.

— Au *Metzer Kaufhaus*, rectifia-t-elle. Non, il y a trois mois que je n'y travaille plus. Un jour, quatre types en civil ont débarqué, c'était quelques jours après le Nouvel An, et ils nous ont déclaré, à Odile et moi : « Demain, mesdemoiselles, vous vous présenterez aux *Hobus Werke* de Woippy. C'est là que vous travaillerez dorénavant. » Ils sont repartis comme ils étaient venus. Je suis allée voir le chef de rayon et je lui ai dit que je ne voulais pas y aller, que je désirais continuer à travailler au magasin. Il m'a dit qu'on ne me demandait pas de discuter, mais d'obéir.

J'avais l'impression qu'il n'en menait pas plus large que moi.

Elle haussa les épaules :

— Qu'est-ce que je pouvais faire ? Je me suis présentée, avec Odile, aux *Hobus Werke*, et c'est là que je travaille aujourd'hui. Tu imagines, ils nous paient royalement deux DM par semaine, et encore, parfois, ils oublient de nous les régler. Le chef de groupe est une teigne !

— C'est quoi, ces *Hobus Werke* ? demanda François.

— C'est une usine de guerre où je passe mes journées à mesurer des vis. Regarde !

Elle retira un gant et montra le bout de ses doigts. Sa peau était à vif à force de manipuler des morceaux d'acier rugueux.

— Je ne sais même pas ce qu'ils peuvent faire de toutes ces vis.

Rejetant ses longs cheveux noirs en arrière, elle ajouta :

— Aujourd'hui, je suis en congé, alors j'avais décidé de passer dire bonjour aux copines du magasin.

François risqua :

— Et les copains de l'auberge ?

Elle fit la moue et lui saisit le bras.

— Tu sais, je suis vraiment contente de te voir, François.

Il tendit la main vers le buffet de la gare.

— Tu acceptes d'être vue en ma compagnie ? Je t'offre un café.

— Sois pas bête, dit-elle avec un petit sourire triste.

En pénétrant dans le buffet, François parcourut la salle du regard pour repérer une table à l'écart de la cohue, comme il en avait pris l'habitude depuis que ses activités principales avaient un caractère clandestin. Il indiqua une table près de la porte des cuisines.

— Là, on sera tranquilles, dit-il.

Ils s'installèrent et commandèrent deux cafés, en sachant qu'on leur servirait un de ces ersatz, plus ou moins goûteux, qui avaient progressivement remplacé nombre d'aliments devenus introuvables au gré de la pénurie. Au début, ce simple mot — *ersatz* — avait été une source d'irritation pour la population, mais aujourd'hui tout le monde s'y était fait.

Depuis deux ans, les restaurants et pensions ne pouvaient plus servir qu'un seul repas les mercredis et vendredis, sans viande, qui plus est. A ce jour, l'auberge des Régates bénéficiait encore d'un régime de faveur. Quand la pénurie de viande était telle que François lui-même ne parvenait pas à s'en procurer, en dépit des privilèges que lui valaient ses relations troubles avec la kommandantur, il sacrifiait une des vaches qu'il avait fait installer à proximité de l'auberge pour les empêcher de mourir faute de soins, au lendemain du départ des fermiers. A l'arrivée des *Siedlers* dans la région, il s'était bien gardé de faire ramener les bêtes dans leurs fermes d'origine. Ses clients ne lui avaient jamais demandé de comptes sur ce cheptel incongru en pareil lieu ; ils étaient bien trop heureux d'avoir, en toute occasion, de la viande de qualité dans leur assiette.

Frédéric, lui, notait scrupuleusement dans un petit cahier à spirale la somme correspondant au prix de la bête sur le marché, en regard du nom de son propriétaire. Ainsi, quand celui-ci reviendrait au pays, après la victoire, il retrouverait son bien, sous une forme ou sous une autre.

— Alors, toujours fâchée ? interrogea François quand on leur eut servi un liquide noir et chaud.

Léni secoua la tête ; ses longs cheveux noirs s'agitaient autour de son visage juvénile. Elle paraissait gênée.

— En fait, je ne comprenais pas, dit-elle.

— Tu ne comprenais pas quoi ? Mon attitude ? demanda François.

— Ben, oui.

— On ne fait pas toujours ce qu'on veut, dit-il en détournant le regard.

— Je crois que j'ai fini par en prendre conscience, déclara son amie. Il m'a fallu du temps. Que ma mère ne soit pas perturbée par le changement de régime, ça n'avait rien de surprenant. Elle se sent toujours allemande. Mais mon père, lui... il passe plus de temps avec toi qu'à la maison depuis son retour de captivité. Quand j'ai voulu en parler avec lui, il m'a répondu que j'étais trop jeune pour comprendre. C'était la première fois qu'il me parlait comme ça. Et puis... avec le temps, j'ai l'impression que tout le monde, ici, a fini par se faire à la situation.

— Personne ne se fait à cette situation, Léni, dit François en plongeant son regard dans celui de la jeune fille. On s'efforce de survivre en attendant des jours meilleurs. C'est tout à fait différent.

— Bah ! De toute façon, j'ai compris qu'il ne servait à rien de faire la forte tête le jour où j'ai vu Nicole...

Elle s'interrompit et se mordit la lèvre du bas. François fronça les sourcils.

— Nicole ? demanda-t-il, intrigué.

— Oh ! ce n'est pas moi qui vais en dire du mal, tu le sais bien. D'autant que, d'une certaine façon, ça m'a soulagée.

— Qu'est-ce que tu veux dire ?

— Tu vois, je ne savais plus trop quoi faire, mais après ça, j'ai pensé que je pouvais lui dire oui.

— Attends, l'interrompit François, je ne te suis pas très bien. Tu vas dire oui à Nicole ? Mais à quel sujet ?

La jeune fille éclata de rire.

— C'est vrai que tu n'es pas au courant. Mais non, ce n'est pas à Nicole que je vais dire oui. Bon, je reprends au début. Ma mère voulait absolument que je m'inscrive dans la *BDM*[1]. Pour moi, il n'en était pas question. Elle disait que si je n'y allais pas, on finirait par m'y emmener de force. J'en ai parlé à papa, il m'a dit qu'il ne tenait pas à ce que je fasse partie d'une de ces organisations hitlériennes, mais qu'il serait malvenu d'attirer l'attention sur nous. J'ai compris qu'il risquait de gros ennuis. Pourtant, je ne pouvais me résoudre à passer mes soirées et journées de congé à chanter *Im deutschen Metz marschieren wir. Fur Adolf Hitler kämpfen wir*[2]. Je n'ai aucune envie de briser le Front juif, moi[3]; ils ne m'ont rien fait, ces gens-là.

Léni s'interrompit pour boire une gorgée de faux café.

— Et puis, tu sais, c'est pas la joie à la maison. Papa n'est presque plus jamais là et ma mère est tout le temps sur mon dos. Un jour, elle m'a surprise main dans la main avec un copain du quartier. Elle m'a giflée en pleine rue et m'a traitée de putain. Elle m'a interdit de sortir avec un gars de chez nous. En fait, elle ne veut pas que je fréquente des Français. Je suis sûre que c'est ça.

Elle s'interrompit à nouveau pour refouler ses larmes. François l'écoutait, mais il avait envie qu'elle lui explique ce que Nicole venait faire dans cette histoire.

— Il y a six mois, j'ai rencontré Franz. Je travaillais

---

1. La *Bund Deutscher Mädel*, équivalent de la Hitler-Jugend, pour les filles de quatorze à vingt et un ans.
2. «Nous marchons dans Metz allemande. Nous combattons pour Adolf Hitler», extrait d'un chant de la SA.
3. Ce chant se poursuit par «Brisez le Front juif. La SA s'avance. Attention, voie libre.»

encore au Mag... au *Metzer Kaufhaus*, c'était un jour de congé. Je me promenais du côté de la rue de Pont-à-Mousson — c'est vrai, il faut dire la *Nanzigerstrasse*, aujourd'hui. Il était perdu et m'a demandé son chemin. Il cherchait le jardin botanique. Il était sympa et mignon. Je l'ai accompagné jusque-là. On a parlé... Ma mère ne risquait pas de nous surprendre par là ! Il m'a expliqué qu'il n'avait pas demandé à être soldat. On ne lui avait pas laissé le choix. Le lendemain, il devait quitter Metz pour retourner au front. Je me suis dit qu'il n'avait pas plus de chance que nous d'une certaine façon. Qu'il n'était pas un salaud, alors que j'avais tendance à mettre tous les Allemands dans le même sac. On a passé plus de deux heures ensemble. Au moment de se quitter, il m'a demandé si je voulais bien être sa marraine de guerre. J'ai accepté.

Elle parlait, les yeux baissés sur le bout de ses doigts, comme si elle était gênée de croiser le regard de son ami.

— Il m'a beaucoup écrit. De belles lettres. Touchantes. Tu penses que ma mère était ravie. Il est revenu en permission, il y a quelques jours. Quand il a vu l'état de mes doigts, il a déclaré qu'il ne voulait plus que je retourne travailler à l'usine. J'ai dit que je n'avais pas le choix et...

Elle laissa sa phrase en suspens. Léni semblait absorbée par ses mains rongées par l'acier.

— Et alors ? demanda François.

— Il a proposé qu'on se marie. Il doit repartir demain, mais il a dit qu'on pourrait faire un mariage par procuration, ça se fait beaucoup ces temps-ci. Il a dit que je pourrais aller vivre chez sa mère à Triebes, avec sa sœur. Il leur a parlé de moi et elles sont d'accord.

— Tu as accepté ? demanda François.

Elle opina. Puis, après un bref silence, elle lança d'une voix rageuse :

— Je ne supporte plus la tyrannie de ma mère. Elle est odieuse avec moi. Elle est odieuse avec mon père. Je comprends qu'il soit si souvent absent. Eh bien, je vais faire comme lui. Moi aussi, je vais déserter la maison ! De toute façon, ça ne pourra pas être pire là-bas. En plus, il y aura sûrement moins d'uniformes dans les rues.

François se roula une cigarette.

— Metz ne sera pas toujours allemande, Léni, dit-il.

— Parce que tu y crois encore, toi ? demanda-t-elle avec un petit rire dépité. Comment elle pourrait redevenir française ? Je ne vois personne faire quoi que ce soit en ce sens.

— J'imagine que ceux qui agissent en ce sens le font de manière discrète.

— Ecoute, François, dit la jeune fille, je suis née à Trèves en 1924 ; j'étais allemande. Je suis venue à Metz en 1935 ; je suis devenue française. Qu'est-ce que ça a changé dans ma vie ? J'étais la sale Boche pour mes camarades de classe. Eh bien, je vais redevenir une sale Boche, voilà tout. D'accord ? Je crois que je ne serai pas plus mal à Triebes qu'ici. Et si Metz redevient un jour française, il sera toujours temps de voir ce que je veux faire.

— Ou ce que ton mari veut faire, car tu ne seras plus seule à décider.

François tira une bouffée sur sa cigarette, puis, plissant les yeux, il demanda :

— Je ne comprends pas bien ce que Nicole vient faire dans cette histoire ?

— Nicole ? fit Léni. Oh ! oui... Ben, c'est juste que... j'ai été surprise et déçue par ton attitude à l'arrivée des Boches. Puis j'ai constaté que les gens s'installaient dans leur nouvelle vie sans se révolter. Quand je parlais avec Nicole, j'avais l'impression qu'elle était la seule à ne pas accepter la situation. Pour moi, elle est devenue comme un symbole. Je me disais qu'elle au moins ne ferait jamais de concessions. Qu'elle ne sympathiserait jamais avec l'occupant. Alors, l'autre jour, quand je l'ai vue installée à une terrasse de la place Saint-Louis avec cet officier allemand, c'est le dernier élément stable de mon petit monde qui s'est effondré. Elle paraissait si détendue. Elle lui souriait, comme si elle avait pris le thé avec un ami. C'est là que j'ai pris ma décision d'accepter la demande en mariage de Franz. Je venais de perdre mes dernières illusions. Je préférais partir loin d'ici.

François regardait s'agiter les lèvres de son amie, qui continuait à parler, mais il ne comprenait plus ce qu'elle disait. Son cœur battait si fort qu'il couvrait le son de la voix de la jeune fille.

— Un officier allemand... Nicole... murmura-t-il sans bien réussir à associer les deux éléments.

— Je sais, dit Léni, ils logent chez vous depuis si longtemps que des liens ont dû finir par se nouer. Certains sont peut-être même devenus des amis. Comme pour Franz et moi... Enfin, pas tout à fait... Ce n'est pas ce que je voulais dire...

Elle rit.

— C'est juste qu'on réalise qu'ils ne sont pas tous des salauds. Franz m'a assuré que tous les Allemands, même ceux qui portent l'uniforme, n'aiment pas Hitler. Il paraît même, figure-toi...

François l'interrompit. Le babil de son amie lui devenait insupportable. Il avait besoin de silence. De solitude.

— Excuse-moi, dit-il. J'ai oublié que j'avais un rendez-vous. Je dois filer.

Il sortit des pièces de sa poche et, sans compter, les jeta sur la table.

— Attends, fit Léni, il y a beaucoup trop.

Mais il était déjà debout et ne l'écoutait plus.

— Passe nous voir avant de partir, dit-il en l'embrassant.

Léni le rappela. Il s'arrêta, et elle se hâta de le rejoindre :

— Tu ne m'en veux pas, dis ?

— T'en vouloir ?

— Oui, pour Franz et moi.

— Ah, ça... oui... Franz et toi. Non, non, Léni, je ne t'en veux pas pour ça. Chacun doit faire ce qu'il croit juste. Parfois, ce n'est pas facile. Et puis le bonheur n'est pas toujours au rendez-vous. Cela dit, sois heureuse. Oui, sois heureuse.

Il tourna les talons ; Léni voulut le retenir, mais il était déjà sorti. Sans un regard autour de lui, il s'engagea dans la rue François-de-Curel, devenue *Elsässerstrasse*, et se retrouva à bout de souffle sur l'avenue Foch, dont les parterres de fleurs avaient été transformés en champs de pommes de terre pour compenser les récoltes saccagées par les doryphores.

Là, il s'effondra sur un banc. Cela faisait trop de tensions. Depuis trop longtemps. Il avait accepté, dès le premier jour, le risque d'être dénoncé, abattu, torturé, parce qu'il était convaincu que la libération était au bout du chemin. Pourtant, il n'était pas un héros. Il vivait en permanence dans l'angoisse. Il avait peur ; pour lui, bien sûr, mais aussi pour les hommes qu'il avait entraînés dans son aventure. Il avait peur pour Nicole.

A vrai dire, il avait fini par accepter de voir sa femme s'éloigner de lui, parce qu'il voulait s'accrocher à cette conviction qu'elle lui reviendrait dès qu'elle saurait. Seulement, à aucun moment il n'avait songé qu'elle pourrait s'éloigner de lui pour se rapprocher d'un autre.

Il tremblait de tout son corps.

Allons, le fait que Nicole prenne un verre avec un homme n'impliquait pas qu'elle le trompât, même si elle paraissait très «détendue», souriante. Si elle avait eu un rendez-vous galant, elle aurait choisi un lieu plus discret que la place Saint-Louis, où les Eicher étaient connus de tous les commerçants.

A moins, bien sûr, qu'elle n'ait voulu provoquer son mari, qui la décevait tant. Etait-ce une façon de le forcer à réagir? Il ne pouvait y croire, car alors elle aurait choisi un endroit plus voyant, pour être sûre que François soit rapidement informé de son incartade.

En fait, il était plus probable que cet officier et Nicole n'en étaient encore qu'à la phase d'approche, comme au temps où, après le cinéma, François emmenait Nicole boire un verre... place Saint-Louis, justement. Bon Dieu, mais oui, bien sûr, c'était place Saint-Louis qu'ils finissaient toujours la soirée, avant de rentrer chacun chez ses parents. C'était donc bien un message que Nicole cherchait à lui adresser en retrouvant son officier dans ce lieu bien précis.

François n'avait pas trop d'efforts à faire pour deviner l'identité de cet officier allemand avec qui sortait Nicole. Ce ne pouvait être que le major qui avait volé à son secours, le soir de Noël, et qui était ensuite allé lui poser sa vareuse sur les épaules pour qu'elle ne prenne pas froid, sur la balancelle. François les avait surpris tous les deux, car lui aussi était sorti pour apporter son manteau à Nicole, seulement l'autre l'avait devancé. Cela dit, le major ne s'était pas attardé, et François ne s'était pas inquiété outre mesure. Mais, cette fois, le doute s'insinuait en lui.

En tout cas, si ce salaud essayait de lui voler Nicole, il n'aurait qu'à faire bien attention, car François ne le laisserait pas faire.

L'aubergiste se ressaisit. Il accordait trop d'importance à un fait sans gravité. Nicole avait pris un café avec un homme qui lui avait rendu sa dignité un soir de Noël. Quoi de plus naturel à cela ? Nicole était une femme droite, sincère et honnête. Il n'avait pas le droit de douter d'elle. Elle était déçue pour l'heure, mais, si elle devait un jour le tromper, il en serait le premier informé. Il avait confiance en elle. Les tensions inhérentes à la situation ne devaient pas lui faire oublier qui était sa femme.

Il lui parlerait de sa rencontre avec Léni. Il lui dirait ce que l'adolescente lui avait appris. Nicole serait la première à en rire et à lui expliquer comment elle avait rencontré le major par le plus grand des hasards, et comment elle avait accepté de prendre un café avec lui pour le remercier de ce qu'il avait fait pour elle. N'était-ce pas la moindre des choses ?

Allons, tout rentrerait dans l'ordre. Mais cette discussion attendrait jusqu'à demain. Aujourd'hui, François devait absolument retrouver la maîtrise de ses nerfs. Paul Muller était de service à la caserne, cette nuit. Frédéric devait assurer la fermeture de l'auberge. C'était donc à François de mener à bien la mission du jour.

Un couple de riches commerçants juifs s'était enfin décidé à partir. Jusqu'à présent, les Rosen avaient réussi à éviter la déportation grâce à un usage judicieux de leur fortune. Mais, depuis quelque temps, ils sentaient le vent tourner. Ils avaient la conviction que leur argent ne paierait plus très longtemps leur sécurité.

François devait passer les prendre vers vingt-deux heures. L'homme enfilerait le brassard de Frédéric. En cas de contrôle, il expliquerait qu'il effectuait sa tournée de contrôle de l'éclairage public. Sa femme marcherait au bras de François, qui possédait un sauf-conduit permanent. A la gare, il suffirait de suivre attentivement la routine habituelle. Le cheminot de service déplomberait un wagon ayant passé l'inspection des services de police et replacerait les scellés derrière le couple. En principe, le train ne devait pas faire d'arrêt avant Paris, où un autre cheminot viendrait ouvrir la porte aux Rosen avant la nouvelle inspection de police.

Si tout se passait bien, ces braves gens arriveraient à destination peu avant l'aube. Là, ils disposaient, paraît-il, d'un contact sûr. Le «bon docteur Eugène», dont leur avaient parlé des amis, possédait un hôtel près de l'avenue Foch. Ils y seraient à l'abri, le temps que leur hôte organise leur passage vers l'Amérique du Sud, via l'Espagne.

— Vous êtes sûrs de lui? s'était informé François, qui n'avait jamais entendu parler de ce «bon docteur Eugène [1]».

— Oh! pour ça, oui. C'est lui qui a fait passer nos amis en Amérique. Il paraît qu'ils sont arrivés sains et saufs. Une lettre d'eux nous attend chez lui.

Si François voulait ne pas compromettre sa mission, il devait à tout prix retrouver son calme.

1. Le «bon docteur Eugène» se nommait en réalité Marcel Petiot. Celui-ci faisait miroiter un passage vers l'Amérique du Sud à des truands recherchés par la police et à de riches commerçants juifs. Mais, après les avoir détroussés, il faisait disparaître leurs cadavres. Inculpé de vingt-sept meurtres, Petiot en revendiquait soixante-trois. Il fut guillotiné le 25 mai 1946.

## 17

Après le réveillon de Noël, Nicole s'était sentie plus désorientée que jamais. Comment François et elle avaient-ils pu, à ce point, devenir des étrangers l'un pour l'autre ? Sans doute portait-elle sa part de responsabilité dans la détérioration de leur relation. Quand François lui avait demandé de lui accorder sa confiance, elle lui avait tourné le dos. La situation aurait-elle pu connaître une évolution différente si elle s'était montrée moins inflexible ? François ne s'était-il pas entêté parce qu'elle n'avait pas su rester à ses côtés ?

A vrai dire, elle avait réagi avec intransigeance parce qu'elle s'était sentie trahie. C'était comme si son mari avait subitement renoncé à ses convictions pour préserver son rêve. Les choses étaient sans doute moins simples. François avait sûrement cru, en toute sincérité, qu'il pourrait se rendre utile à sa ville en conservant des fonctions officielles ; ensuite, il s'était retrouvé prisonnier de son engagement, avant d'être remercié par les nouvelles autorités. Aurait-il connu le même sort tragique que le juge Ahles sans cette mise à l'écart ? Nicole ne voulait pas y songer.

La jeune femme aurait pu se rendre aux raisons de son

mari, s'il n'y avait eu que cela. Mais la métamorphose de l'auberge des Régates lui était intolérable. Elle savait ce que ce lieu représentait pour François. Elle mesurait tout ce qu'il y avait investi de lui-même, pour avoir vécu à ses côtés chacune des étapes de la croissance de l'auberge. Que de sacrifices ils avaient consentis, l'un et l'autre, pour cette entreprise ! Nicole en aurait encore consenti beaucoup. Mais pas celui que François lui imposait depuis la mi-juin 1940.

L'auberge donnait presque l'impression d'être devenue un temple à la gloire du national-socialisme. Comment François pouvait-il supporter la vue de ces oriflammes, symboles de tant de monstruosités ? Comment pouvait-il fraterniser avec des hommes qui portaient un uniforme associé à des atrocités sans précédent ? Réussissait-il encore à se regarder dans un miroir ? Rien, pas même le rêve d'une vie, ne justifiait pareil sacrifice. Nicole aurait préféré voir flamber l'auberge plutôt que de la préserver à ce prix-là. Elle se souvenait de François lui racontant, avec des étoiles dans les yeux, qu'il voulait faire de l'auberge des Régates un lieu où chacun prendrait plaisir à venir se reposer, se restaurer, se changer les idées – une oasis de bonheur en quelque sorte. Aujourd'hui, il ne restait plus de tout cela qu'une coquille vide. François avait trahi son rêve. Leur rêve !

Pourquoi ?

Pour douloureuse qu'elle fût, la réponse allait de soi. François était lâche et égoïste. Il avait vendu son âme au diable. La manière dont, la nuit de Noël, il avait laissé sa femme se faire humilier sans prendre sa défense en était la preuve la plus éclatante. Sans l'intervention d'un major allemand, Nicole aurait sans doute fini l'année dans les caves de la Gestapo, au 42, rue de Verdun. Cela, elle ne pourrait jamais le lui pardonner.

Plus d'un mois s'était écoulé depuis cette soirée sinistre, et elle n'avait pas encore trouvé le courage de remercier son sauveur. En fait, elle avait honte pour François. D'autant que le major ne s'était pas contenté de voler à son secours dans la salle du restaurant, puis de lui apporter sa vareuse dans le jardin pour la protéger du froid, il avait obtenu que des sanctions soient prises à l'encontre de l'*Obertleutnant* Dietrich. Nicole avait en effet appris que son tourmenteur avait été envoyé se battre à Stalingrad, la veille du Nouvel An. Comment ne pas voir là l'intervention du major, qui l'avait informée qu'il se nommait Hans Süskind ?

Le mois de janvier touchait à sa fin, le code civil allemand venait d'être promulgué, complétant ainsi l'assimilation législative et administrative de la Moselle au Grand Reich, quand Nicole aperçut le major Süskind accroupi au bord de l'eau. Son attitude intrigua la jeune femme, qui s'approcha sans intention délibérée. L'officier, perdu dans ses pensées, paraissait étranger au monde environnant. Nicole s'arrêta à quelques pas de lui. Elle ne put retenir un petit rire. Hans Süskind faisait des bateaux en papier et les laissait dériver au gré du courant.

Il se retourna. Son expression était celle d'un enfant pris en faute, mais, lorsqu'il découvrit la jeune femme, il sourit. Ses premiers mots, prononcés en français, surprirent Nicole plus encore que son activité, pourtant incongrue de la part d'un officier de son rang.

— Je n'ai pas demandé à venir ici, vous savez ?

Nicole fut désorientée par la remarque du major. Celui-ci acheva un dernier bateau et le posa à la surface du fleuve. Il le poussa délicatement de manière à l'écarter de la berge et le regarda s'éloigner.

— J'aime la Moselle, dit-il. Elle coule au pied de ma maison. Je viens d'un petit village des environs de Coblence, où elle se jette dans le Rhin.

— C'est pour ça que vous lancez ces bateaux en papier ? demanda-t-elle.

Comme s'il désirait se justifier, Süskind dit :

— Vous savez, le poète anglais Percy Shelley adorait ce petit jeu.

Il se redressa.

— Il est peu probable que ces bouts de papier parviennent jusque chez moi, mais sait-on jamais ? Je me dis qu'avec un peu de chance les miens les verront passer. Ils savent que j'ai été affecté à Metz. Peut-être que ces bateaux en papier descendant le courant les feront penser à moi.

Il rit en époussetant les brins d'herbe accrochés à la toile de son pantalon.

— C'est puéril, n'est-ce pas ?

— Je ne trouve pas, fit Nicole.

Elle se mordit la lèvre et s'empressa d'ajouter :

— Je ne vous ai pas encore remercié pour votre intervention le soir de Noël.

Il haussa les épaules.

— Ce lieutenant Dietrich est un être fourbe et malfaisant. Il fallait bien que quelqu'un vous tire de ce mauvais pas, non ?

Nicole rougit. Cette remarque visait sans doute François. Qu'aurait-elle pu dire pour le disculper ? Elle tendit la main en direction des bateaux, qui n'étaient plus que de petits points blancs à la surface de l'eau.

— Votre femme doit vous manquer, dit-elle.

— Oui, mais cela fait cinq ans déjà qu'elle me manque. Elle est morte en donnant le jour à notre fille, qui n'a vécu que l'espace de quelques heures.

— Je suis désolée, bafouilla Nicole.

Il suivait lui aussi le sillage des bateaux qui avaient disparu au loin.

— C'est peut-être mieux que l'enfant n'ait pas survécu à sa mère. J'ignore comment aurait évolué notre relation. Aujourd'hui, je sais qu'elle n'était pas responsable de la mort de Inge, mais, sur le moment, je lui en ai voulu terriblement.

Il s'interrompit et écarta les bras de son corps en geste d'impuissance.

— Que faites-vous ici ? demanda Nicole, qui percevait l'embarras et la peine du major. Je veux dire, en quoi consiste votre travail ?

Hans Süskind s'était mis à marcher lentement en suivant le cours du fleuve. La jeune femme lui avait machinalement emboîté le pas.

— Je suis attaché au service K[1], répondit-il. Je suis archéologue. Avant la guerre, je donnais des cours à l'université. Malheureusement, j'étais officier de réserve. On m'a rappelé et envoyé ici pour participer à la gestion du patrimoine de la région. Nos bureaux sont installés dans les locaux de l'ancien chapitre de la cathédrale.

Il se baissa, ramassa une pierre plate et la lança d'un geste sec vers la Moselle. Il la regarda faire des ricochets à la surface de l'eau.

— J'essaie de ne pas passer trop de temps dans ces bureaux, reprit-il. Je préfère traîner sur les chantiers.

Il ramassa une autre pierre, qui suivit le même chemin

1. Le service responsable de la culture et de la presse.

que la précédente, mais sans faire le moindre ricochet. Elle s'enfonça directement dans les eaux de la Moselle.

— Vous paraissez contrarié, observa Nicole.

Le major avait ramassé une troisième pierre, mais il la laissa retomber à ses pieds. Il se tourna vers la jeune femme et la considéra un long moment avant de dire :

— Je suis un scientifique, pas un idéologue ! Les autorités nazies attendent de nous que nous démontrions l'origine germanique du peuplement de la Lorraine. C'est de la couatche, comme vous dites dans la région. Heureusement que Wilhelm Reusch, le directeur du service, n'a pas plus de sympathie que moi pour les dogmes du national-socialisme, sans quoi j'aurais déjà été affecté à une unité combattante. De temps en temps, nous devons bien nous résigner à fournir à Berlin de quoi alimenter la paranoïa de ces malades, mais cela ne nous empêche pas de conduire nos recherches comme nous l'entendons. J'espère seulement que ces rapports ne passeront pas à la postérité.

Il s'arrêta, laissa courir un regard rêveur sur les toits de tuiles rouges d'un village de l'autre côté du fleuve qui lui rappelait peut-être le sien, puis il poursuivit :

— J'ai participé aux fouilles d'Ennery, et maintenant je supervise celles de Saint-Pierre-aux-Nonnains. Notre travail consiste à dégager les phases successives d'aménagement depuis la construction de l'édifice, au IVe siècle, jusqu'aux modifications des époques ottonienne et gothique.

Lorsqu'il parlait de son travail, le major Süskind s'animait brusquement. Sa passion s'exprimait dans son ton aussi bien que dans sa manière d'accompagner ses propos de mouvements incessants des mains.

— Figurez-vous que nous avons mis au jour un four de potier datant du Ier siècle de notre ère ; il contenait encore des ratés de cuisson de vases et d'assiettes en céramique gallo-belge.

Il s'interrompit, et c'est avec un petit ricanement qu'il ajouta :

— Rien de très germanique !

Nicole sourit. Cet homme qui lançait des bateaux en papier sur la Moselle dégageait une énergie toute juvénile. Il lui faisait penser à François avant qu'il... Elle chassa aussitôt cette comparaison de son esprit.

— Toujours est-il que ces chantiers nécessitent beaucoup d'ouvriers. Nous avons réussi à nous en faire affecter en quantité suffisante par l'intermédiaire du *Reichsarbeitsdienst*. Autant de jeunes Lorrains qui ne porteront pas l'uniforme de la Wehrmacht, n'est-ce pas ?

Nicole ne répondit pas. La remarque de l'officier allemand la troublait au plus haut point. Elle faisait écho aux propos de François sur les membres du personnel de l'auberge et sur les musiciens qu'il avait engagés pour une durée indéterminée, après le réveillon de Noël. Là encore, elle s'empressa de rejeter ce rapprochement importun. François cherchait à se donner bonne conscience à peu de frais, alors que le major Süskind prenait des risques en s'opposant à la volonté de son terrible Führer.

— Votre métier semble vous passionner, observa la jeune femme.

Le major fit la moue.

— Si seulement nous pouvions l'exercer dans de bonnes conditions. Il y a tant à faire. Figurez-vous...

Il s'interrompit et éclata de rire.

— Mais je vous ennuie. On m'a déjà dit que j'avais tendance à m'égarer dès que je parle d'archéologie.

— Ce n'est pas ce que je voulais dire, je vous assure !

s'exclama la jeune femme, qui regretta aussitôt de n'avoir pas modéré son enthousiasme.

— Alors, écoutez, enchaîna le major, si cela vous intéresse vraiment, je peux vous faire visiter le chantier.

Il sentit la jeune femme se crisper.

— Si vous le désirez, vous pouvez me rejoindre sur place après la journée de travail. Les ouvriers s'en vont vers dix-neuf heures. Moi, je reste souvent deux ou trois heures de plus. Je peux ainsi, sans être dérangé, prendre connaissance des résultats d'autres travaux effectués dans la région par le passé.

Il sourit pour ajouter :

— Ainsi, personne ne vous verra en compagnie d'un officier allemand.

Nicole ne voulait pas blesser cet homme après ce qu'il avait fait pour elle, mais il avait beau lancer des bateaux en papier sur la Moselle, elle ne parvenait pas à oublier qu'il portait l'uniforme de l'occupant. Il lui était impossible de formuler la moindre réponse à cette invitation.

Devant son silence embarrassé, le major reprit :

— Dès que cette guerre absurde aura pris fin, je retournerai à la vie civile. Vous n'imaginez pas avec quelle angoisse je reprendrai mes cours à l'université. Combien de mes élèves retrouverai-je ? Combien seront morts pour un idéal auquel ils n'auront rien compris ? Ou exterminés dans des camps, parce qu'ils appartenaient à la grande famille du prophète Abraham ?

— C'est curieux, observa Nicole, troublée, j'ai l'impression que vous parlez comme si votre patrie devait perdre la guerre.

— Ma patrie, ce n'est pas le Grand Reich, madame Eicher, c'est la grande Allemagne de Goethe, de Schiller, de Mozart, de Beethoven ! Et puis... oui, je pense que la guerre est déjà perdue, pour nous, parce que nous nous battons pour une cause injuste.

— Je viendrai, murmura Nicole.

Pourquoi venait-elle d'accepter l'invitation du major Süskind ? Peut-être parce qu'il lui avait parlé de son pays comme, autrefois, François parlait de la France. Cette réflexion-là, Nicole s'empressa de la chasser de son esprit encore plus promptement que les précédentes. Ce François-là n'existait plus.

— Passez vers vingt heures, si vous voulez. C'est le moment où j'aime écouter les vieilles pierres. Il leur arrive de se montrer très bavardes quand tout, autour d'elles, est silencieux.

Nicole regrettait déjà d'avoir promis au major de le rejoindre.

— Je dois vous laisser, dit-elle.

Elle tourna les talons et s'éloigna en pressant le pas.

— Venez le jour que vous voudrez, hormis le dimanche ! lui lança Hans.

La jeune femme avait laissé passer plus d'une semaine avant de répondre à l'invitation du major Süskind. Elle voulait se convaincre qu'il ne s'agissait pas tout à fait d'une décision délibérée.

Ce soir-là, elle avait poussé la porte du petit salon. Depuis combien de temps n'avait-elle pas rejoint François dans ses appartements improvisés ? Quand son mari avait déserté le lit conjugal, elle en avait éprouvé une sorte de soulagement. Il lui était devenu trop pénible de s'endormir à côté d'un homme pour lequel elle avait perdu tout respect. Quand son absence s'était prolongée et qu'elle avait compris qu'il ne la rejoindrait plus, elle en avait pourtant ressenti une souffrance paradoxale. Comme si cette désertion entérinait une situation qu'elle se refusait encore à considérer comme définitive.

Après sa rencontre fortuite avec le major Süskind, au bord de la Moselle, Nicole était allée trouver son mari et s'était ouverte à lui des sentiments que lui inspirait son abandon du domicile conjugal, pour ainsi dire. François n'avait rien trouvé de mieux à dire que :

— C'est préférable ainsi. Plus tard, nous nous retrouverons. N'en doute pas.

— Plus tard ? Quand, François ?

— Lorsqu'ils seront repartis, voyons, avait-il répondu comme s'il s'agissait d'une évidence.

Nicole n'avait pu s'empêcher de rire.

— Lorsqu'ils seront repartis ? Mais je ne voudrais pas être à ta place, à ce moment-là, François.

Il n'avait pas réagi. Il avait laissé le silence s'installer entre eux. Ensuite, il n'avait pas cherché à la retenir quand elle était ressortie. Elle avait passé toute la nuit à pleurer.

Ce soir-là, donc, lorsqu'elle s'installa en face de son mari, François noircissait de chiffres un bordereau de commande. Nicole avait compris que ce n'était pas le fait que le major Süskind soit allemand qui la retenait de répondre à son invitation. En vérité, elle avait peur de ce qu'il risquait d'advenir, si elle allait le rejoindre. En venant parler avec François, elle attendait que son mari trouve les mots qui la retiendraient.

— Qu'est-ce que tu fais ? demanda-t-elle.

Son mari, qui l'avait accueillie avec un sourire dans lequel elle avait cru déceler une lueur d'espoir, se troubla.

— Je passe une commande de vin, dit-il. Nous allons bientôt nous trouver à court.

Nicole demeura interloquée.

— Une commande de vin ? reprit-elle.

— Oui. Frédéric va s'absenter deux, trois jours. Il va la porter lui-même à Paris. C'est plus sûr par les temps qui courent. Avec un peu de chance, l'un de nos fournisseurs sera encore en mesure de nous livrer.

La jeune femme secoua la tête. Elle sentait les larmes lui nouer la gorge.

— François, dis-moi que ce n'est pas vrai ! bafouilla-t-elle.

L'aubergiste fronça les sourcils. Il ne comprenait pas, de toute évidence, ce que sa femme voulait lui dire.

— Mon Dieu, mais tu ne te réveilleras donc jamais ? s'emporta-t-elle. Nous sommes en guerre, François. Des hommes et des femmes meurent par centaines de milliers et toi, tu ne songes qu'à faire tourner ta baraque...

Elle se leva.

— C'est horrible, dit-elle, mais j'en suis venue à détester cet endroit. Je me prends à souhaiter qu'une bombe alliée détruise cette maudite auberge. Et... et ce jour-là, j'espère que nous serons ici, tous les deux. J'espère que nous périrons, ensemble, sous les décombres. Je t'avais prévenu, François, le rêve est devenu cauchemar. L'ennui, c'est que moi, je suis réveillée, à présent. Toi pas !

Nicole sortit en claquant la porte.

François resta un long moment à fixer le vide, puis il poussa un profond soupir et reprit son travail. Il n'avait pas de temps à perdre. Les Allemands venaient de subir leur plus lourd revers en Russie. Les Britanniques voulaient des renseignements très précis sur l'état des troupes et de l'économie allemandes à l'Est. Les agents de François avaient couru de sérieux risques pour lui fournir les informations demandées, car l'occupant était sur les dents. Il devait finir de les coder pour que Frédéric ne rate pas le train pour Paris. Une grande opération se préparait. Il en ignorait la nature, mais il espérait que son travail et celui de tous ces hommes qui jouaient avec le feu contribueraient à en favoriser le succès.

Lorsqu'il eut tout retranscrit, François posa la plume. Il tourna à nouveau son regard vers la porte derrière laquelle sa femme avait disparu. Se retrouveraient-ils vraiment lorsque la région aurait secoué le joug de l'occupant ? N'était-il pas déjà trop tard pour eux ? Il lui arrivait depuis quelque temps — à vrai dire, depuis la nuit de Noël — de se surprendre à en vouloir à Nicole. Se pouvait-il que, depuis toutes ces années, elle ne se soit doutée de rien ? Le connaissait-elle si mal ? Avait-elle si peu confiance en lui ? Imaginait-elle vraiment qu'il ait pu ainsi trahir ses convictions ?

François se leva. Il était injuste envers sa femme. Le problème ne venait pas d'un manque de confiance de Nicole, mais plutôt d'un excès de confiance. Elle ne pouvait concevoir que son mari lui mente. Il lui était, somme toute, plus aisé de croire qu'il trahissait ses convictions plutôt que leur amour. Il ne devait pas perdre de vue qu'il avait tout fait pour qu'il en soit ainsi.

L'aubergiste appela Frédéric et lui remit le document codé.

— N'oublie pas : tu dois te rendre à la Brasserie lorraine, place des Ternes, demain soir, à vingt heures très précises. Tu demanderas au maître d'hôtel une table avec vue sur la mer. Ton contact t'abordera en disant : « Vous n'avez pas de chance, la mer est démontée. »

Frédéric sourit.

— Au moins, celui qui trouve ces formules de reconnaissance n'a pas perdu le sens de l'humour.

François ne sourit pas. Il dit :

— Sois prudent, Frédéric.

# 18

Nicole quitta l'auberge sans savoir où la porteraient ses pas. Elle traversa le boulevard qu'elle s'obstinait à appeler Poincaré, passa à côté de la grotte que le buste de Verlaine avait désertée depuis de longs mois, gravit les escaliers sans un regard pour le monument aux morts, et se retrouva, le souffle court, sur l'Esplanade. Elle obliqua vers la droite et se reprocha aussitôt de s'être menti. Elle savait que ses pas la portaient vers Saint-Pierre-aux-Nonnains.

Elle désirait revoir le major Süskind depuis qu'elle l'avait surpris à lancer des bateaux en papier sur la Moselle.

Nicole se dit qu'elle devrait au moins prendre le temps de maîtriser son émotion avant de pénétrer dans l'ancienne abbatiale, où Hans était sans doute trop absorbé par sa passion pour s'attendre à sa visite.

Elle poussa la porte du chantier sans avoir ralenti le pas.

Hans Süskind était plongé dans la lecture de documents étalés sur une petite table qui lui servait de bureau. L'archéologue travaillait à la lueur d'une simple lampe qui ne suffisait pas à dissiper les ténèbres qui enveloppaient le chantier. Il releva la tête en entendant le bruit des talons de la jeune femme, et son visage s'éclaira d'un sourire.

— Je n'osais vous espérer, dit-il en se levant.

Nicole sentit un trouble s'emparer d'elle. Il ne pouvait l'avoir vue. Elle n'était pas encore sortie de la zone d'ombre. Pourtant, il n'avait pas hésité. Le major ne portait pas son uniforme, mais une chemise blanche et un pantalon de golf à carreaux.

— Je vais donner un peu de lumière. On ne voit...

— Non ! le coupa-t-elle brusquement.

Il ne devait pas voir ses larmes. Pas deviner son désarroi. Elle s'immobilisa, à la frontière entre les ténèbres et la lumière. Il avança vers elle, le front plissé.

— Vous pleurez ? observa-t-il d'une voix si douce que Nicole ne trouva pas la force de nier.

Elle aurait voulu se blottir contre une épaule solide. Elle aurait voulu entendre des mots réconfortants murmurés au creux de son oreille. Seulement, c'était la voix de François qu'elle aurait aimé entendre. C'était au creux de son épaule qu'elle aurait aimé appuyer sa tête.

Ce fut Hans Süskind qui la prit dans ses bras. Ce fut lui qui trouva les mots qui touchèrent son cœur. Il parlait d'une voix chaude, caressante. Il évoquait des jours meilleurs, des jours de paix, des jours d'espoir, et elle le croyait. Elle avait besoin de croire à ces notions qui lui paraissaient tellement inaccessibles. Il lui parlait de son village près de Coblence. De la Moselle qui serpentait de chez elle jusque chez lui, comme une sorte de trait d'union espiègle entre leurs deux destinées. Des monts Eifel et Taunus où il aimait faire de longues marches en solitaire. Il lui promit qu'un jour ils s'y promèneraient ensemble, sans la moindre arrière-pensée, car Allemands et Français seraient à nouveau réconciliés. Adolf Hitler aurait alors payé pour ses crimes. Hans avait foi dans les valeurs françaises de liberté, d'égalité, et plus que tout de fraternité.

Nicole se laissait bercer. Il lui caressait les cheveux avec une douceur presque fraternelle. Elle ne faisait rien de mal. Elle était malheureuse, et il lui apportait un peu de réconfort, ce que François ne savait plus faire. Elle se dégagea sans brusquerie.

— Je suis désolée, murmura-t-elle.

— Au contraire, dit-il. Vous me rendez le sentiment d'appartenir à la race des hommes. Ce que nous vivons depuis trois ans n'a rien d'humain. Comment pourrions-nous nous reconnaître dans les valeurs que nous sommes censés servir ? Je ne suis pas le seul à penser ainsi, même si nous évitons d'en parler entre nous. La suspicion ! La peur de la délation ! En vérité, mon pays vivait dans la peur bien avant la déclaration de guerre. Chez nous, l'enfer avait ouvert ses portes depuis longtemps.

Il marqua un temps. Elle le regarda. Son visage était grave.

— Beaucoup d'Allemands ont cru aux mensonges du parti, parce qu'ils avaient besoin de s'accrocher à l'idée que l'avenir pouvait être plus riant. La misère sème le désespoir ; le désespoir récolte le fanatisme. Beaucoup de soldats qui sont aujourd'hui casernés à Metz s'attendaient sincèrement à être accueillis comme des libérateurs. Ils ne connaissaient rien à l'histoire de la région. Ils avalaient n'importe quels contes. Ils ont vite déchanté. Aujourd'hui, ils n'aspirent plus qu'à rentrer chez eux.

— Vous aussi ? demanda Nicole.

— Oh ! moi... Mon cas est différent. Un archéologue vit dans le passé. Du moment qu'il est entouré de vieilles pierres qui lui racontent leur histoire, il est heureux. Regardez, ici, à l'origine, il y avait une palestre...

— Une palestre ? l'interrompit Nicole.

Il rit. Son rire était frais, pas moqueur.

— Une palestre était une... disons une salle de sport, au temps des Romains, expliqua-t-il. On y pratiquait la lutte, la gymnastique... Ensuite, une abbaye a été construite par-dessus ce premier site. Elle a été, à son tour, transformée en dépôt militaire, avant d'être restaurée par la ville. Fouiller les diverses strates du sol, c'est un peu comme feuilleter un grand livre d'histoire illustré.

— Vous ne désirez donc pas rentrer chez vous ?

Hans Süskind redevint grave.

— Notre présence ici n'est pas souhaitée, dit-il.

Il marqua un temps. Nicole eut le sentiment qu'il espérait être contredit. Il était encore trop tôt pour cela.

— Je préférerais rentrer dans mon village près de Coblence, reprit-il. Il y a ma famille, mes amis, mes élèves. Et puis, je serais chez moi.

— Vous pourriez revenir plus tard, suggéra Nicole. Quand la situation sera apaisée. Vous seriez alors le bienvenu, j'en suis sûre.

Elle aurait voulu pouvoir reprendre ses paroles. Elle ne tenait surtout pas à ce qu'il se méprenne sur leur sens.

— Je veux dire que les travaux que vous avez entrepris ici... eh bien, vous pourriez les mener à leur terme. Ce serait intéressant pour tout le monde.

Il la regardait. Il ne souriait pas, mais il y avait une telle intensité dans son regard qu'elle détourna les yeux. Elle aperçut les documents étalés sur la table qui lui servait de bureau et s'en approcha. Sans oser les toucher, elle demanda :

— Ce sont les résultats de vos travaux ?

— Non, dit-il en faisant le tour de la table, qui se retrouva ainsi entre eux.

Nicole se sentit aussitôt plus à l'aise. Hans contemplait les papiers avec une sorte de curiosité attendrie.

— Non, dit-il, ce sont les rapports d'autres chercheurs allemands. Ils datent de...

Il hésita à poursuivre, mais Nicole compléta sa phrase.

— Ils datent de la précédente annexion, n'est-ce pas ?

— Il semble que nous soyons toujours ramenés à cette triste réalité, dit-il en soupirant, comme s'il avait aimé oublier les circonstances particulières de leur rencontre.

— Et de quoi parlent ces documents ? demanda Nicole pour dissiper le malaise.

Aussitôt, l'archéologue retrouva cette fougue toute juvénile qui émouvait la jeune femme. Il y avait presque un accent de mystère dans sa voix quand il dit :

— Oh ! ils parlent de ruines formidables enfouies dans le sous-sol du Sablon. Voilà un chantier auquel j'aimerais consacrer quelques années de ma vie. Il doterait votre ville d'un monument aussi digne d'intérêt que votre merveilleuse cathédrale. Je suis sûr que les gens viendraient de loin pour le visiter.

— Vous m'intriguez, dit Nicole.

— Ecoutez, c'est un sujet vraiment passionnant. Or, quand j'aborde un thème qui touche à l'archéologie, vous le savez, je suis intarissable.

— Vous êtes un enfant, dit-elle.

Elle avait mis trop de tendresse dans ses mots. Elle rougit. Par bonheur, la pénombre était telle qu'il ne dut pas le remarquer.

— Acceptez de dîner avec moi, dit-il.

Nicole se recula.

— C'est impossible ! s'exclama-t-elle.

— Je vous raconterai l'origine fabuleuse des noms de lieux comme la rue aux Arènes ou...

— C'est impossible, répéta Nicole en le coupant.

— Regardez, dit-il en écartant les bras, je peux sortir sans mon uniforme. Je parle français sans plus d'accent que beaucoup de Messins. Vous n'aurez pas à rougir de moi. D'autant que je ne me promène pour ainsi dire jamais en ville. Personne ne m'y connaît, hormis mes ouvriers.

— Moi, on me connaît, déclara la jeune femme. Et... je suis une femme mariée.

Il ouvrit la bouche, mais ne dit rien. Elle lui sut gré de ne pas ajouter de commentaire.

— Je dois m'en aller, murmura-t-elle.

— Vous venez à peine d'arriver, et vous n'avez encore rien vu...

Nicole reculait. Déjà l'obscurité l'enveloppait de nouveau. Elle ne parvenait pas à détacher son regard de cet homme dont les yeux la suivaient alors qu'il ne pouvait plus la voir. Elle pensait qu'elle ne devait plus le revoir. Elle dit :

— Je reviendrai.

Et elle s'enfuit dans la nuit. Elle traversa l'Esplanade en courant. Elle n'arrêta sa course qu'en arrivant aux promenades. Elle tremblait de tout son corps. Elle avait le sentiment d'avoir été infidèle à François. Elle continua à marcher jusqu'au bord de l'eau, du côté où la présence incongrue de vaches lui rappela le temps où son mari savait encore susciter son admiration. Les flots de la Moselle étaient noirs, avec des reflets argentés qui dansaient à la surface.

Nicole imaginait les bateaux en papier d'Hans descendant le fleuve jusqu'au pied d'une maison, dans un village proche de Coblence. Non, elle n'avait pas été infidèle à François. Elle n'avait rien fait de mal. C'était au contraire François qui lui avait lâché la main, il y avait déjà trois ans de cela. Elle ne parvenait pourtant pas à se décider à rentrer à l'auberge. Elle ne voulait pas le croiser. Un troublant malaise s'était emparé d'elle.

Ne venait-elle pas de vivre un moment d'intimité avec un officier allemand ? Etait-elle encore en droit de reprocher à François son attitude envers l'occupant ? N'avait-elle pas, elle aussi, trahi ses idéaux ? Non, ce qu'elle venait de vivre avec Hans Süskind n'avait rien à voir avec le comportement de François. Lui, faisait des courbettes aux suppôts du Reich. Elle, avait rencontré un homme qui n'adhérait pas aux dogmes du national-socialisme. Un homme qui, comme elle, appelait de ses vœux la libération de la Lorraine. Un homme qui souhaitait la défaite du Reich pour sauver l'Allemagne de Goethe, de Schiller... Hans était un archéologue soucieux du devenir de ses étudiants, pas un militaire assoiffé de gloire et de victoires.

Nicole n'était pas encore prête à admettre que son trouble ne tenait pas à l'appartenance d'Hans Süskind aux troupes d'occupation, mais à l'attirance que cet homme exerçait sur elle. Pour l'heure, elle avait beau s'éloigner de François et, en même temps, souffrir de son abandon, elle ne pouvait se résoudre à accepter l'idée qu'il fût un traître. Cette image cadrait tellement peu avec l'être qu'elle aimait depuis si longtemps. Se pouvait-il qu'un homme change ainsi du tout au tout ? Se pouvait-il que la source de sa souffrance tînt, justement, à ce qu'un homme ne change pas du tout au tout ? Il s'ensuivrait qu'elle s'était trompée sur le compte de François depuis le début. Cela non plus, elle n'était pas encore prête à l'admettre.

Elle aurait voulu hurler.

Elle fit demi-tour et se dirigea vers l'auberge. Elle voulait se retrouver seule dans sa chambre. Enfouir son visage dans son oreiller et pleurer.

Au milieu du jardin, elle aperçut Hans qui l'observait. Oh non ! Elle lui fit signe de partir. Il lui adressa un petit signe de la main, tourna les talons et s'évanouit dans les ténèbres de la nuit. Nicole alla s'asseoir sur la balancelle et attendit que le froid devienne intolérable pour rentrer à son tour. Elle espérait que sa brusquerie n'avait pas blessé l'archéologue.

Il s'écoula plus d'un mois avant qu'elle ne revoie Hans. C'était par une belle journée qui annonçait le printemps. Le major était attablé à la terrasse d'un café de la place Saint-Louis. Elle n'eut pas un moment d'hésitation ; elle se dirigea vers lui. Il était pourtant vêtu de son uniforme, mais ce n'est pas cela qu'elle vit. Elle vit un homme dont le regard s'illuminait dès qu'il évoquait sa passion. Elle prit place à sa table, sans même lui demander s'il attendait quelqu'un.

— Je suis heureux de vous revoir, dit-il. Je m'accordais une demi-journée de repos.

— Vous y avez bien droit, fit-elle en souriant. Vous travaillez tellement.

Il lui parla du four de potier de son chantier. Elle lui parla de son trouble. Elle ne voulait plus tricher avec lui. Elle voulait voir clair en elle. Elle l'interrogea sur lui. Elle désirait qu'il lui fasse oublier la guerre et tout ce qui les séparait. Elle le lui dit.

— Nous pourrions devenir amis, n'est-ce pas ? dit-elle. Un jour, ce conflit appartiendra bien au passé.

Il souriait. Lui aussi croyait en l'avenir. Elle le savait. Il lui en avait parlé dès le premier soir. Il dit :

— *Un jour, l'amour que l'on bannit / Nous guette au bord de toute vie : / Et, guidés par sa main tremblante, / Nous traversons, comme Dante, / Le ciel et l'enfer de la vie.*

— C'est beau, dit-elle.

— C'est de Rainer Maria Rilke.

— Hans, j'ai parlé d'amitié. Pas d'amour.

— Vous, non, dit-il.

Il enchaîna très vite :

— L'amour n'est parfois que l'autre nom de l'amitié.

Nicole retourna à Saint-Pierre-aux-Nonnains. Le soir, quand les ouvriers avaient quitté le chantier. Hans lui fit visiter « ses » ruines. Il était si doux de l'écouter parler d'une époque où l'occupant n'était pas allemand. Le temps des fraises était revenu quand Hans l'emmena au Sablon et lui raconta l'histoire de l'amphithéâtre.

— En ce temps-là, le quartier était occupé par les villas de riches Romains. L'amphithéâtre qui s'élevait ici était un ovale de cent quarante-huit mètres de long sur cent vingt-quatre de large. Il pouvait accueillir vingt-cinq mille personnes. Les arènes de Nîmes et d'Arles sont nettement moins grandes. Seules celles de Vérone rivaliseraient avec cette merveille enfouie, désormais, dans le sous-sol de ce quartier.

Nicole l'écoutait, fascinée. Quand il lui prit le bras, elle ne le lui refusa pas. Il était pourtant en uniforme. Elle aurait voulu que la journée ne connût pas de fin. Elle ne s'était pas sentie aussi bien depuis très longtemps. Il y avait quelque chose chez cet homme qui lui rappelait l'enthousiasme du François d'autrefois. Marcher à ses côtés était comme une cure de jouvence.

rejuvenation

# 19

L'année 1943 fut marquée par de nombreuses réjouissances organisées à l'initiative du NSDAP [1]. Le Parti nazi, après sa grande fête de novembre 1942, manifesta à nouveau en janvier 1943. Le 1er mai, la fête nationale du peuple allemand fut célébrée à grand renfort de propagande. Le mois suivant, ce fut la *Hitler Jugend* qui se rappela au bon souvenir de la population. Le chant fut à l'honneur en juillet ; cette grande liesse, que les organisateurs auraient souhaitée populaire, fut l'occasion pour de nombreuses personnalités officielles de se déplacer à Metz. Le point d'orgue de ces journées fut la création, à l'hôtel des Mines, de *Lorraine*, une composition originale de Rudolf Desh. Au mois de septembre, le NSDAP remit ça avec concerts, chants, défilés et dépôt d'une couronne au monument aux morts.

Comment les Messins auraient-ils pu adhérer à une tentative aussi transparente pour séduire une population récalcitrante à son incorporation dans le Grand Reich ? Comment auraient-ils pu oublier que dans les caves de

1. *Nationalsozialsische Deutsche Arbeiter Partei* : Parti national-socialiste allemand des travailleurs.

l'immeuble de la Gestapo, situé dans la bien re-nommée *Adolf Hitlerstrasse*[1], des amis, des voisins, des inconnus étaient torturés pour des actes de patriotisme, qualifiés par les nouvelles autorités d'actes de trahison ? Comment auraient-ils pu oublier les incorporations d'office dans l'armée et les faire-part annonçant la mort d'un fils au front ? Comment auraient-ils pu oublier les humiliations — dont le port de l'étoile jaune imposé aux juifs n'était pas la moindre — et la spoliation de leur identité ?

Pour les membres des différents réseaux de résistance, qui faisaient l'objet d'une traque toujours plus sévère, ces manifestations visaient à masquer l'angoisse de l'occupant face à une situation générale beaucoup moins brillante que la progression rapide de 1940 ne leur aurait permis de l'espérer. La déroute de Stalingrad avait été un rude coup porté au moral de l'armée allemande.

François, lui, s'impatientait. Il réclamait depuis longtemps une radio pour communiquer directement avec Londres, mais la proximité des Allemands devait rendre sa situation trop précaire, car l'envoi en était sans cesse différé.

Après sa rencontre avec Léni, l'aubergiste n'avait pu se résoudre à interroger Nicole sur sa relation avec le major Süskind. Il avait laissé passer les jours, remettant toujours la confrontation à plus tard, puis n'avait plus osé. Comment aborder une question aussi délicate avec une femme qui l'évitait plus que jamais ?

Après que Nicole l'eut surpris en train de coder un message pour Londres sous la forme d'une commande de vin, il s'était demandé ce qui avait poussé sa femme à franchir la porte du petit salon. De quoi avait-elle voulu

1. Aujourd'hui avenue Leclerc-de-Hauteclocque.

lui parler ? Elle était repartie sans le lui dire, et lui n'avait pas su saisir l'occasion de s'ouvrir à elle de ce qui le tracassait.

Réussiraient-ils un jour à renouer le dialogue ? Pour François, la question tournait à l'obsession.

Un jour qu'il quittait l'hôtel de ville, où il était venu régler quelque affaire, il rencontra le vieux Jules, qui n'avait plus rien du *boumleur* d'autrefois — jusqu'à son chapeau en feutre marron qui était flambant neuf. Depuis le départ de l'*Obertleutnant* Dietrich, l'ancien suisse avait renoncé à fréquenter l'auberge des Régates. François s'apprêtait à passer sans le saluer, quand le vieillard l'interpella.

— Monsieur Eicher, avez-vous appris la mort de l'*Obertleutnant* Dietrich au siège de Stalingrad ?

Sans se départir de sa bonhomie habituelle, François répondit :

— Je n'en ai pas été informé, père Jules, mais j'avoue que cette nouvelle ne m'émeut pas.

— Vous n'avez jamais eu beaucoup de sympathie pour ce pauvre Dietrich, n'est-ce pas ?

Le vieil homme affectait une expression de condescendance qui irritait l'aubergiste.

— La sympathie n'est pas vraiment le sentiment que m'inspirait l'*Obertleutnant* Dietrich, je l'avoue.

François aurait aimé poursuivre son chemin, mais le vieux Jules ne paraissait pas disposé à le laisser s'éclipser aussi rapidement.

— Quel dommage ! fit l'autre. C'était un homme qui gagnait à être connu.

— Disons que les circonstances ne nous ont pas été favorables, fit François.

— Eh ! que voulez-vous, le major Süskind est un petit

malin, glissa le vieux Jules, perfide. Après son coup d'éclat, le soir de Noël, faire envoyer Dietrich sur le front russe ne pouvait que l'aider dans son entreprise de séduction.

François s'arrêta et tourna un visage menaçant vers le vieillard.

— Qu'insinuez-vous là, père Jules ?

Le vieil homme rit, découvrant une rangée de dents noircies par le tabac à chiquer.

— Oh ! moi, je n'insinue rien ! Je me contente de rapporter les bruits qui courent de par la ville.

Nul n'ignorait que l'ancien suisse était devenu un informateur rétribué de la Gestapo ; ce qui en faisait un être craint de tous.

— Cette fois, vous ne toucherez pas vos trente deniers, déclara François sans se démonter.

— Il m'arrive d'avoir des gestes gratuits, monsieur Eicher. Surtout lorsque l'information me paraît tellement éventée qu'elle n'est plus monnayable. Voyez comme l'on peut se tromper !

François avait beau s'efforcer de maîtriser sa curiosité, il ne put s'empêcher de demander :

— De quelle information voulez-vous parler, père Jules ?

Une lueur mauvaise s'alluma dans l'œil du vieillard.

— Ne me dites pas que vous ignorez les bruits qui circulent au sujet de votre femme… Oh ! ce sont des propos de *ratcheurs*[1], bien sûr, mais il paraît qu'on la croise souvent en compagnie du major Süskind. Les plus mauvaises langues vont jusqu'à prétendre qu'ils feraient leurs affaires ensemble[2].

---

1. Rapporteurs.
2. Auraient des relations sexuelles.

François ne put maîtriser sa fureur. Il saisit le vieillard au collet et le plaqua contre le mur.

— Pourquoi ? explosa-t-il. Pourquoi ?

Les passants faisaient mine de ne pas s'intéresser à la scène qui opposait l'aubergiste au mouchard.

Le vieux Jules, lui, ne paraissait nullement impressionné. C'est en souriant qu'il répondit :

— Je ne comprends pas le sens de votre question, monsieur Eicher.

François n'était pas un homme violent. Il fut le premier surpris par son explosion. Il reposa le vieil homme sur ses pieds, lui lâcha le col et précisa le sens de sa question :

— Pourquoi tant de haine, père Jules ? Tout le monde vous appréciait, autrefois. Vous étiez un homme serviable, généreux. Pourquoi, aujourd'hui, êtes-vous devenu un... ?

— Un collaborateur ? compléta le vieillard. N'ayez pas peur des mots, monsieur Eicher.

Le vieux Jules prit le temps de défroisser les revers de son veston malmenés par l'aubergiste.

— Je vais vous dire, monsieur Eicher, reprit-il, subitement grave. Le national-socialisme nous apporte l'ordre et la dignité qui nous faisaient défaut. Les dirigeants du parti sont décidés à débarrasser le monde de la vermine. Enfin ! Nous, nous étions trop faibles. Trop indisciplinés. Trop de bienveillance tue la bienveillance, monsieur Eicher. Mais tout ça est en train de changer. *Und morgen die ganze Welt !*[1] C'est comme si je me réveillais d'un cauchemar.

L'ancien suisse pencha légèrement la tête de côté. Une lueur suspicieuse s'alluma dans son regard.

1. Cf. p. 151, n. 1.

— Je croyais que vous partagiez nos conceptions, monsieur Eicher, observa-t-il. Me serais-je trompé ?

François songea qu'il ne pouvait courir le risque de compromettre le réseau ; pourtant, il était incapable d'abonder dans le sens du mouchard.

— Servir n'est pas haïr, dit-il.

Le vieillard l'examina longuement. L'aubergiste ne se déroba pas à son examen. L'autre finit par sourire — un sourire triste et las.

— On appréciait mon côté serviable, monsieur Eicher. C'est vrai, dit-il enfin. Ma gentillesse, aussi. Oui, oui... je sais bien. Seulement, on ne m'aimait pas, voyez-vous. En vérité, on ne m'a jamais aimé, monsieur Eicher. D'aussi loin que je me souvienne, j'ai toujours été seul. Vous ne savez pas ce que c'est, vous. Dietrich le savait. Personne ne l'a jamais aimé, lui non plus. Oh ! il ne m'en a jamais parlé, mais ce sont des choses qui se sentent, croyez-moi.

— Les gens pour qui vous travaillez aujourd'hui, est-ce qu'ils vous aiment, père Jules ?

Le vieil homme secoua la tête, avec un sourire presque bienveillant.

— Là n'est plus la question, monsieur Eicher. Dans l'ordre nouveau que nous préparons, l'amour n'aura plus sa place. Il sera remplacé par l'obéissance. L'amour est source de trop de malentendus, de trop de souffrances. Tout le monde sera sur un pied d'égalité à l'avenir. Les faibles et la vermine seront balayés. *Raus !*[1] Le monde sera purifié. Les hommes n'auront plus besoin de la mascarade christique ni judéo-maçonnique pour connaître une apparence de bonheur. Ils n'aspireront plus à mourir en

1. Dehors !

croix, mais à vivre debout. Puissants et libres ! Or, savez-vous quelle est la plus grande liberté, monsieur Eicher ?

Le vieillard marqua un temps pour permettre à son interlocuteur de lui répondre, mais François ne voyait pas ce qu'il aurait pu dire.

— La plus grande liberté, reprit le père Jules, consiste à ne plus éprouver le besoin d'être aimé. Je ne ressens plus le besoin d'être aimé, monsieur Eicher. Je suis un homme libre. Un homme nouveau !

François considéra longuement le vieillard. Il se demandait combien d'hommes et de femmes allaient terminer leur vie dans un camp ou dans les caves de la Gestapo parce qu'un père Jules souffrait d'un manque d'amour.

— Vous vous trompez, Jules, dit-il. L'amour n'est pas source de souffrances. En revanche, la souffrance, elle, engendre beaucoup de souffrances. Ne trouvez-vous pas qu'il y en a déjà trop dans ce monde ? Pourquoi en rajouter ?

Il secoua la tête et conclut :

— Je suis vraiment désolé pour vous, père Jules.

— Souciez-vous plutôt de votre couple, monsieur Eicher, rétorqua le mouchard avec hargne. Il doit être plus triste de perdre l'amour quand on l'a connu que de n'avoir jamais été aimé.

Le vieillard paraissait satisfait de sa repartie. François le regarda s'éloigner en songeant que si cet homme venait à disparaître, bien des vies innocentes pourraient être épargnées. Cette pensée l'horrifia. Il avait l'impression que s'il devait céder à la tentation, ce serait pour satisfaire une soif de vengeance et non un désir de justice. Cela lui rendait sa pensée détestable.

De retour à l'auberge, il se rendit sans perdre un instant dans l'appartement qu'il avait déserté depuis si longtemps qu'il éprouvait presque le sentiment d'être un étranger chez lui.

— Qu'est-ce que tu viens faire ici? demanda Nicole, surprise par son intrusion.

Il fut tenté de lui répondre qu'il était encore chez lui, «ici», mais cela ne lui paraissait plus tout à fait vrai. Il dit :

— J'ai rencontré le vieux Jules.

— Ce cloporte! lança la jeune femme avec une moue de dégoût.

Elle reposa le livre qu'elle lisait à l'entrée de son mari. Un recueil de poèmes de Rainer Maria Rilke. Il le prit, l'ouvrit au hasard et lut :

— *Ils m'émeuvent tant, / ces airs de Bohême, / glissant dans mon cœur / leur lourde langueur...*

— Tu lis de la poésie allemande, maintenant?

— Comme tu vois, fit Nicole en détournant le regard.

François prit une inspiration profonde et lança d'une traite :

— Il paraît qu'on te rencontre souvent en compagnie du major Süskind, ces temps-ci.

Nicole eut subitement l'impression que son cœur avait cessé de battre dans sa poitrine. Elle était incapable de réagir. Oui, elle voyait beaucoup le major Süskind depuis leur rencontre impromptue place Saint-Louis. Où était le mal? Poser la question, n'était-ce pas y répondre? D'autant qu'en ne cherchant pas à se cacher elle avait agi délibérément. Par provocation. A vrai dire, elle attendait cette confrontation depuis son premier rendez-vous avec

Hans. Il était inévitable que ses escapades avec le major finissent par revenir aux oreilles de son mari. Au fond d'elle-même subsistait sans doute l'espoir que, confronté au risque de la perdre définitivement, François trouverait les mots pour la ramener à lui.

— C'est donc vrai ? reprit François face au silence de sa femme.

— C'est le cloporte qui t'a raconté ça ? demanda-t-elle d'une voix blanche.

— Léni m'en avait déjà touché un mot.

— Ça semble t'avoir beaucoup tracassé, observa Nicole. Léni a quitté Metz depuis combien de temps, déjà ?

La réplique troubla François.

— Elle t'a vue prendre un café avec cet officier à une terrasse de bistro. Après son intervention le soir de Noël, cela m'a paru compréhensible. C'est pour ça que je ne t'en ai pas parlé. Seulement, que tu le revoies régulièrement, là, c'est différent. Toi qui te plaignais tant de la présence, ici, d'officiers allemands. Un major !

— Hans est peut-être major, mais il est, avant tout, archéologue. Ce n'est pas vraiment un militaire ni un haut fonctionnaire du parti, comme les gens que tu fréquentes, toi. En outre, il ne sympathise pas avec les théories du national-socialisme, lui.

François sentit son cœur se serrer en entendant sa femme appeler l'officier allemand par son prénom. Cela sous-entendait une intimité qui le laissa désemparé. Il ne trouvait plus ses mots.

— Les gens que tu fréquentes sont beaucoup moins respectables que lui, enchaîna Nicole, provocante.

François faillit répliquer que c'était bien là le problème. Que le major fût un homme respectable faisait de lui un rival d'autant plus dangereux. Mais comment prononcer de tels mots ? Il ne voulait pas se résoudre à croire que Nicole s'était éloignée de lui au point de chercher à se consoler dans d'autres bras. Il la regardait, et c'était comme s'il ne la reconnaissait plus. Il désirait lui rappeler qu'il l'aimait. La supplier de lui revenir. Mais il craignait de l'entendre dire qu'il était trop tard. Tout ce qu'il trouva à dire fut :

— Tu pourrais au moins te montrer plus discrète.

L'expression du visage de sa femme lui fit aussitôt regretter d'avoir prononcé ces mots.

— C'est donc ça, murmura-t-elle.

Elle était au bord des larmes. Il ne le vit pas.

— Non, ce n'est pas ce que je voulais dire, bafouilla-t-il. Je t'assure.

Nicole secoua la tête. Il avait l'impression qu'elle le méprisait. Incapable de prononcer les mots qui lui brûlaient les lèvres, il murmura :

— Tout devient si difficile...

Il était au bord des larmes. Elle ne le vit pas.

Il sortit.

Ce fut cette nuit-là que Nicole rejoignit Hans dans sa chambre, pour la première fois. Ce fut cette nuit-là qu'ils firent l'amour, pour la première fois.

Quand il la pénétra, elle ressentit une vive douleur se répercuter dans tout son corps. Elle n'éprouva pas le moindre plaisir, mais elle savait déjà que ce n'était qu'une question de temps. Il était doux. Tendre. Il y avait si longtemps qu'elle ne s'était plus sentie aimée avec une telle intensité. Désirée.

Elle se blottit au creux de son épaule et, fermant les yeux, elle eut l'illusion d'être transportée dans le passé et de se retrouver dans les bras de François, le jour où elle avait perdu sa virginité.

Cette nuit, c'était comme si elle perdait une autre forme de virginité.

L'aube se levait quand elle regagna sa chambre solitaire. Elle aurait aimé pleurer, mais elle n'avait plus de larmes.

# 20

Metz faisait désormais l'objet de survols fréquents de la part de l'aviation alliée. Au mois de juin 1943, les Allemands installèrent leur système de défense antiaérienne, mais les bombardements épargnaient encore la ville. Les avions poursuivaient leur route vers l'Allemagne. Des garçons âgés d'à peine quinze ans furent enrôlés dans la Flack[1]. Un camion passait les prendre le matin, rue Clovis, *Ludendorffstrasse*, et les y ramenait à la tombée du jour. Pour l'heure, ils devaient exécuter des exercices de préparation militaire. Ils disposaient de canons de vingt millimètres, mais pas encore de munitions.

Il arrivait que des soldats américains sautent en parachute pour effectuer des missions de reconnaissance dans la région. Bien souvent, ils bénéficiaient de l'assistance et de la complicité de la population. Celle-ci se réjouissait de voir tomber du ciel des hommes qu'elle considérait déjà comme des sauveurs. Une fois leur mission remplie, un réseau ou un autre aidait les parachutistes à disparaître. La kommandantur était sur les dents.

En novembre 1943, près de deux cents cheminots alle-

1. Défense antiaérienne.

mands furent exécutés pour avoir tenu des propos défaitistes. Les Messins commençaient à reprendre espoir, même si la déclaration d'Hitler résonnait encore de façon sinistre dans l'esprit de ceux qui en avaient eu connaissance : *Nous n'hésiterons pas une seconde à entraîner avec nous tous les pays qui ont provoqué cette guerre !*

L'abdication de Mussolini, en juillet, fut vécue comme une raison supplémentaire de croire en la victoire finale. Le Grand Reich vacillait de plus en plus dangereusement sur ses bases.

L'hiver de 43 à 44 fut particulièrement rude et marqué par des pénuries de charbon, d'essence, d'électricité et de denrées alimentaires. François avait appris que les Alliés préparaient un débarquement de grande envergure. Comme les autres réseaux, son organisation avait vu ses rangs se faire décimer au fil du temps.

— Il serait temps que Londres se décide à déclencher sa grande offensive, confia l'aubergiste à ses amis, Frédéric et Paul. Nous ne passerons pas indéfiniment entre les mailles du filet. Un jour, notre tour viendra.

Après son voyage à Paris, Frédéric avait eu le sentiment de faire l'objet d'une surveillance étroite. Peut-être n'était-ce qu'un effet de son imagination, la conséquence d'une trop forte accumulation de tensions, mais François ne voulait pas lui faire courir de risques inutiles, aussi avait-il décidé de le mettre en sommeil. Paul, lui, paraissait traverser l'épreuve avec une désinvolture surprenante. François songeait à la certitude avec laquelle le père de Léni lui avait déclaré, la veille de son départ au front, qu'il reviendrait. Se pouvait-il que son désir de remplir consciencieusement son rôle de père lui soit comme une armure qui le rendait invulnérable ? On avait vu des phénomènes tellement plus étranges.

— Tu as des nouvelles de Léni ? demanda François à son ami.

Le pompier se roula une cigarette et l'alluma avant de répondre.

— Son histoire d'amour n'aura pas duré bien longtemps. D'abord, son mari est toujours au front. Depuis son arrivée à Triebes, elle ne l'a pas revu. Mais, surtout, elle a trouvé des lettres qu'il adressait à sa sœur. Le beau Franz regrette son mariage. Une ex qui lui disait non, quand il était libre, lui a dit oui dès qu'elle l'a su marié.

— Comment Léni a-t-elle pris la chose ?

— Assez bien, ma foi. Elle a plié bagage et elle est retournée chez Peter et Maria. Huit jours après son arrivée, elle était enrôlée dans une usine de guerre. Plus question pour elle de rentrer à Metz.

Le pompier rit.

— La gamine s'émancipe. Dans son usine travaillent des prisonniers de guerre ou des déportés, je ne sais pas trop. J'ai l'impression qu'elle s'est amourachée d'un Belge, la fois-ci[1]. On voit que sa mère n'est pas là pour regarder par-dessus son épaule.

Nicole, de son côté, avait suivi le conseil de son mari. Depuis que Hans était devenu son amant, elle évitait de se promener trop souvent en sa compagnie dans les rues de Metz. Elle avait trouvé un petit hôtel discret, du côté de Woippy, en plein pays des fraises, où ils se retrouvaient pour des moments d'amour qui lui laissaient toujours un goût amer. La jeune femme se donnait sans retenue à cet homme si délicat, mais c'était toujours à François qu'elle pensait lorsqu'elle sentait monter en elle le plaisir de son

1. Cette fois-ci.

amant. Plus elle se sentait coupable envers François, plus elle redoublait de tendresse et de passion envers Hans.

— Qu'allons-nous devenir ? lui demanda-t-elle un jour où des bombardiers les survolèrent au beau milieu de leurs ébats.

Il sourit en lui caressant la joue.

— Nous avons beau nous cacher, les gens n'oublieront pas qu'ils m'ont beaucoup vue avec toi, ajouta-t-elle.

— Pourquoi ne viendrais-tu pas avec moi à Coblence ? suggéra-t-il.

Qu'aurait-elle pu répondre ?

— Oui, murmura-t-elle. Pourquoi pas ?

— Nous pourrions recommencer une vie nouvelle, là-bas.

— Oh ! Hans ! Parle-moi de cette vie-là ! Je t'en supplie, mon Hans, dis-moi à quoi elle ressemblera.

Hans lui parla, à nouveau, de Coblence et de son petit village, qui en était tout proche, de sa maison qui surplombait la Moselle... Il lui dit que, si elle le désirait, il pourrait demander à être affecté à un chantier de fouilles en Egypte ou en Amérique du Sud. Elle l'écoutait, mais c'était à François qu'elle pensait. Qu'allait-il advenir de lui quand les Alliés auraient chassé les Allemands du pays ? Sa sympathie affichée à l'égard de l'occupant ne manquerait pas de lui attirer la haine des patriotes. Quel sort lui réserveraient-ils ? Serait-il jugé et condamné pour collaboration avec l'ennemi ? Elle était la première à lui en vouloir, mais elle ne voulait pas qu'il lui arrive du mal. Et s'ils décidaient de le fusiller ?

— Oh oui, Hans ! L'Egypte, ce serait tellement merveilleux !

L'archéologue continuait à lui peindre un avenir radieux, mais il n'était pas dupe. Il sentait la distance que

Nicole ne parvenait pas à franchir pour le rejoindre tout à fait. Se résoudrait-elle jamais à venir jusqu'à lui ? La paix lui permettrait-elle de retrouver la sérénité qui la fuyait ? Il voulait l'espérer. Il aimait cette femme.

Hans avait eu besoin de temps pour accepter l'idée que la vie ne s'était pas arrêtée à la mort d'Inge. Qu'il avait non seulement le droit de vivre, mais encore celui d'être heureux. Inge aurait été la première à l'encourager dans cette voie. Il avait eu besoin de plus de temps encore pour s'autoriser à concevoir l'idée d'une relation nouvelle. Depuis qu'il connaissait Nicole, il savait qu'avec cette femme l'amour serait à nouveau possible pour lui.

De la même manière, il savait que Nicole aurait besoin de temps. A force de patience, il espérait réussir à vaincre ses dernières résistances.

Les alertes commencèrent à se multiplier dès le mois de février 1944. En mars, il n'y en eut pas moins de quarante. Dès le mois suivant, les bombardements frappèrent Frescaty et son aéroport. Le 1er Mai, fête nationale du peuple allemand, fut célébré par une attaque en règle sur la gare de triage du Sablon et sur le dépôt de locomotives. Le mois de Marie fut particulièrement éprouvant pour les habitants de ce quartier ; ils payaient un lourd tribut à ce qu'ils voulaient considérer comme une aube radieuse les attendant au terme d'une longue nuit. Trois cent vingt bombes incendiaires causèrent de terribles dégâts matériels et firent d'innombrables victimes dans la seule journée du 25 mai. Un peu partout, l'eau et le gaz commençaient à manquer.

François adressait aux services de renseignements alliés des rapports minutieux sur les résultats des bombardements.

Nicole avait peur. Les bras de Hans ne lui apportaient pas le réconfort qu'elle y recherchait. Elle sentait que la défaite du Reich était en route et elle ne savait plus si elle devait la souhaiter ou la redouter.

— C'est la débâcle qui commence, lui annonça un jour Hans.

— La débâcle, répéta-t-elle en se blottissant plus fort encore contre lui.

— Les troupes alliées ont débarqué en Normandie. Elles progressent rapidement.

— Qu'est-ce que ça veut dire, Hans ? Pour nous.

Le major serrait le corps tremblant de la jeune femme.

— Il est déjà question d'évacuer nos troupes.

— Tu vas devoir partir ?

Il ne répondit pas.

— Mais tu n'es pas soldat, toi.

— Je porte un uniforme de major de la Wehrmacht.

— Oui, mais tu es un scientifique, pas un combattant. Tu pourrais poursuivre tes travaux, ici. Ils sont précieux pour la région. Tu pourrais peut-être proposer tes services à la mairie, quand elle sera à nouveau occupée par des fonctionnaires français. Imagine que tu mettes au jour l'amphithéâtre dont tu m'as parlé... ce serait formidable pour Metz et pour toute la région. Nous aurions les plus belles arènes au monde, avec celles de Vérone.

La jeune femme parlait de manière exaltée. Elle avait besoin de se convaincre elle-même des absurdités qu'elle proférait. Hans se redressa et lui saisit les épaules. Il l'obligea à le regarder.

— Les Français ne verront pas les choses de la même manière que toi, ma chérie, dit-il. Ils ressortiront les rapports que nous avons bien été contraints de fournir à Berlin, dans lesquels nous avançons des arguments ineptes pour étayer leur théorie sur l'origine germanique du peuplement de la région. Ils utiliseront ces documents pour démontrer que nous étions des suppôts du national-socialisme. Ce sera de bonne guerre.

— Il n'y a pas de bonne guerre, Hans.

Puis, se reculant, Nicole s'écria :

— Partons, mon amour ! Fuyons loin d'ici. Emmène-moi à Coblence. Emmène-moi en Egypte. Au Mexique ! Où tu veux...

Hans la sentait au bord de la crise de nerfs. Il la serra dans ses bras et lui parla doucement à l'oreille. Nicole l'embrassa avec fièvre. Elle ne voulait pas lui entendre dire que c'était impossible. Elle ne voulait pas qu'il la ramène dans une réalité qu'elle connaissait aussi bien que lui. Elle n'était pas idiote. Elle savait de quoi l'avenir serait fait pour eux, mais, pour l'instant, elle voulait s'évader dans son rêve. Elle le caressait avec une frénésie qu'elle ne contrôlait plus. Il cherchait à l'apaiser, mais elle connaissait son corps, maintenant. Elle savait comment le faire réagir à ses caresses. Elle fit courir ses lèvres sur le corps de son amant. Quand elle guida son sexe et qu'elle le sentit s'enfoncer en elle, elle en éprouva une vive émotion. Pour la première fois, elle garda les yeux ouverts en lui faisant l'amour et s'abandonna pleinement. Elle sentit, enfin, le plaisir la submerger, et elle poussa un cri déchirant parce qu'elle voulait le retenir et qu'il lui échappait déjà. Pour la première fois, elle donna libre cours à ses larmes lorsqu'une sensation de vide s'empara de tout son être dès que la fièvre fut retombée.

Pour la toute première fois, Nicole avait le sentiment d'avoir trompé François. De l'avoir trompé vraiment. C'était absurde et tellement vrai, à la fois. Elle eut honte.

Lorsqu'ils quittèrent l'hôtel, le patron la rappela :

— Madame Eicher !

Elle se figea.

— Je suis désolé, madame Eicher, mais je ne vais plus pouvoir vous louer de chambre à l'avenir, à vous et au major allemand.

Le tenancier ne fournit aucune explication et disparut sans un mot. Le message était assez clair. Les Alliés seraient bientôt là, il était plus que temps de se refaire une virginité.

Ce soir-là, Nicole éprouva le besoin de voir François. Elle voulait qu'il lui dise qu'il allait devoir fuir Metz avec les Allemands. Qu'il avait peur des représailles, s'il ne partait pas. Elle voulait qu'il lui confesse des trahisons qu'elle ne soupçonnait même pas. Elle voulait qu'il lui dise n'importe quoi qui lui permettrait, de nouveau, de mesurer sa lâcheté. Sa trahison. Elle voulait qu'il lui donne des raisons de le détester. De le mépriser. Elle avait besoin de se libérer du sentiment de culpabilité qui la faisait suffoquer.

François n'était pas dans le salon quand Nicole en poussa la porte. Son mari participait, rue Gambetta, à une réunion du Conseil de la Résistance que présidait Krieger, alias Gregor, un ingénieur de la Société alsacienne-lorraine d'électricité. Il convenait de préparer l'arrivée prochaine des troupes alliées et, en particulier, d'organiser les services de police de la ville pour éviter les actes de pillage. François Eicher occupait une place de premier plan dans ce Conseil. Sa voix était écoutée avec respect. Chacun savait les sacrifices qu'il avait consentis pour servir sa région.

Nicole avait fini par se résigner à remonter dans ses appartements. Elle se détestait plus que jamais d'avoir cherché à piéger son mari. Elle avait voulu sentir la culpabilité de François pour ne plus souffrir de la sienne.

# 21

Après avoir été un pays couché, la France redevenait, au fil des jours, une nation debout. Le travail des hommes de l'ombre trouvait enfin un écho dans la lumière. Les régions résonnaient de nouveau du fracas des armes, du grondement des chars et du martèlement des bottes, mais ces bruits avaient désormais des accents rassurants. Le vol noir des corbeaux n'assombrissait déjà plus certaines plaines, et l'on pouvait se prendre à rêver d'une douce France retrouvée.

A Metz, les autorités allemandes avaient entrepris d'évacuer les archives départementales entreposées dans les magasins de ravitaillement militaire du fort de Saint-Quentin. Les responsables de la région s'engageaient à leur tour sur la route d'un exode qu'Hans avait qualifié de débâcle. Pourtant, la ville était encore soumise au régime de la douche écossaise. Les départs précipités étaient suivis de retours revanchards. La libération tantôt imminente apparaissait subitement compromise. L'avance américaine n'était plus irrésistible, l'armée fatiguait et devait restaurer ses forces. Mais l'espoir était de retour, plus violent que jamais, et donnait sens à tous les sacrifices.

Nicole et Hans ne réussissaient plus à se croiser que très exceptionnellement. La jeune femme courait souvent au chantier déserté de l'ancienne abbatiale de Saint-Pierre-aux-Nonnains. En vain. Elle ne rencontrait guère plus François et le supposait occupé à préparer son départ. Sa fuite. Désemparée, elle errait dans les rues d'une ville en proie à une étrange effervescence. Quand elle croisait des officiers allemands, elle n'hésitait pas à leur demander s'ils avaient vu le major Süskind, lequel ne rentrait plus tous les soirs dans une auberge désertée par sa bruyante clientèle. Les hommes qu'elle accostait avaient bien d'autres soucis en tête que les émois d'une femme délaissée par son amant.

En revanche, Nicole sentait en permanence posé sur elle le regard impitoyable d'hommes et de femmes qui ne connaissaient rien à l'amour.

Mais ce qu'elle éprouvait pour l'archéologue, était-ce vraiment de l'amour ? Elle s'était souvent posé la question lorsque, blottie au creux de son épaule, elle n'y trouvait ni plaisir des sens ni réconfort réels. Pourtant, ce ne pouvait être autre chose que de l'amour, voyons. C'était forcément de l'amour ! De toute façon, quelle importance ? Aujourd'hui, elle ne voulait plus avoir à penser. Elle voulait être avec Hans. Elle voulait qu'il lui parle de son village proche de Coblence ou bien de l'Egypte ou encore du Mexique, enfin, de n'importe quel pays pourvu qu'il fût loin de Metz. Loin de l'auberge des Régates. Loin de François.

Un jour de la mi-septembre qu'elle marchait, désœuvrée, dans les petites rues médiévales, aux environs du couvent de la Visitation, son regard fut attiré par un homme allongé sur le sol, les bras et la tête appuyés sur une borne en pierre. Il paraissait avoir été victime d'un malaise. Elle s'en approcha pour lui proposer de l'aide. Quand elle posa la main sur son bras, l'homme au costume élégant roula à ses pieds. Ses yeux, que la vie avait désertés, étaient ouverts et fixaient la jeune femme, qui recula d'un pas. Même dans la mort, le regard du vieux Jules était empli de haine. Une large tache de sang séchait déjà sur sa chemise d'un blanc par ailleurs immaculé.

Nicole détourna le regard. Elle ne se sentait pas bouleversée outre mesure. Elle se remémorait le rire cynique de l'ancien suisse, une certaine nuit de Noël. Il avait été victime de ses sympathies pour l'occupant. C'était dans l'ordre des choses. Mais... François ne risquait-il pas de connaître le même sort ? La gorge serrée, Nicole se mit à courir en direction de l'auberge des Régates. Elle voulait revoir son mari. Même s'il devait lui infliger une nouvelle déception, elle avait besoin de le savoir en vie. Peut-être pourrait-elle, même, l'aider à fuir avant l'arrivée des troupes de libération. Elle devait bien cela au François d'hier. A celui qui avait su lui bâtir un rêve et lui offrir tant de bonheur.

Au moment où elle pénétra en trombe dans la rue du Chanoine-Collin, elle heurta un homme en uniforme de la Wehrmacht.

— Nicole ?

C'était Hans. Elle se jeta dans ses bras et lui demanda de la serrer fort. Il lui parla doucement à l'oreille. Se pouvait-il qu'elle entendît bien ce qu'il disait ?

— Je ne peux pas retarder plus longtemps mon départ, ma chérie. Un convoi s'en va cette nuit. Il doit emporter des archives importantes pour le Reich. On veut que je l'accompagne.

— Mais tu n'as rien à voir avec ça, Hans. Ton travail à toi...

— Je suis major dans cette armée, Nicole. Aujourd'hui, mes compétences en matière d'archéologie n'intéressent plus personne. De toute façon, Metz sera bientôt libérée. Il vaut mieux que je parte. Nous en avons déjà parlé.

— Mais nous ?

— Je ne peux pas t'emmener avec moi, cette nuit. Mais j'aimerais que tu me rejoignes dans ma maison près de Coblence, ma chérie. J'ai déjà tout prévu. Un de mes assistants passera te prendre dans deux jours à l'auberge. Il disposera d'un petit bateau et te conduira jusque chez moi, en descendant la Moselle. Il possède des instructions à remettre à mes parents. C'est un garçon de mon village. Je viendrai te retrouver dès que cela me sera possible. Tu acceptes, dis ?

Brusquement, Nicole ne savait plus quoi répondre à cette question. Hans ne se rendait pas compte, voyons ! C'était bien d'un homme ! Elle avait trop de problèmes à résoudre en même temps. Partir ? Le rejoindre à Coblence ? Oui, bien sûr, elle en avait rêvé... Mais, là, il lui fallait d'abord remettre de l'ordre dans ses idées. Elle ne pouvait lui fournir de réponse immédiate. Ce n'était pas le genre de décision qu'on prenait à la légère. Pourtant, il attendait qu'elle se décide. Il avait besoin de savoir. Le temps leur était compté. Un voyage en bateau, en descendant le cours de la Moselle alors qu'il ne serait même pas auprès d'elle. Alors que des combats faisaient rage un peu partout. Et puis, il restait tant de questions à régler.

— Oui, Hans, je viendrai, dit-elle.

Il fallait bien dire quelque chose. Car, là, l'urgence était autre. Laquelle, déjà ? Tout se brouillait dans son esprit.

Elle ne savait plus. Sinon qu'elle devait rentrer de toute urgence à l'auberge.

— Bien sûr que je te rejoindrai, mon Hans chéri, dit-elle encore.

Elle se blottit contre sa poitrine. Il ne devait pas lire dans ses yeux. Dans deux jours, le départ? Oui, c'était parfait. Cela lui donnerait le temps de remettre de l'ordre dans ses idées. Oui, sans doute qu'elle le rejoindrait. Que pourrait-elle faire d'autre? Rester ici? En butte à toute cette hostilité? Confrontée à tous ces regards impitoyables braqués sur elle? Bien sûr qu'elle le rejoindrait. Mais là, pour l'heure, elle devait rentrer à l'auberge sans tarder.

— Ne me laisse pas seule trop longtemps, murmura-t-elle à l'oreille de son amant.

— Je viendrai dès que possible, ma chérie. Je te le promets. Moi aussi, j'ai hâte de te retrouver.

Mais là, il devait la laisser. Il ne pouvait s'attarder plus longtemps. On l'attendait. Tant de détails à régler avant le départ de ce soir. Elle lui dit que c'était très bien ainsi. Elle aussi avait tant de détails à régler avant le départ. Après-demain déjà! Qu'Hans ne se mette pas en retard, surtout. Qu'il prenne bien soin de lui. Avec un peu de chance, il serait à la maison avant elle. Qui sait? Tout était possible au milieu de cette confusion ambiante. Elle le regarda s'éloigner. Il se retourna quatre fois pour lui adresser de petits signes de la main. Il souriait avec, dans les yeux, cette expression juvénile qui la faisait fondre. Il avait tant d'espoir dans le regard.

Nicole se mit à courir. Elle courut jusqu'à l'auberge sans s'arrêter pour reprendre son souffle. L'auberge des Régates était désertée par les uniformes. Les membres du personnel et les musiciens discutaient dans la véranda, désœuvrés. Personne pour leur donner des instructions. Ils n'avaient vu ni monsieur Eicher ni monsieur Gorges.

— Je ne sais pas, dit Nicole. Je ne sais pas. Faites pour le mieux.

Elle sentait posés sur elle les regards de ces hommes, qui ne comprenaient pas que personne ne leur dise quoi faire. Devaient-ils rester ? Devaient-ils partir ? Revenir demain ? Attendre qu'on les rappelle ? Tout cela n'était que trivialités pour la jeune femme. Elle avait quelque chose de beaucoup plus important à accomplir ici. Mais quoi ?

Mon Dieu, le regard empli de haine du vieux Jules !

Oui, bien sûr. Trouver François ! Savoir qu'il était toujours en vie. Lui dire qu'elle ne voulait pas qu'il lui arrive malheur. Lui dire qu'elle n'oublierait jamais tout ce qu'il avait représenté pour elle. Tout ce qu'il lui avait apporté. Lui dire aussi qu'elle voulait effacer de sa mémoire les dernières années de l'annexion pour conserver uniquement l'image de l'homme au rêve fabuleux. C'était pour cela qu'elle devait partir. Qu'elle devait absolument le quitter. Pour retrouver son François d'autrefois, elle devait rejoindre un autre homme. Cela, elle ne le lui dirait pas. En revanche, si elle pouvait faire quoi que ce soit pour lui...

Nicole s'écroula sur un tabouret du bar. Elle était fatiguée. Elle aurait voulu s'endormir, et se réveiller une fois que tout serait terminé. D'une manière ou d'une autre. Elle ne savait même plus qui elle était.

— *Le convoi empruntera la route de Strasbourg. Il transporte des archives importantes. Il faut empêcher qu'ils les fassent disparaître. Le Conseil de la Résistance a décidé d'une opération de commando.*

D'où provenait cette voix ? Nicole, perdue dans sa

dérive, ne parvenait pas à en situer l'origine. C'est à peine si elle enregistrait le sens de ce qu'elle entendait. Et puis...

— Cette nuit... après le fort de Queuleu... l'embuscade... agir vite... pas de pitié...

Les mots lui parvenaient, maintenant, par bribes, vagues, mais les images qu'ils éveillaient, elles, étaient nettes, précises. Elles mêlaient les ténèbres et le sang.

Hans !

Elle se précipita au-dehors. Elle devait le retrouver, le prévenir. Elle devait l'empêcher d'accompagner ce convoi.

La porte du petit salon s'ouvrit. Frédéric passa la tête et examina l'entrée de l'auberge. Elle était déserte. Il revint vers Paul Muller.

— J'avais cru entendre du bruit. Excuse-moi...

— Merde, je n'avais pas fermé la porte. Même si les Schleus ne sont plus là, mieux vaut être prudent. François t'a prévenu qu'il tenait à diriger lui-même les opérations, cette nuit ?

— Pourquoi ? demanda Frédéric.

— Il répugne à l'idée de faire tuer des hommes, même si ce sont des ennemis. Les soldats qui accompagneront le convoi, cette nuit, ne seront pas des SS. S'il doit demander à nos gars de se transformer en exécuteurs, il tient à être présent pour assumer sa part de responsabilité.

— Il faudrait lui rappeler que nous sommes encore en guerre, observa le maître d'hôtel.

Paul Muller sourit.

— Ça ne changerait rien pour lui. C'est un idéaliste.

Le pompier écrasa son mégot dans le cendrier et ajouta :

— Je le comprends.

Frédéric secoua la tête.

Lorsqu'elle avait quitté Hans, le major semblait se diriger vers la place d'Armes. Sans doute se rendait-il à l'hôtel de ville. Nicole s'y précipita. Des hommes et des femmes s'agitaient en tous sens. Personne ne prêtait attention à elle. Ceux dont elle parvenait à retenir l'attention ignoraient où se trouvait le major. Elle fit le tour de tous les bâtiments officiels, qui se vidaient comme des ruches enfumées. Elle suppliait. Elle devait absolument parler au major Süskind ! C'était important. C'était vital !

Elle s'apprêtait à quitter la rue aux Ours, le désespoir au cœur, quand un homme grand, mince, au regard de glace, au costume noir, lui saisit le bras.

— *Fraü* Eicher, dit-il.

Elle le regarda. Elle ne le connaissait pas, pourtant il savait qui elle était.

— J'étais à l'hôtel de ville quand vous posiez déjà des questions sur le major Süskind.

Tout en lui parlant, l'homme l'entraîna dans une pièce où un bureau et une oriflamme nazie étaient tout ce qui restait en guise de mobilier.

— Pourquoi est-il si important que vous le retrouviez ?

Elle bafouilla :

— C'est une question personnelle.

— Plus rien n'est « personnel », aujourd'hui, *Fraü* Eicher. Qu'Hans soit votre amant est une chose, mais même cela n'a plus de caractère « personnel ».

Elle blêmit.

— Hans vous a dit...

L'officier SS la coupa.

— Il n'a pas eu à me dire quoi que ce soit. Tout le

monde, dans cette ville, est au courant de votre relation, *Fraü* Eicher. Sauf peut-être votre mari...

Le SS rit. Nicole secoua la tête.

— Vous connaissez Hans ? demanda-t-elle.

— Je le connais. Dites-moi pourquoi il est si important que vous le retrouviez.

— Je dois lui parler. Si vous savez où il se trouve...

— Pourquoi, *Fraü* Eicher ? Pourquoi est-il vital que vous parliez au major Süskind ?

— Parce que... parce que je l'aime !

— Pourquoi, madame Eicher, est-il vital que vous le retrouviez ? martela le SS. Vous l'aimez, soit. Mais il part cette nuit. Il a dû vous le dire ?

Elle opina de la tête. Elle s'empressa d'ajouter qu'elle n'était pas une maîtresse délaissée, qu'elle ne cherchait pas le major pour le harceler. D'ailleurs, elle devait le rejoindre à Coblence. Enfin, chez lui, dans un petit village tout près de Coblence, dans une maison qui surplombait la Moselle... C'était lui-même qui avait organisé son transport.

— Alors ? Si tout est arrangé, *Fraü* Eicher, si vous vous aimez, si vous allez le rejoindre chez lui et si vous n'êtes pas une maîtresse abandonnée, que pouvez-vous avoir d'aussi urgent, d'aussi vital à lui communiquer ?

L'officier SS s'interrompit et, plissant les yeux, il demanda :

— Sa vie serait-elle en danger ?

Comment aurait-elle pu nier ? Et dès lors qu'elle eût reconnu vouloir sauver la vie de son amant, comment ne pas expliquer les circonstances du complot ? La route de Strasbourg... après le fort de Queuleu... l'embuscade... Elle ne savait rien de plus. Qui ? Elle l'ignorait. Une conversation surprise dans... dans une église. Au moins, elle ne parlerait pas de l'auberge!

L'officier n'insista pas. Il quitta la pièce sans plus se soucier de la jeune femme. Nicole demeura prostrée. Incapable du moindre mouvement. Pétrifiée. Des hommes vinrent emporter les caisses, puis le bureau. Quand la pièce fut vide, elle sortit. Il régnait toujours la même effervescence étrange dans les rues. Elle marcha lentement. Machinalement. Le jour déclinait. La nuit succéda au jour. Un convoi de camions passa à côté d'elle. Il roulait lentement.

C'est à ce moment qu'elle réalisa qu'elle marchait sur la route de Strasbourg. Un cri jaillit de sa poitrine.

— Hans!

Un cri si puissant qu'il couvrit le bruit des moteurs. Une bâche se souleva. Une tête parut.

— Hans.

Ce n'était plus un cri, rien qu'un soupir.

L'homme sauta du camion et s'approcha d'elle en courant.

— Que fais-tu ici, Nicole? demanda-t-il.

Elle le regarda. Des larmes gonflaient ses yeux. Le convoi s'éloignait.

— Si tu savais ce que j'ai fait, murmura-t-elle.

— Parle! dit-il en lui saisissant les épaules.

Nicole n'eut pas à faire l'aveu de sa trahison. Des deux côtés de la route, des coups de feu claquèrent. Le crépitement implacable et ininterrompu de mitrailleuses. Le convoi poursuivait sa route sans accélérer, sans ralentir, indifférent à ce qui se passait autour de lui. Nicole voyait des silhouettes sombres surgir des ténèbres. Elles paraissaient toutes petites dans la nuit et la distance. Elles étaient agitées de soubresauts bizarres, qui créaient l'illusion d'une danse macabre.

— Qu'as-tu fait ? demanda Hans.

Elle baissa les yeux.

— J'ai eu peur pour toi, répondit-elle.

Il n'y avait plus la moindre confusion dans l'esprit de la jeune femme. Le silence était revenu autour d'eux. Le convoi s'était fondu dans la nuit. Puis, le grondement de motocyclettes. Surgissant des ténèbres, des engins filaient en direction de la ville. Une grosse berline noire fermait la marche. Elle s'arrêta à hauteur du major et de la jeune femme. Une portière s'ouvrit. L'officier SS de la rue aux Ours descendit de la voiture. Il considéra la jeune femme sans un mot. Puis il sourit à son compagnon.

— Major Süskind, nous vous devons une fière chandelle.

Hans ne répondit pas. L'officier SS se retourna. Il s'appuya au toit de la voiture et contempla les abords de la route, avec une expression de satisfaction évidente. Au sommet d'une hauteur voisine, une silhouette se détachait sur l'horizon. Un homme courait dans leur direction. L'officier lança un ordre rapide. Un homme à l'intérieur de la voiture sombre lui tendit un objet de la forme d'un bâton. Un fusil. L'officier mit l'ombre en joue. Au sommet de la colline, l'ombre leva un bras, le tendit derrière la tête, comme si elle était sur le point de lancer une grenade. Le coup de feu claqua. L'ombre s'affaissa vers l'avant et dévala la colline. Le fusil et le SS disparurent à l'intérieur de la voiture, qui démarra sans plus attendre.

Le major Süskind se précipita vers l'ombre, qui avait achevé sa chute à une vingtaine de mètres du couple. Nicole lui emboîta le pas.

— François ! hurla-t-elle en reconnaissant l'homme couché sur le sol.

Hans se baissa et examina l'hôtelier.

— Il a perdu connaissance, mais la blessure est superficielle, dit-il. La balle lui a à peine effleuré le cuir chevelu.

Il se redressa et saisit la jeune femme par les épaules.

— Nicole, on ne doit pas te trouver ici. Rentre à l'auberge. Je m'occupe de lui. Fais-moi confiance !

— Ma place est…

— Ta place est n'importe où sauf ici, Nicole !

Le cœur de la jeune femme cessa de battre. Avait-elle bien entendu ? Etait-ce du mépris qui avait percé dans la voix de son amant ?

— Rentre à l'auberge ! répéta Hans.

Sans un mot de plus, il se mit à courir vers les habitations les plus proches. Nicole regarda le corps inconscient de son mari. Il lui avait suffi de le voir couché là, à ses pieds, pour comprendre. Elle tourna les talons et reprit sa marche en sens inverse. La confusion reprenait possession de son esprit. Si François était là parmi un groupe de partisans, c'était donc qu'il n'était pas un traître. Se pouvait-il que pendant toutes ces années… ?

## 22

Le major Süskind ne s'était pas trompé, la blessure de François était superficielle. Seulement, lorsqu'il eut repris conscience, l'aubergiste ressentit une vive douleur dans le bas du dos. Il eut beau faire, il ne parvint pas à se remettre debout. Ses jambes ne lui obéissaient plus. Le médecin appelé à son chevet, après son retour à l'auberge, confirma ses craintes. Certes, il conviendrait de procéder à des examens plus approfondis pour obtenir une confirmation du diagnostic, mais il était probable que la chute avait provoqué un déplacement de la balle coincée entre deux vertèbres depuis la dernière guerre.

— Une nouvelle opération est-elle impossible ? demanda François.

— Hélas ! fit le médecin.

— Ce qui veut dire ?

— J'aimerais me tromper, François, mais...

— Je ne marcherai plus, c'est ça ?

— J'en ai bien peur.

— Jamais ?

— Non, mon vieux, jamais.

Nicole, qui écoutait derrière la porte du petit salon, ne put retenir un cri. Quand le médecin prit congé, François lui demanda de faire entrer sa femme. Nicole redoutait cet instant où il lui faudrait croiser le regard de son mari.

Elle approcha une chaise du divan sur lequel François était allongé. Ils restèrent un long moment sans réussir à rompre le silence. Ce fut elle, en définitive, qui demanda :

— Tu faisais partie d'un mouvement de résistance, c'est bien ça ?

— Je le dirigeais, répondit François.

Il n'y avait pas de forfanterie dans sa voix. Juste un besoin de dire la vérité. Toute la vérité.

— Depuis longtemps ?

— Depuis le 19 juin 1940.

Elle ferma les yeux.

— Tu ne me faisais donc pas confiance.

— Je voulais te protéger.

— Tu as réussi, dit-elle.

Oui, il y avait de l'amertume dans sa voix. Depuis qu'elle avait compris que François n'était pas le larbin de l'occupant, Nicole avait eu le temps de remuer bien des pensées.

— Au fil des mois, je me suis retrouvé prisonnier de ma décision de départ, expliqua François. J'ai plusieurs fois été tout près de te dire la vérité, mais je ne réussissais jamais à m'y résoudre. J'avais peur pour toi.

Elle demeura silencieuse. Enfin, elle osa lever les yeux.

— Quel gâchis, soupira-t-elle.

Elle sortit.

Nicole traversa la salle de restaurant, la véranda, et gagna le jardin. Elle s'assit sur la balancelle. Quand il avait ramené François à l'auberge, Hans avait essayé de lui parler, mais elle n'avait pas voulu le voir. Elle ne s'était pas trompée. Il y avait eu du mépris dans sa voix quand il lui avait dit : « Ta place est n'importe où sauf ici. » Comment avait-il pu oublier qu'elle n'avait trahi les siens que pour lui sauver la vie ? Si une personne ne pouvait lui jeter la pierre, c'était bien lui. Elle aurait accepté que François lui crache sa haine au visage, mais pas qu'Hans lui marque du mépris.

Puis, tout en se balançant, elle en vint à se dire qu'elle n'accepterait pas plus la haine de François que le mépris d'Hans. Son mari était aussi coupable qu'elle. S'il ne l'avait pas tenue à l'écart de ses activités, s'il avait eu un peu plus confiance en elle, ils n'en seraient jamais arrivés à cette extrémité-là.

Il se passa plusieurs jours avant que Nicole ne réalise qu'elle avait aussi manqué de confiance en François. Comment avait-elle pu douter de lui à ce point ? Lui au moins avait voulu la protéger.

Hans ? Elle mit un peu plus de temps à comprendre qu'elle ne l'avait jamais vraiment aimé pour lui-même. Elle était allée vers l'archéologue au regard d'enfant, vers ce scientifique qui lançait des bateaux en papier sur la Moselle, pour retrouver le François d'autrefois. C'était pour cela qu'elle n'avait jamais éprouvé de plaisir dans ses bras, sauf le jour où elle avait senti qu'elle ne le reverrait plus. En vérité, elle n'avait jamais cessé d'aimer François.

Se pouvait-il qu'il ne soit pas trop tard ?

Les journées de Nicole retrouvaient de vagues couleurs, mais ses nuits demeuraient obstinément noires, traversées de silhouettes exécutant une danse macabre le long d'une route déserte. Elle n'osait pas pousser la porte du petit salon, dont François ne sortait plus, même depuis qu'on lui avait apporté un beau fauteuil roulant.

Frédéric et Paul venaient souvent lui rendre visite. Désormais, Nicole savait ce qui rapprochait ces trois hommes et l'excluait de leur intimité. Pourtant, le maître d'hôtel et le pompier avaient toujours un mot gentil pour elle quand ils la croisaient. Comment auraient-ils réagi s'ils avaient su que leurs compagnons étaient morts par sa faute à elle ? A elle seule ?

Le mois de septembre s'acheva sur une nouvelle qui, sans attrister les Messins, ne laissa pas de les intriguer. Le gauleiter Bürckel succomba des suites d'une inflammation intestinale compliquée d'une pneumonie, mais il se murmurait que, la veille de son décès, le fidèle du Führer, partisan acharné de la germanisation de la Moselle, était encore solide comme un chêne. Qui étaient les deux hommes mystérieux dont on racontait qu'il avait reçu la visite quelques heures avant sa mort ?

— Les loups commencent à se dévorer entre eux, observa Paul.

Le XXe corps de la 3e armée américaine ne pénétra les faubourgs de Metz que le 19 novembre, au terme de combats acharnés et d'une attente de près de deux mois pour les Messins. Les troupes alliées avaient dû prendre le temps de se regrouper après leur progression si rapide depuis les plages de la Normandie.

Dans un ultime sursaut, les Allemands avaient voulu enrôler dans leurs rangs tous les hommes encore présents dans la ville, mais ceux-ci étaient subitement devenus introuvables. La population dans son ensemble réussit en outre à se soustraire aux mesures de déportation massive décrétées par des autorités aux abois. Par sa seule présence, elle rendit impossible l'occupation des maisons et des caves par les Allemands, ce qui épargna aux forces de libération d'éprouvants combats de rue.

La ville de Verlaine fut considérée comme libérée le 22 novembre 1944.

François avait suivi tous les événements depuis le petit salon de l'auberge, grâce aux rapports de ses deux fidèles compagnons, qui ne manquèrent pas de le tenir informé du moindre fait nouveau. Après la nuit qui l'avait laissé paraplégique, l'aubergiste avait confié une dernière mission à Paul Muller.

— Le major Süskind m'a sauvé la vie. Je ne veux pas être en reste envers lui. Est-ce que je peux compter sur toi, Paul, pour l'aider à rentrer chez lui ?

Le pompier avait souri. Il n'avait pas eu besoin de répondre à son ami.

— Tu as reçu des nouvelles de Léni ? lui demanda François.

— Ça ne rigole pas, pour eux, en Allemagne. Cela dit, son usine a fermé ses portes. Elle voudrait rentrer à la maison, mais je lui ai conseillé d'attendre chez son oncle que tout ça se calme.

— Et son Belge ? demanda François.

Paul rit.

— Figure-toi qu'elle lui a sauvé la vie. Je t'assure ! Il avait prévu d'organiser une opération de sabotage dans leur usine, avant de filer à l'anglaise. Un type l'a dénoncé. Par bonheur, Léni l'a su et elle a pu l'avertir. Il a renoncé à saboter l'usine, mais pas à se tirer. Ils ont échangé leurs adresses. Elle espère qu'il lui donnera signe de vie.

Dans ses longs moments de solitude, François ne pouvait s'empêcher de songer qu'une dizaine de compagnons étaient morts par la faute de Nicole. Il en était venu à détester sa femme, puis, le temps passant, il avait compris que, sans sa décision du 19 juin 1940, Nicole ne se serait pas éloignée de lui et ces hommes seraient toujours vivants. Il aurait aimé pouvoir en parler avec elle, mais sa femme ne venait plus le voir, et lui ne trouvait pas la force de s'arracher à sa solitude. Dix hommes étaient morts par sa faute et la mission avait échoué. Les archives convoitées leur avaient échappé.

Déjà, quand, de son poste d'observation, François avait vu ses compagnons se faire décimer les uns après les autres, il avait eu honte de n'être pas parmi eux. Il était leur chef et, pour cela, il allait vivre. C'était injuste. Il avait voulu mourir. Il s'était alors précipité vers la berline noire, mais c'était une pierre qu'il serrait dans sa main, pas une grenade.

S'il n'était pas mort, cette nuit-là, cela devait avoir un sens. Lequel ?

Un jour peut-être, il comprendrait.

Avec la libération, l'espoir ne fut pas le seul à revenir en France. La colère se réveilla dans des cœurs qui, pour beaucoup, avaient dormi pendant près de quatre années.

# 23

Nicole entendit d'abord comme une sourde clameur au loin. La tête dans les mains, elle demeurait prostrée plutôt qu'assise à une table, dans le fond de la salle de restaurant, tout près de la grande porte vitrée ouvrant sur la véranda, où les musiciens ne savaient pas s'ils devaient ranger leurs instruments ou se préparer à jouer. Eux aussi entendirent la clameur monter. Eux aussi comprirent ce qui se préparait. Ils n'osaient pas regarder dans la direction de la jeune femme, mais leur malaise était perceptible. Nicole savait qu'ils se tiendraient tous à l'écart de ce qui allait se passer. Elle leur en était reconnaissante. Ils n'ajouteraient pas à son humiliation. Elle ne pouvait, décemment, en attendre plus de leur part.

La rumeur devenait cri. Un cri composé de dizaines de voix, mais répercutant un sentiment unique : la haine. Ils seraient bientôt là. La porte allait s'ouvrir, et ils prendraient possession des lieux, comme d'autres l'avaient fait avant eux. Ils n'auraient pas à arracher des murs les oriflammes nazies ; elle s'en était chargée elle-même. Ils pourraient ainsi s'occuper d'elle sans perdre de temps.

Des hommes et des femmes qu'elle ne reconnaîtrait pas, ou à peine, et qui venaient la punir d'avoir aimé un

Allemand. Des hommes et des femmes qui n'étaient sans doute ni meilleurs ni pires que les autres, qui n'avaient rien fait pour hâter le jour de la délivrance, sinon attendre patiemment que d'autres sacrifient leur vie pour sauver la leur, et qui, aujourd'hui, s'érigeaient en juges et en bourreaux.

Frédéric Gorges sortit de la cuisine. Il avait dû entendre le cri qui avait éclaté en une multitude de vociférations. L'unité avait cédé la place à la multitude. A vrai dire, l'unité n'avait jamais existé. Chacun avait toujours été seul avec sa rancœur. Pour beaucoup, la haine n'était que le fruit blet de la honte. Honte d'avoir subi la domination de l'occupant sans réagir. La distance était-elle si grande entre leur passivité et la faiblesse de Nicole pour un homme qui avait, en définitive, fait plus pour la région qu'aucun de ces justiciers improvisés ?

Frédéric demeurait pétrifié. La jeune femme releva la tête.

— Frédéric, murmura-t-elle, voulez-vous leur ouvrir la porte ?

Le maître d'hôtel se tourna vers sa patronne. Son regard exprimait l'incompréhension. Nicole sourit en défaisant le ruban qui retenait la masse de ses longs cheveux châtain foncé, qu'elle fit voler autour de son visage.

— Il serait dommage qu'ils doivent l'enfoncer, précisa-t-elle.

Incrédule, Frédéric secoua la tête. La jeune femme eut l'impression de lire de la sympathie dans son regard. Elle lui fut reconnaissante de ne pas exprimer de pitié.

Le maître d'hôtel venait à peine d'ouvrir la porte que les premiers arrivants le repoussèrent. Nicole ne reconnut pas un seul visage, pour la bonne raison qu'elle ne vit qu'une masse d'individus qui hurlait en se répandant dans la salle de restaurant.

La jeune femme ne s'était pas départie de son sourire.

— Vous voyez, dit-elle, je vous attendais.

Sa voix tremblait, mais l'agitation se figea soudain autour d'elle. La clameur se tut. Une gêne soudaine. Puis une voix. Lointaine. Le mouvement reprit. Confus. De l'arrière vers l'avant, comme une vague qui grossit avant de déferler sur un esquif en perdition. Une voix succéda à une autre, puis une autre encore. La honte redevenait colère. Si elle n'avait subitement eu aussi peur, Nicole aurait éprouvé de la compassion pour chacun de ces hommes. Pour chacune de ces femmes. Mais là, en ce moment, c'est une terreur qui lui étreignait le cœur face à cette masse informe.

Au milieu de ces visages haineux, elle crut apercevoir celui de Paul Muller. Très vite, des visages il ne resta que des rictus. Nicole aurait aimé pouvoir appeler François à son secours, mais il était bien la dernière personne dont elle devait espérer de l'aide.

Les rictus l'entouraient, pareils à des masques échappés d'un tableau de James Ensor. Des doigts pointés vers elle. Une main saisit ses cheveux sans ménagement. Elle voulut dire à cet inconnu de faire attention, mais cela lui parut déplacé. Il agitait une paire de ciseaux devant ses yeux.

— Faites vite, supplia-t-elle d'une voix lasse.

La main tira sa toison vers le haut. Nicole serra les dents. Le souvenir de sa mère lui brossant les cheveux avec tant de douceur lui revint subitement en mémoire :

« Tu as de si beaux cheveux, ma chérie. Il faudra toujours en prendre bien soin. C'est un capital précieux pour une femme, tu sais. »

Nicole ferma les yeux en attendant le claquement sec des ciseaux, mais ce fut un coup de feu qui claqua. Puis une voix ferme et calme dit :

— Vous savez qui je suis, je suppose ?

« François ! » s'exclama Nicole sans qu'un son passe ses lèvres.

Elle n'osait encore ouvrir les yeux.

— Vous savez ce que j'ai fait avec mes compagnons ? Vous connaissez le prix que nous avons payé ?

Des voix — d'hommes surtout — disaient sans plus aucune arrogance :

— Oui, oui... nous savons, monsieur Eicher.

— Alors, que venez-vous faire ici ?

Des voix — de femmes surtout — disaient avec plus de force, mais moins d'assurance :

— Elle a couché avec un Schleu !

— Collabo !

— Salope !

— Traînée !

Un nouveau coup de feu.

— De quel droit ? gronda François.

Il se tut. Le silence était presque général. Lourd. Pesant. Menaçant. La colère de ces inconnus était palpable. François Eicher était un héros, mais cela ne lui donnait pas tous les droits ! Nicole sentait l'émotion de cette foule en fureur aussi nettement que si elle avait été la sienne.

— Qu'as-tu fait, toi ? demanda François.

Nicole se décida à ouvrir les yeux. Entouré de Paul Muller et de Frédéric Gorges, François avait posé son fusil en travers des bras de son fauteuil roulant. Ses yeux lançaient des éclairs autour de lui. Etait-ce à Nicole que s'adressait sa question ? Devait-elle se justifier ? Non. Le doigt de François était tendu vers l'homme qui tenait les ciseaux. Puis il se dirigea vers un autre homme, puis vers une femme, puis un autre, et une autre, et chaque fois François demandait :

— Et toi ? Qu'as-tu fait ?

Le bras tendu, François balayait l'ensemble de la pièce. En définitive, son doigt s'arrêta sur sa femme.

— Elle, dit-il d'une voix subitement adoucie, elle a obéi aux ordres.

Nicole ouvrit la bouche, mais sans réussir à articuler un seul son.

— Dans un réseau, reprit François après un silence encore plus tendu que les autres, c'est comme à l'armée. Il faut obéir aux ordres. Il ne faut jamais discuter les missions.

François leva les yeux vers Frédéric, qui poussa aussitôt le fauteuil roulant vers la table où Nicole le dévisageait sans trop comprendre. Paul, qui avait suivi le mouvement, écarta ceux qui restaient agglutinés autour de la jeune femme. Il ôta les ciseaux de la main du coiffeur improvisé et les posa sur la table. Tout se passa sans la moindre emphase. Le plus simplement du monde, François se retrouva à côté de sa femme. Il posa la main sur son épaule.

— Oui, elle a obéi aux ordres, conclut-il. Je n'ai pas à vous en dire plus. Aucun de nous, ici, n'a à se justifier de ses actes. Nous avons œuvré comme il le fallait pour hâter la délivrance. Lequel d'entre vous en a fait autant ?

Nicole aurait voulu disparaître sous la terre. Personne ne croirait jamais François.

Le contact de la main de son mari sur son épaule la gênait. Nicole, irritée, se leva brusquement. Dans le mouvement, elle tourna la tête et vit que les membres de l'orchestre se tenaient prêts à intervenir pour soutenir François si la situation venait à dégénérer.

Mais François ne se départait pas de son calme. Son autorité naturelle, l'écho de ses exploits qui commençait à se répandre dans toute la ville, son infirmité... tout jouait en sa faveur. Nicole voulait s'en aller, mais Paul Muller s'était placé de telle manière qu'entre lui et le fauteuil roulant tout mouvement lui était interdit.

François Eicher avait recommencé à parler. A son ton, Nicole comprit que, s'il s'adressait à la foule, c'était d'elle seule qu'il désirait se faire entendre.

— Longtemps, j'ai gardé ma femme à l'écart de mes activités. Pour la protéger. J'ai eu tort. Mais, que voulez-vous, je savais qu'elle voudrait être des nôtres. Je ne m'étais pas trompé. Le jour où elle a su... j'ai bien dû la traiter comme n'importe quel agent du réseau.

François venait de donner un sens aux quatre années de souffrance qu'ils avaient vécues l'un et l'autre. Nicole avait honte d'avoir douté de lui. Elle avait honte de n'avoir pas compris plus tôt.

Par bonheur, sa pudeur avait aidé son mari à dire l'essentiel sans se perdre dans de longues phrases.

Nicole suffoquait. François dit encore :

— Ma femme a fait ce que sa conscience lui dictait de faire, comme chacun des membres de mon réseau. De nous tous, c'est elle qui a le plus souffert.

Il se tut. La foule aussi se taisait. Un silence de gêne. La colère avait à nouveau cédé le pas à la honte. François reprit d'une voix dans laquelle Nicole perçut une ironie amère :

— Maintenant que votre soif de vengeance est étanchée, buvons à la libération de notre bonne ville de Metz. Allons, champagne pour tout le monde !

François fit rouler son fauteuil en direction du bar. L'aspirant coiffeur se mua spontanément en infirmier. Il entreprit de pousser le fauteuil du héros. François se laissa faire, sans répondre à l'homme qui lui présentait ses excuses. Nicole tremblait de tout son corps. Elle avait l'impression qu'on devait entendre ses dents claquer à l'autre bout de la pièce. Paul la prit par les épaules. Elle le repoussa.

— A part ces imbéciles, qui avalera ces bobards ? demanda-t-elle d'une voix brisée.

— Tout le monde croira François, Nicole, répondit le pompier.

— Pas les membres du réseau, voyons !

Paul la coupa :

— François était le seul à connaître l'identité de tous les membres du réseau. Moi, hormis Frédéric et lui, je connais peut-être deux, trois gars. C'était une mesure de sécurité. Et puis, chacun sait à quel point vous revendiquiez votre attachement à la France. Me croirez-vous si je vous dis que quelqu'un m'a affirmé, bien avant la libération, que votre changement de comportement envers un certain Allemand était dicté par les besoins de la cause ?

Nicole secoua la tête. Elle ne supportait pas d'entendre de tels propos. Elle songeait aux hommes qui étaient morts par sa faute. Elle regardait son mari dont le corps était devenu une source de souffrance permanente.

— C'est absurde ! s'exclama-t-elle. Je dois dire la vérité...

Paul la força à le regarder. Il n'y avait plus de douceur dans sa voix :

— Si vous ne vous taisez pas pour vous, faites-le au

moins pour François. Il en a suffisamment bavé comme ça.

Il relâcha la jeune femme et alla rejoindre son chef.

Nicole fut déconcertée par le ton brusquement autoritaire du pompier. En vérité, elle préférait ça. Cette dureté était plus de mise. Elle aurait aimé aller trouver François pour lui demander pardon, seulement elle ne voulait pas qu'on lui pardonne. Elle n'accepterait la rédemption que si celle-ci pouvait rendre la vie à ces silhouettes si sombres, si petites dans la distance, qui avaient exécuté une curieuse danse macabre quand les mitrailleuses allemandes les avaient déchiquetées.

— Allons, mes amis, lança François, venez tous dans la véranda. Nous sommes à nouveau en France, où tout se termine par des chansons.

Les musiciens reprirent leur place sur la petite estrade, comme si rien ne s'était passé. Ils adressaient de larges sourires rassurés à Nicole, dont le corps était secoué de sanglots. A l'injonction de François, ils saisirent leurs instruments et entonnèrent :

*Douce France,*
*Cher pays de mon enfance*
*Bercé de tendre insouciance,*
*Je t'ai gardé dans mon cœur...*

Au pied de l'estrade, toute rancœur oubliée, au même titre que toute pudeur, des couples se formaient et se mettaient à tourner au gré des accents de la mélodie. Seule Nicole regardait ses larmes tomber sur son chemisier rose. Elle avait la fièvre, elle la sentait secouer tout son corps. D'une main tremblante, elle ramassa la paire de ciseaux oubliée sur la table. Relevant ses cheveux d'une main, elle entreprit de les couper elle-même. Mèche par mèche. Plus que toute autre, elle méritait un châtiment.

Elle entendit le frottement des roues du fauteuil roulant sur le carrelage du restaurant.

— Arrête, murmura François quand il se trouva à côté d'elle. Je t'en prie, Nicole, ne fais pas ça.

— C'est justice, dit-elle, les bras suspendus en l'air, dans un geste interrompu.

— La justice n'est pas cruelle, dit François. Or cette pratique l'est. Elle est d'ailleurs plus dégradante pour ceux qui tondent que pour celle qui est tondue. J'aime tes cheveux, Nicole. Je t'aime.

— Tais-toi, le supplia-t-elle.

Nicole ne pouvait chasser l'image de la danse de mort de cette dizaine d'hommes abattus parce qu'elle avait voulu sauver une vie unique. Elle devait payer pour ce crime.

— François, tu dois savoir ce que j'ai fait. Tu verras que je ne mérite plus ton amour, ni...

— Je sais tout, Nicole. Hans m'a raconté.

Nicole laissa retomber ses bras.

— Tu sais? demanda-t-elle, incrédule. Tout?

— Oui.

— Mais alors, comment peux-tu encore dire que tu m'aimes?

— Parce que je suis aussi coupable que toi. Si je t'avais mise dans la confidence dès le début, rien de cela ne serait arrivé. J'ai pensé à mon confort moral. Pas au tien. J'ai été égoïste. Je porte l'entière responsabilité de tes actes, Nicole.

— Mon Dieu, François! Es-tu sérieux?

— Je ne l'ai jamais été plus. Nous devrons vivre avec le poids de cette culpabilité, Nicole. Seuls, nous n'y réussirons ni toi ni moi. Ensemble, nous avons des chances d'y parvenir.

Il marqua un temps avant d'ajouter :

— Au fait, la dernière mission du réseau a connu un dénouement heureux. Hans est rentré sain et sauf chez lui.

Il y avait tellement de douceur dans la voix de François. Et ses yeux, que Nicole avait enfin trouvé le courage de regarder, parlaient uniquement d'amour. La jeune femme retrouva dans ce regard le souvenir d'une dérive au gré de la Moselle ; un souvenir qui remontait à une époque si lointaine qu'elle paraissait appartenir à une autre vie.

— Je n'oublierai jamais, murmura Nicole.

— Il le faudra pourtant, ma chérie.

— Comment ? Tu ne remarcheras plus et c'est moi...

François haussa les épaules et, la coupant, il dit en souriant :

— Il doit être exceptionnel qu'une blessure de 18 terrasse un soldat en 44. Ça me vaudra peut-être une double citation.

— François !

Nicole fut submergée par une vague d'émotion. Elle ne parvenait plus à maîtriser ses larmes.

— Je t'aime, Nicole...

— Il faudra du temps... beaucoup de temps, bafouilla-t-elle.

— Du temps ? Ne crois-tu pas que nous avons attendu déjà assez longtemps ? Cela fait quatre ans !

Les mots se pressaient sur les lèvres de Nicole, brisés par les pleurs, rendus presque incohérents par la souffrance. Il était question de honte, de pardon, de peur. Beaucoup de peur. François lui essuya les yeux, puis il posa délicatement deux doigts sur ses lèvres.

— Viens, dit-il, je voudrais te dire quelque chose. Là-bas...

Il indiquait l'estrade, sur laquelle l'orchestre jouait une musique qui parlait d'espoir, de joie et de bonheur retrouvé.

— Oh non ! soupira la jeune femme.

François ne l'entendit pas. Il avait déjà rejoint les musiciens. Il leur dit quelques mots, et deux d'entre eux descendirent aussitôt pour hisser le fauteuil sur l'estrade. Bientôt, Nicole reconnut les premières mesures d'un air d'avant la guerre. Une simple ritournelle de Ray Ventura et ses Collégiens. Et François commença à chanter en regardant sa femme avec, dans les yeux, la même flamme qu'au premier jour.

*Qu'est-ce qu'on attend pour être heureux ?*
*Qu'est-ce qu'on attend pour faire la fête ?*
*La route est prête, le ciel est bleu.*
*Ya des chansons dans le piano à queue.*

Nicole n'en croyait pas ses oreilles. Son corps était secoué de sanglots violents. François avait fait signe à Frédéric et à Paul de le rejoindre. Les trois amis la regardaient et l'invitaient à venir auprès d'eux. Il y avait tant de chaleur dans leurs yeux.

*Il y a d'l'espoir dans tous les yeux*
*Et des sourires dans chaque fossette.*
*La joie nous guette, c'est merveilleux.*
*Qu'est-ce qu'on attend pour être heureux ?*

Tous les membres de l'orchestre mêlaient leurs voix à celles du trio improvisé. Où puisaient-ils la force ? Frédéric et Paul savaient que François avait menti à la foule. Comment pouvaient-ils se prêter à son jeu?

*Qu'est-ce qu'on attend pour être heureux?*
*Qu'est-ce qu'on attend pour être heureux?*
*Y a des noisettes dans l'chemin creux,*
*Y a des raisins, des rouges, des blancs, des bleus.*

François tendit la main vers sa femme. Dieu qu'il était beau! Nicole avait beau chercher, il n'y avait pas l'ombre d'un nuage sur son visage. Elle se sécha les yeux. Se pouvait-il qu'il l'aimât à ce point?

*Les papillons s'en vont par deux.*
*Et le mille-pattes met ses chaussettes.*
*Les alouettes s'font des aveux.*
*Qu'est-ce qu'on attend ... Qu'est-ce qu'on attend...*
*Qu'est-ce qu'on attend pour être heureux?*

Frédéric et Paul descendirent de l'estrade et s'avancèrent vers la jeune femme. Non, elle ne pouvait les rejoindre. François lui souriait toujours. Elle ne voulait pas y aller. Il n'en était pas question. Le maître d'hôtel et le pompier lui prirent la main. Elle ne trouva pas la force d'opposer la moindre résistance.

*Qu'est-ce qu'on attend pour être heureux?*
*Qu'est-ce qu'on attend pour faire la fête?*
*L'écho répète des faits joyeux*
*Et la radio chante un p'tit air radieux.*

Sur l'estrade, François lui prit la taille. Où trouva-t-elle la force de lui rendre son sourire? Cet homme était un magicien. Il réussissait toujours à chasser les nuages les plus noirs des ciels les plus lourds. C'était pour cela qu'elle l'aimait ! Qu'elle n'avait jamais cessé de l'aimer.

*Les parapluies restent chez eux,*
*Les canes s'en vont au bal musette*
*Levez la tête, les amoureux.*

Où Nicole trouva-t-elle la force de joindre sa voix à celle de ses amis pour le dernier refrain ?

*Qu'est-ce qu'on attend... Qu'est-ce qu'on attend ...*
*Qu'est-ce qu'on attend ... Qu'est-ce qu'on attend ...*
*Qu'est-ce qu'on attend pour être heureux ?*

Tandis que l'orchestre jouait les dernières mesures du morceau, Nicole se pencha vers son mari et l'embrassa pour la première fois en quatre ans. Quand la musique se tut, elle entendit François murmurer :

— Merci.

L'aubergiste avait oublié de fermer son micro et le public, qui applaudissait, crut que cela s'adressait à lui.

pompiers. Il n'existerait toujours à chanter les images qui plus haute que celle des plus grandes. C'était pour cela qu'elle l'aimait ? Qu'elle n'avait [illegible] de l'infini.

*Les pompiers sont [illegible]*
*Les autres [illegible] ont [illegible]*
*[illegible]*

Où Nicole trouve-t-elle la force de joindre sa voix à celle de ses amis pour le dernier refrain ?

[illegible]

[illegible]

[illegible]

# ÉPILOGUE

Le 1er février 1945, *Le Républicain lorrain* reparut pour la première fois depuis le 14 juin 1940. Nicole et François avaient fermé l'auberge des Régates. Ils éprouvaient le besoin de se retrouver seuls. Ce matin-là, ils lurent ensemble l'éditorial intitulé *Du sabordage à la résurrection*. Certains passages trouvèrent en eux un écho subtil.

*Les années ont passé. Certains jours furent bien sombres et beaucoup se demandaient parfois si la carte que nous avions jouée… finirait par gagner la partie. Heureusement qu'au fond des nuits les plus opaques brillait toujours cette petite lueur d'espérance sans laquelle nous n'aurions pas pu tenir… Cette flamme, si vacillante d'abord qu'il aurait pu sembler que la tempête allait l'éteindre au premier moment, est devenue un foyer ardent et puissant.*

*Et le 10 janvier 1944, à Alger, … le général de Gaulle… pouvait affirmer… : « Il me semble que la Résistance française, dans la nuit de son cachot, dans les ténèbres de la clandestinité, peut dire ce que disait le martyr devant le tyran : Ma nuit n'a pas d'ombre… »*

Et plus loin :

*Ne revenons pas sur le passé. Il est mort, bien mort heureusement. Il n'est plus question maintenant que de savoir ce que nous serons demain, ce que nous voulons être dès aujourd'hui...*

Il faudrait encore du temps pour que la nuit de Nicole n'ait plus d'ombres. Du temps pour que le passé appartienne vraiment au passé. *Que serons-nous demain ?* Cette question, François et Nicole se la posèrent bien souvent avant d'en arriver à se demander : *Que voulons-nous être aujourd'hui... ?*

Alors, ils cessèrent de s'interroger. Ils recommencèrent à vivre. Parce qu'il en va toujours ainsi. Parce que tant qu'il subsiste un souffle, la vie est plus forte que la mort. L'auberge des Régates rouvrit ses portes, mais seulement après que, d'un commun accord, François et Nicole eurent entièrement réaménagé les lieux.

Frédéric retrouva sa famille et continua à travailler avec ses amis, dans l'auberge rénovée. Paul Muller changea son uniforme allemand pour un uniforme français et reprit sa lutte contre les feux en tous genres. Agnès, sa femme, fumait, se tirait les cartes et regardait la vie passer sans que nul sache très bien quelle nuit pouvaient scruter ses yeux trop sévères, quels secrets pouvaient taire ses lèvres trop pincées.

Léni, elle, attendit l'été pour rentrer chez elle. Elle était alors accompagnée d'une petite fille de deux mois, à qui elle avait donné le prénom de son amie de l'auberge des Régates. Elle avait demandé le divorce, mais la procédure s'était éternisée et, quand la fillette était née, elle portait toujours le nom de ce mari avec qui elle n'avait jamais passé la moindre nuit. Franz n'était pas le père, mais l'enfant porta son nom. Quant à l'amoureux belge, il n'oublia pas la jeune femme qui lui avait sauvé la vie en Allemagne. Il lui rendit visite dès le retour de Léni à Metz. Six ans plus tard, il donnait à la petite Nicole un frère, qui reçut le prénom de son grand-père maternel.

Reprendre le fil d'une vie interrompu par un conflit de cinq longues années ne fut pas chose aisée pour les habitants de la région. Ceux qui avaient choisi l'exil voyaient d'un mauvais œil ceux qui avaient préféré rester au pays ; l'inverse était également vrai. Mais le plus pénible fut vécu par ces jeunes garçons qui avaient été contraints de porter l'uniforme de la Wehrmacht et à qui l'histoire donna le nom de « Malgré-Nous » en évitant de trop en parler, car ils furent aussi mal traités par les leurs que par l'ennemi.

Une chape de silence retomba sur tous ces événements, mais fort heureusement jamais ne s'éteignit *cette petite lueur d'espérance sans laquelle nous n'aurions pas pu tenir...*

s'était [illegible] en [illegible] quand le [illegible] était mort, elle [illegible] [illegible] le [illegible] mari avec qui elle n'avait [illegible] [illegible] Erwin n'était pas le père, mais l'en-fant d'une autre. Quant à l'aviateur belge, il [illegible] par la jeune femme qui lui avait sauvé la vie en Allemagne. Il lui rendit visite dès le retour de [illegible] à Alice. [illegible] plus tard, il donnait à la petite Nicole un [illegible] qui était le prénom de son grand-père maternel.

Reste à dire [illegible] d'une reconnaissance par un comité de [illegible] ce fut peu de chose pour les [illegible] de la région. Ceux qui avaient risqué [illegible] [illegible]

[illegible]

## REMERCIEMENTS

Je tiens à exprimer mes plus vifs remerciements à :

monsieur Gérard Oestreicher, chef du service Magazine du *Républicain lorrain*, pour le temps et l'attention qu'il a bien voulu me consacrer, ainsi que pour les portes qu'il a eu la gentillesse de m'ouvrir ;

madame Madeleine Desban, responsable de la documentation du *Républicain lorrain*, qui m'a très obligeamment guidé dans cette mine d'informations que conserve précieusement son service ;

monsieur Olivier Quellier, collaborateur du *Républicain lorrain*, qui m'a notamment permis de découvrir l'histoire des arènes du Sablon, que je rêve, depuis, de voir resurgir de terre ;

monsieur Roger Bichelberger, qui m'a reçu avec beaucoup de gentillesse et qui a accepté de partager avec moi ses souvenirs ;

le personnel des archives municipales de la ville de Metz, si patient et dévoué,

sans oublier madame Simone Hisler, pour son accueil toujours souriant.

Si la moindre erreur s'était glissée dans mon roman, j'en serais toutefois seul responsable.

# RÉFÉRENCES

Hormis les souvenirs de ma mère et les archives du *Républicain lorrain*...


Barbier, Bruno, *La Lorraine*, Ed. Ouest-France, 2000.

Barrès, Maurice, *Colette Baudoche*, Ed. Nelson, Paris, 1908.

Benoit, Michèle, Michel, Claude, *Le Parler de Metz et du pays Messin*, Ed. Serpenoise, 2001.

Bour, René, *Histoire de Metz*, Ed. Serpenoise, 1994.

Burg, Joseph, Pierron, Marcel, *Malgré-Nous et autres oubliés*, Ed. Pierron, Sarreguemines, 1991.

Burger, Léon, *Le Groupe Mario : une page de la résistance lorraine*, Impr. Hellenbrand, Metz, 1985.

*Les Cahiers lorrains*, n° 4, 1985.

Collectif, *L'Archéologie en Alsace et en Moselle au temps de l'Annexion (1940-1945)*, musées de Strasbourg/musées de Metz, 2001.

Collectif, *Moselle et Mosellans dans la Seconde Guerre mondiale*, ouvrage collectif publié sous la direction de F.-Yves Le Moigne, Ed. Serpenoise, Metz, 1983.

Collectif, *Metz — Ecologie urbaine et convivialité*, Autrement, Paris, 1991.

De Rosen, Léon, *Une captivité singulière*, Ed. L'Harmattan, Paris, 2000.

Dillenschneider, Joseph, *Les Passeurs lorrains — souvenirs de guerre de passeurs et de résistants au pays de Sarrebourg et de Dabo, 1940-1945*, Ed. Pierron, Sarreguemines, 1979.

Encyclopédie Bonneton, *Lorraine*, Ed. Bonneton, Paris, 2002.

Gandebeuf, Jacques, *L'Accent de mon père*, Ed. Serpenoise, Metz, 2002.

*La Parole retrouvée : près de 200 Mosellans racontent leur vie entre 1940 et 1945*, témoignages recueillis par Jacques Gandebeuf, Ed. Serpenoise, Metz, 1998.

Girard, René, *Contribution à l'histoire de l'Occupation et de la Résistance en Lorraine*, Ed. La Pensée universelle, 1991.

Le Marec, Bernard et Gérard,: *Les Années noires, la Moselle annexée par Hitler, Documents et témoignages*, Ed. Serpenoise, Metz, 1990.

Printz, Adrien, *Chronique lorraine 1940-1945*, Ed. Denoël, Paris, 1945.

Rigoulot, René, *L'Alsace-Lorraine pendant la guerre 1939-1945*, PUF, Que sais-je ? n° 3230, 1997.

— *La Tragédie des Malgré-Nous — Tambov, le camp des Français*, Ed. Denoël, 1990.

Schamber, René, *L'Orage sur Metz*, M. Mutelet, Metz, 1948.

Wiltzer, Pierre-Marcel, *La Lorraine sous l'administration hitlérienne, 1940-1945*, Académie d'Amiens, 1981.

Wolfanger, Dieter, *Nazification de la Lorraine mosellane*, Ed. Pierron, 1982.

# PRODUCTION JEANNINE BALLAND

## Romans « Terres de France »

**Jean Anglade**
*Un parrain de cendre*
*Le Jardin de Mercure*
*Y a pas d'bon Dieu*
*La Soupe à la fourchette*
*Un lit d'aubépine*
*La Maîtresse au piquet*
*Le Saintier*
*Le Grillon vert*
*La Fille aux orages*
*Un souper de neige*
*Les Puysatiers*
*Dans le secret des roseaux*
*La Rose et le Lilas*
**Sylvie Anne**
*Mélie de Sept-Vents*
*Le Secret des chênes*
*La Couze*
*Ciel d'orage sur Donzenac*
*La Maîtresse du corroyeur*
*Un horloger bien tranquille*
**Jean-Jacques Antier**
*Autant en apporte la mer*
**Marie-Paul Armand**
*La Poussière des corons*
*La Courée*
tome I *La Courée*
tome II *Louise*
tome III *Benoît*
*La Maîtresse d'école*
*La Cense aux alouettes*
*Nouvelles du Nord*
*L'Enfance perdue*
*Un bouquet de dentelle*
*Au bonheur du matin*
**Victor Bastien**
*Retour au Letsing*
**Françoise Bourdon**
*La Forge au Loup*
*La Cour aux paons*
*Le Bois de lune*
**Annie Bruel**
*La Colline des contrebandiers*
*Le Mas des oliviers*
*Les Géants de pierre*
*Marie-Marseille*
*Jean du Casteloun*
**Michel Caffier**
*Le Hameau des mirabelliers*
*La Péniche Saint-Nicolas*
*Les Enfants du Flot*
**Jean-Pierre Chabrol**
*La Banquise*
**Alice Collignon**
*Un parfum de cuir*
**Didier Cornaille**
*Les Labours d'hiver*
*Les Terres abandonnées*
*La Croix de Fourche*
*Etrangers à la terre*
*L'Héritage de Ludovic Grollier*
*L'Alambic*
**Georges Coulonges**
*Les Terres gelées*
*La Fête des écoles*
*La Madelon de l'an 40*
*L'Enfant sous les étoiles*
*Les Flammes de la Liberté*
*Ma communale avait raison*
*Les blés deviennent paille*
*L'Eté du grand bonheur*
*Des amants de porcelaine*
*Le Pays des tomates plates*
*La Terre et le Moulin*
*Les Sabots de Paris*
**Yves Courrière**
*Les Aubarède*
**Anne Courtillé**
*Les Dames de Clermont*
*Florine*
*Dieu le veult*
*Les Messieurs de Clermont*
*L'Arbre des dames*
*Le Secret du chat-huant*
**Annie Degroote**
*La Kermesse du diable*
*Le Cœur en Flandre*
*L'Oubliée de Salperwick*
*Les Filles du Houtland*
*Le Moulin de la Dérobade*
*Les Silences du maître drapier*
*Le Colporteur d'étoiles*

**Alain Dubos**
*Les Seigneurs de la haute lande*
*La Palombe noire*
*La Sève et la Cendre*
*Le Secret du docteur Lescat*
**Marie-Bernadette Dupuy**
*L'Orpheline du bois des Loups*
**Elise Fischer**
*Trois Reines pour une couronne*
*Les Alliances de cristal*
**Laurence Fritsch**
*La Faïencière de Saint-Jean*
**Alain Gandy**
*Adieu capitaine*
*Un sombre été à Chaluzac*
*L'Enigme de Ravejouls*
*Les Frères Delgayroux*
*Les Corneilles de Toulonjac*
*L'Affaire Combes*
*Les Polonaises de Cransac*
*Le Nœud d'anguilles*
**Gérard Georges**
*La Promesse d'un jour d'été*
**Michel Hérubel**
*La Maison Gelder*
*La Falaise bleue*
*Tempête sur Ouessant*
*Le Démon des brumes*
**Denis Humbert**
*La Malvialle*
*Un si joli village*
*La Rouvraie*
*La Dent du loup*
*L'Arbre à poules*
*Les Demi-Frères*
*La Dernière Vague*
**Yves Jacob**
*Marie sans terre*
**Hervé Jaouen**
*Que ma terre demeure*
**Jean-Pierre Leclerc**
*Les Années de pierre*
*La Rouge Batelière*
**Louis-Jacques Liandier**
*Les Gens de Bois-sur-Lyre*
*Les Racines de l'espérance*
**Jean-Paul Malaval**
*Le Domaine de Rocheveyre*
*Les Vignerons de Chantegrêle*
*Jours de colère à Malpertuis*
*Quai des Chartrons*
*Les Compagnons de Maletaverne*
**Dominique Marny**
*A l'ombre des amandiers*
*La Rose des Vents*
**Louis Muron**
*Le Chant des canuts*
**Henry Noullet**
*La Falourde*
*La Destalounade*
*Bonencontre*
*Le Destin de Bérengère Fayol*
*Le Mensonge d'Adeline*
*L'Evadé de Salvetat*
**Michel Peyramaure**
*Un château rose en Corrèze*
*Les Grandes Falaises*
**Frédéric Pons**
*Les Troupeaux du diable*
*Les Soleils de l'Adour*
**Jean Siccardi**
*Le Bois des Malines*
*Les Roses rouges de décembre*
*Le Bâtisseur de chapelles*
*Le Moulin de Siagne*
**Jean-Michel Thibaux**
*La Bastide blanche*
*Le Secret de Magali*
*La Fille de la garrigue*
*Le Roman de Cléopâtre*
*La Colère du mistral*
*L'Homme qui habillait les mariées*
*La Gasparine*
*L'Or des collines*
**Jean-Max Tixier**
*Le Crime des Hautes Terres*
*La Fiancée du santonnier*
*Le Maître des roseaux*
**Brigitte Varel**
*Un village pourtant si tranquille*
*Les Yeux de Manon*
*Emma*
*L'Enfant traqué*
*Le Chemin de Jean*
*L'Enfant du Trièves*
*Le Déshonneur d'un père*
**Colette Vlérick**
*La Fille du goémonier*
*Le Brodeur de Pont-l'Abbé*
*La Marée du soir*
*Le Blé noir*

## Collection « Sud Lointain »

**Jean-Jacques Antier**
*Le Rendez-vous de Marie-Galante*
*Marie-Galante, La Liberté ou la Mort*
**Erwan Bergot**
*Sud lointain*
tome I *Le Courrier de Saïgon*
tome II *La Rivière des parfums*
tome III *Le Maître de Bao Tan*
**Jean Bertolino**
*Chaman*
**Paul Couturiau**
*Le Paravent de soie rouge*
*Le Paravent déchiré*
**Alain Dubos**
*Acadie, terre promise*
*Retour en Acadie*
**Hervé Jaouen**
*L'Adieu au Connemara*
**Dominique Marny**
*Du côté de Pondichéry*
*Les Nuits du Caire*
*Cap Malabata*
**Juliette Morillot**
*Les Orchidées rouges de Shanghai*
**Bernard Simonay**
*Les Tigres de Tasmanie*
**Jean-Michel Thibaux**
*La Fille de Panamá*
*Tempête sur Panamá*

## Romans

**Erwan Bergot**
*Les Marches vers la gloire*
*Rendez-vous à Vera-Cruz*
*Mourir au Laos*
**Alain Gandy**
*Quand la Légion écrivait sa légende*
**Hubert Huertas**
*Nous jouerons quand même ensemble*
*La Passagère de la « Struma »*
**Michel Peyramaure**
*Les Tambours sauvages*
*Pacifique Sud*
*Louisiana*
*Le Roman de Catherine de Médicis*

*Impression réalisée sur CAMERON par*

BUSSIÈRE CAMEDAN IMPRIMERIES

GROUPE CPI

*à Saint-Amand-Montrond (Cher)*
*en octobre 2003*
*pour les Presses de la Cité*
*12, avenue d'Italie*
*75013 Paris*

Mise en pages : Bussière

N° d'édition : 7126. — N° d'impression : 35966-034468/1.
Dépôt légal : octobre 2003.

*Imprimé en France*